Lutz Schebesta
Verdammte Weihnachten

Lutz Schebesta wurde 1972 in Düsseldorf geboren. Mittlerweile lebt und arbeitet er in Köln. Der Medienkaufmann war lange Jahre Reporter und Redakteur beim Fernsehen. Außerdem schrieb er 2005 das Drehbuch und führte die Regie zum Kinofilm »Schiri im Abseits«. Sein Debütroman »Frauenheld« war ein Bestseller.

Lutz Schebesta

# Verdammte Weihnachten

PIPER

*Mehr über unsere Autorinnen, Autoren und Bücher:*
*www.piper.de*

Wenn Ihnen dieser Roman gefallen hat, schreiben Sie uns unter Nennung des Titels »Verdammte Weihnachten« an empfehlungen@piper.de, und wir empfehlen Ihnen gerne vergleichbare Bücher.

Wir produzieren nachhaltig
www.piper.de

ISBN 978-3-492-50628-1

Redaktion: Birgit Förster
Satz auf Grundlage eines CSS-Layouts
von digital publishing competence (München)
mit abavo vlow (Buchloe)
Covergestaltung: Lutz Schebesta
Covermotiv: Lutz Schebesta
Vignette: rawpixel.com
Printed in Germany

# O du fröhliche

»Du bist einfach der Beste« schallte es aus der kleinen Box, die auf dem Küchenblock stand. Dazu blinkte und blitzte es in allen erdenklichen Regenbogenfarben auf dem dazugehörigen Display, sodass jeder Betreiber einer Dorfdisco neidisch hätte werden können. Kaum dass diese Tischparty verstummt war, ging die Show weiter: »Wow«, »Du bist beliebt«, »Tadaaa« und »Oh no« wechselten sich die Ansagen im Minutentakt ab. Auf dem großem Farbdisplay stand eine siebenstellige Zahl, die sich ganz aufgeregt nach oben und ab und zu nach unten korrigierte. Solche Zahlenräder waren im letzten Jahrhundert in jedem Flughafen zu Hause. War das doch die einzig verlässliche Möglichkeit, eine Auskunft über den Abflug oder die Ankunft zu erlangen. Doch hier in der Küche von Gustav flogen in der Regel maximal Champagnerkorken. Trotzdem war dieser Zähler hier in seiner Kochstube wichtiger als das neuste Thermomix-Modell oder sonstiger technischer Must-have-Schnickschnack.

»Das kann ja noch ewig dauern. Ich habe Hunger! Komm, lass uns in die Stadt fahren«, nörgelte Lennard.

»Ich fahre nirgendwohin, bevor da nicht die Zwei an erster Stelle steht. Ich werde doch nicht die Story des Tages, ach, was sag ich, meines Lebens verpassen. Wir können doch später Kalorien tanken«, stellte Gustav fest.

»Ey, du bist wirklich so was von lost.« Genervt stand Lennard auf und zog sich seine Jacke an.

»Wenn du jetzt gehst, brauchst du nie wiederzukommen«, blaffte Gustav ihn an.

»Dein Ernst? Ein Zähler ist dir wichtiger als unsere Freundschaft?«

»Das ist verdammt noch mal kein einfacher Zähler. Das ist mein Leben. Und du hast die Ehre, bei meinem neuen Lebensabschnitt, also quasi wie bei einer Geburt, live dabei zu sein. Da ist doch jedes Hungergefühl sofort weg ... Wenn du diesen intimen Moment nicht mit mir teilen willst, bist du ...«

Weiter kam Gustav nicht mehr. Der Lautsprecher mischte sich mit einer schrillen Sirene in das Gespräch ein. Das war das erhoffte Signal, und in Windeseile zog der junge Kölner sein Smartphone heraus, um diesen Moment mit einem Video für die Ewigkeit festzuhalten.

»10, 9, 8, 7, 6, 5, 4, 3, 2, 1 ...«

Mit Feuerwerksgeräuschen sprang der Zähler auf 2.000.000.

Gustav kamen die Tränen.

»Echt jetzt? Du weinst? Nur für die Kamera, oder?«

So genau konnte Gustav das gar nicht beantworten. Klar, bei allem, was er irgendwie öffentlich machte, war eine kleine Prise Schauspielerei dabei. Aber hier in seiner vermeintlich privaten Küche waren nur er und sein eigentlich sehr guter Freund Lennard zugegen. Die beiden kannten sich schon, bevor dieser ganze Instagram-Hype begonnen hatte. Damals besuchten sie noch eine Berufsschule beziehungsweise ließen sich von dem Begriff Kommunikationsakademie blenden. Das klang hip. Das klang nach Zukunft. Beide wollten irgendwas mit Medien machen, aber ob die Jobs als Mediengestalter und Marketingmanager die richtige Wahl waren, konnten sie nur vermuten. Doch schnell stellte sich nach ein paar Wochen heraus, dass der Mediengestalter nichts wirklich gestaltete, sondern eher der neuzeitliche Begriff für Grafiker und der Marketingmanager auch nur vom Klang her ein toller Job war. Wie der Facility-Manager in Wirklichkeit Hausmeister war, hatte ein Marketingmanager eher den Status eines schnöden Sachbearbeiters. Der Berufsschullehrer demotivierte zusätzlich, indem er die Anfänge in diesem Job als bessere Praktikantenstelle beschrieb. Warum dann überhaupt ein Studium notwendig war, blieb beiden bis heute ein Rätsel. Der einzige Vorteil der Jobwahl bestand darin, dass Lennard und Gustav sich kennenlernten. Beide waren damals neu in Köln, und so verbrachten sie nicht nur die Vormittage in der Akademie zusammen, sondern auch die Abende, bei denen auch das eine oder andere Kölsch floss. Was mit einer Schnapsidee begann: »Wir können doch auch selbst eine Medienmarke aufbauen«, stellte sich als der Gamechanger schlechthin heraus. Gustav war vor der Kamera der wirkliche Gestalter. Ihm war nichts zu peinlich, und er konnte ohne Punkt und Komma einfach drauflosquatschen. Egal, ob er Tütensuppen probierte, Enthaarungsmittel testete oder sämtliche Cocktailbars in Köln auf Herz und Nieren prüfte. Er stellte seine Filme online, und schnell fanden sich Fans, die mit seiner frischen und unverwechselbar witzigen Art eine Menge anfangen konnten. Innerhalb von wenigen Wochen hatte er die erste Instagramhürde von 10.000 Followern genommen. Lennard war von Beginn an der Mann hinter den Kulissen gewesen. Er schnitt die Filme, recherchierte die Produkte und Locations und kümmerte sich direkt um mögliche Kooperationen. Und da der eine nicht ohne den anderen konnte, vereinbarten sie, alle Einnahmen fair fifty-fifty untereinander aufzuteilen. Wenn es also eine ehrliche Situation im Leben von Gustav gab, dann hier und jetzt mit seinem Geschäftspartner und Kumpel.

»Ey, Alter. Zwei Millionen ist soooooo krass. Damit bin ich jetzt definitiv in den Top Ten in Deutschland!«

Lennard applaudierte sarkastisch.

»Hui, ui, ui. In den Top Ten. Und jetzt? Der DHL-Mann muss doch schon Extraschichten wegen dir schieben. Noch mehr Werbung kannst du doch gar nicht mehr machen!

Dein Account unterscheidet sich jetzt schon kaum noch von den Homeshopping-Kanälen.«

»Du bist doch nur neidisch«, sagte Gustav gefasst und zog dem Zähler den Stecker, der sich trotzdem brav mit einem »Bis bald, mein Freund« verabschiedete.

»Auf dein Bankkonto vielleicht. Aber garantiert nicht auf deine Follower. Dieses Vierundzwanzig-Stunden-*Big Brother*, dreihundertfünfundsechzig Tage im Jahr ist echt nichts für mich!«

»Dich will doch eh keiner sehen ... aber deinen Hinweis nehme ich mir zu Herzen. Ich habe mir schon länger überlegt, ob ich nicht einen zweiten Kanal aufmachen soll, um dort ...« In diesem Moment unterbrach ein lautes Bellen, gefolgt von einem fordernden Herbeilaufen, die zwei Streithähne: After Eight! Gustavs dreijähriger Golden Retriever spürte angeblich negative Energie und erstickte diese gerne im Keim. Zumindest glaubte das der Instagramstar. Es konnte aber auch sein, dass After Eight einfach davon überzeugt war, dass es wieder Zeit für ein leckeres getrocknetes Schweineohr oder irgendeine andere Knabberei war. Immerhin lebte nicht nur Gustav in einer Art Paradies. Alle um ihn herum profitierten von seinem Job. Natürlich konnte Lennard ohne seinen Kumpel essen gehen, aber mit ihm lag die Wahrscheinlichkeit, dass die Rechnung nicht bezahlt werden musste, bei knapp neunundneunzig Prozent. Der Restaurantbesitzer schmückte sich gerne mit dem Social-Media-Promi. Nicht nur der Post konnte für neue Gäste sorgen, nein, allein wenn Gustav in seinem Gastraum saß, brachte das enorme Umsatzsteigerungen. Win-Win für alle. Und wenn doch eine kleine Rechnung zu bezahlen war, wurde diese im Endeffekt von einem anderen Kooperationspartner bezahlt. Da reichte es bereits, wenn Gustav einen neuen Pullover oder eine Mütze werbewirksam trug. Wobei es schon immer sehr lächerlich war, in einem beheizten Raum oder sogar im Sommer mit einer Wollmütze am Tisch zu sitzen. Vor Gustav und seinen Kollegen hätte so eine Mütze auch nur wenige Euro gekostet. Jetzt mussten die Follower schnell weit über hundert Euro dafür auf den Tisch legen. Schließlich konnte Gustav nicht allein davon leben, ein Gratis-Dasein zu führen. Also blieb es nicht nur dabei, dass der Hersteller der Mütze die Restaurantrechnung übernahm, nein, für jedes verkaufte Exemplar bekam der Social-Media-Star eine Provision. Das wiederum führte dazu, dass Gustav nur zu gerne in seinen Storys einen Link zum Produkt teilte, denn bei diesen Verkäufen war seine Beteiligung noch höher. Egal, was er am Tag machte, nichts war ungeplant, wirklich spontan und schon gar nicht umsonst. Dafür hatte Lennard gesorgt. Wenn auch mittlerweile aus der gerechten Fifty-fifty-Teilung ein siebzig zu dreißig geworden war.

Auch After Eight musste für Content herhalten. Denn sobald er etwas Tolles, Kluges oder Neckisches anstellte, kam das sofort in eine Story. Dafür gab es dann meistens eine Belohnung vom Herrchen, die dann wieder von der Handykamera eingefangen wurde. Das weitere Dominosteinchen lieferte der Hersteller von Hundefutter und Snacks, indem er diese Produkte ebenfalls mit der Schubkarre zu Gustav transportieren ließ. Der Hund hatte somit schon lange erkannt, dass sein Futtervorrat im Prinzip endlos war. Aber für Gustav war die Annahme, dass After Eight etwas ganz Besonderes konnte, natürlich viel schöner, als zuzugeben, dass er einfach nur verfressen war. In dem Punkt unterschied er sich im Übrigen kaum von seinem Herrchen. Nicht ohne Grund hatte der Retriever nach seinem Einzug bei Gustav einen neuen Namen bekommen: Die Pfefferminztäfelchen liebte sein Herrchen über alles. Der Hersteller dieser edlen Süßigkeit fand das sehr schnell absolut traumhaft und belieferte Gustav nicht nur monatlich mit unzähligen Probierpackungen, sondern spendete auch ein nagelneues Körbchen, natürlich im Look der Täfelchen, für den Hund. Doch trotz allem war der heutige Tag ein so wichtiger Meilenstein für Gustav, dass er für niemanden Verständnis hatte, der einfach nur seinen einfachen Gelüsten nach Nahrung nachging.

»After Eight, aus! Lennard, stopp!«

Der Hund schaute wie ein typischer Vierbeiner und wartete einfach darauf, dass sein Leckerli in seiner Schnauze landete. Mit dem Befehl seines Herrchens konnte er nichts anfangen. Lennard hingegen zeigte mit einer Geste, dem virtuellen Scheibenwischer, an, dass Gustav nun wirklich den Bogen überspannte.

»Soll ich vielleicht auch noch Sitz machen? Gustav, du weißt schon, dass wenn uns hier jemand beobachten würde, er dich für absolut arrogant und oberflächlich halten würde, oder?«, frotzelte Lennard weiter.

»Mir sind andere echt egal! Ich kann machen, was ich will.«

Jetzt gesellte sich auch ein aufrichtiges Kopfschütteln zu der Gestik des Nicht-Instagramstars. Er stand auf, zog sich seine Jacke an und war fest entschlossen, Gustavs Wohnung zu verlassen.

»Stoß doch mit deinem Instagram-Counter-Dings an. Und da du ja wahrscheinlich gleich wieder den Kindergartenmove machst und mich überall blockst: Denk dran, morgen Abend ist die Premiere von *Comedy Killer.* Die haben dich dafür bezahlt, dass du pünktlich auf dem roten Teppich erscheinst. Ich werde so lange nicht dein Kindermädchen sein, bis du dich entschuldigt hast!«

Gustav steckte in diesem Moment sein neues Spielzeug wieder in die Stromversorgung und wedelte seinen Freund Lagerfeld-like aus seinem Blickfeld.

# Vom Himmel hoch, da komm ich her

Gustav war tatsächlich sauer auf Lennard. Allerdings kam ein Streit in der besten Beziehung vor. Somit war es für ihn auch selbstverständlich, dass er die geplanten Termine einhielt und natürlich nicht bockig wie ein Elefant im Porzellanladen etwas zerstörte. Davon hatte schließlich keiner was. Bereit für eine Entschuldigung war er allerdings nicht. Vielmehr wollte er seinem Glückskeksratschlag vom letzten Chinarestaurantbesuch folgen: Zeit heilen alle Wunden. An dem Abend hatte er mit Lennard noch herzlich darüber gelacht. Zum einen wegen der katastrophalen deutschen Übersetzung dieser Lebensweisheit – und das war keine Ausnahme, denn bei Lennard stand: Ware Liebe kannst du nicht kaufen! – und zum anderen wegen des Kellners, der nie das verstand, was man bestellte. Aus einer Cola wurden zwei Cola. Aus der gebackenen Ente, süßsauer, Hähnchen, scharf. Beide hatten kurz überlegt, ob sie so lange Bestellungen aufgeben sollten, bis das gewünschte Gericht dabei war. Lennard schlug zudem vor, einfach im typischen Chinesen-Slang zu ordern, aber Gustav hatte Angst, dass irgendein Follower dieses Verhalten mitbekommen würde. Ein Video war schnell gedreht. Der Shitstorm würde nicht lange auf sich warten lassen. Den Zeitaufwand, um so etwas wieder aus der Welt zu schaffen, wäre der Scherz nicht wert gewesen. Abgesehen davon lag es ihnen fern, etwas Rassistisches oder Diskriminierendes zu sagen. So lachten sie einfach die ganze Zeit. Das sorgte dann auch beim Kellner für gute

Laune, der davon überzeugt war, dass diese Fröhlichkeit am guten Essen und dem zauberhaften Ambiente lag. So weit können Annahme und Wirklichkeit auseinanderliegen.

Da Lennard als »Chauffeur« für den Abend heute ausfiel und Gustav nun wirklich nicht als Selbstfahrer auf eine Party gehen wollte, rief er sich ein Taxi. Solche Fahrten musste er tatsächlich erst einmal selbst bezahlen. Wobei Lennard ihm versicherte, dass mit einer Quittung diese Ausgaben von der Steuer absetzbar wären. Doch davon hatte der Instagramstar nun so überhaupt keine Ahnung, und er fragte sich, warum die Veranstalter ihm keinen Shuttleservice angeboten hatten. Leicht schlecht gelaunt, stand Gustav am Straßenrand und wartete, dass der Fahrer endlich kam. Mit seiner weißen Jogginghose, die natürlich mit feinen goldenen Buchstaben die Applikation des Herstellers werbewirksam darstellte, war es doch ein wenig kalt im Schritt. Gut, Ende November sind neun Grad eigentlich normal, aber Gustav wollte auch keinen Spaziergang unternehmen, sondern gleich auf der sicherlich warmen Premierenparty gut aussehen. Zumal zwei Stunden im Kinosaal sitzen jegliches andere Outfit zerknittert hätte. Das passende Oberteil, also auch ganz in Weiß mit goldener Schrift, war sehr körperbetont geschnitten und wärmte ebenfalls kaum.

»Wenn es jetzt anfängt zu regnen, bin ich geliefert!«, stellte Gustav fest.

Endlich wurde er erlöst, und ein elfenbeinfarbenes Mercedes-Taxi fuhr vor. Der Social-Media-Star riss die Beifahrertür auf und stieg ein.

»Sitzheizung, Sitzheizung, Sitzheizung«, blaffte er den Fahrer an.

»Kenn ich nicht. Ist das ’ne neue Kneipe? Ich bräuchte da schon den Straßennamen zu!«, antwortete der Taxifahrer.

»Erst lassen Sie mich ewig auf der Straße stehen und dann auch noch schwer von Kapee?«, maulte Gustav weiter.

»Ich glaub, du brauchst mehr Bewegung«, verabschiedete sich nun auch die freundliche Art des Fahrers.

Er machte ein Handzeichen, dass Gustav wieder aussteigen sollte.

»Geht’s noch? Ich werde garantiert nicht aussteigen. Sie haben eine Beförderungsdingsdapflicht! Mit Sitzheizung meinte ich, dass mir kalt ist.«

»Nicht mein Problem«, antwortete der Taxifahrer und machte weiterhin keine Anstalten loszufahren.

»Wissen Sie nicht, wer ich bin?«

»Doch, klar!«

»Na also. Dann kann es doch jetzt losgehen ...«

»Wieso?«

»Na, weil Sie doch wissen, dass ich es eilig habe.«

»Dann hoffe ich, du bist gut zu Fuß!«

»Sind Sie irre? Ich bin kein Spaziergänger! Das sollten Sie doch wissen.«

»Wieso?«

»Na, ich dachte, Sie wissen, wer ich bin«, versuchte Gustav weiter, den Fahrer dazu zu bewegen, endlich loszufahren.

»Ja, du bist ein nerviger ungehobelter Fahrgast, der jetzt entweder bei drei aussteigt oder bei vier von mir rausgeschmissen wird«, hielt der Taxifahrer an seiner Entscheidung fest.

Gustav schäumte innerlich, aber er hatte keine Lust, jetzt wieder in der Kälte zu stehen und ein anderes Taxi rufen zu müssen. Zumal er dann der Telefonzentrale auch erst mal erklären müsste, warum er ein weiteres Taxi oder, besser gesagt, einen anderen Fahrer benötigte.

»Okay, es tut mir leid«, log Gustav und fügte schnell hinzu: »Ich mache Ihnen ein Angebot. Ich verdoppele gleich den Fahrpreis, wenn wir angekommen sind.«

»Verdreifachen!«, raunzte der Fahrer.

Gustav ergab sich und nickte. Gut, vielleicht war er etwas aufbrausend gewesen, und der Fahrer konnte auch nichts für seinen Streit mit Lennard. Aber unterm Strich durfte er doch als Fahrgast etwas mehr Freundlichkeit erwarten. Das nun finanziell so auszunutzen war sicherlich auch nicht der richtige Weg gewesen. Trotzdem, was für ein blöder Kerl, dachte er sich und beschloss, später eine Story darüber zu posten.

Der Taxifahrer hatte die nahezu gleichen Gedanken. Nur mit dem Unterschied, dass er diese Geschichte nicht ins World Wide Web stellen, sondern bei der nächsten Pause seinen Kollegen erzählen würde.

»Ich muss in den Cinedom«, nannte Gustav nun das Fahrtziel, und endlich nahm der Taxifahrer den Fuß von der Bremse.

Da die Sitzheizung immer noch nicht eingeschaltet war und Gustav somit weiter fror, beschloss er, ohne weiter zu fragen, nun selbst den Schalter dafür zu suchen, um endlich die Kälte aus seinem Körper zu bekommen.

»Finger weg! Das ist hier kein Selbstbedienungsladen. Was glaubst du denn, wer du bist?«

»Das Thema hatten wir doch schon! Ich bin Gustav Greider. Aber eine Autogrammkarte habe ich nicht dabei«, polterte der Fahrgast weiter rum, hielt mit seinem Finger vor dem gesuchten Schalter und drückte drauf.

Sofort bremste der Taxifahrer.

»So. Gustav. Wenn du Gustav Gans wärst, hättest du jetzt Glück und ich würde einfach weiterfahren. Aber da du nur ein ganz normaler Gustav bist: Raus hier!«, schimpfte der Taxifahrer.

Der Instagramstar war verzweifelt. Normalerweise waren die Leute immer ganz begeistert, wenn sie ihn persönlich kennenlernen durften. Doch hier saß er wohl neben einem Menschen, der beschlossen hatte, Instagram zu ghosten. Wenn er nicht doch wieder aussteigen wollte, musste er kleine Brötchen backen.

»Vierfach?«, bot Gustav an und dachte dabei, wie absurd dieses Angebot war.

»Fünffach, und nur wenn du dich ab jetzt benimmst! Letzte Warnung.«

Gustavs Puls war mittlerweile auf über hundertachtzig gestiegen. Aber er ergab sich seinem Schicksal und nickte zähneknirschend. Die Fahrt konnte fortgesetzt werden. Natürlich schaltete der Taxifahrer vorher die Sitzheizung wieder aus.

»Können Sie wenigstens die normale Heizung anmachen?«, fragte Gustav bemüht freundlich.

»Ist an.«

»Aber ich friere ...«

»Dann solltest du nicht mitten im Winter in Sommersachen vor die Tür gehen«, blaffte der Taxifahrer.

»Wir haben Herbst, aber das ist auch egal, denn schließlich gibt es ja Heizungen!«

»Ja, ja, so ist deine Generation. Von morgens bis abends über uns Ältere schimpfen, was wir denn für Klimaverpester wären. Freitags nicht mehr zur Schule gehen, um zu demonstrieren, weil ja eure Zukunft so grausam und schrecklich ist. Aber dann im Winter in Badehose im Auto sitzen und die Heizung auf dreißig Grad drehen wollen? Ihr habt doch den Schuss nicht mehr gehört ...«

Der Taxifahrer bremste erneut.

»Hallo? Was habe ich denn jetzt schon wieder gemacht? Warum fahren Sie nicht weiter? Wir hatten einen Deal.«

»Und der beinhaltet, dass ich über rote Ampeln fahre?«, fragte der Chauffeur kopfschüttelnd.

Gustav blickte entsetzt aus dem Fenster und musste zu seiner Schande gestehen, dass er diesmal wirklich im Unrecht war.

»'tschuldigung«, nuschelte Gustav.

Den Rest der Fahrt hatte Gustav eigentlich vor zu schweigen. Doch er hatte die Rechnung ohne den Fahrer gemacht. Die Stille ertrug der nicht, und so schaltete er das Radio ein.

»Last Christmas, I gave you my heart«, schallte es aus den Boxen und zauberte ein Lächeln in das Gesicht des Taxifahrers. Seine Finger wippten im Takt mit. Gustav hatte sogar das Gefühl, dass dieser mitsummte.

»Oh, bitte nicht!«, unterbrach Gustav die vorweihnachtliche Zeremonie.

»Waaaas?«, fragte der Taxifahrer genervt und drehte den Lautstärkeknopf nach links. Sofort war der Straßenlärm wieder das Hauptgeräusch im Auto.

»Nehmen Sie es mir bitte nicht übel, aber diese Weihnachtsmucke ist doch nun wirklich der absolute Graus. Jedes Jahr im Winter, egal, wo man ist. Immer dieses Lied.«

»Ach, jetzt gibst du es also zu, dass wir Winter haben«, stellte der Taxifahrer triumphierend fest.

»Streiche Winter, und ersetze es durch Weihnachtszeit«, verbesserte Gustav sich.

»Also ich bin ja kein Doktor oder so, aber soweit ich weiß, ist die Weihnachtszeit auch immer im Winter.«

»This year, to save me from tears«, der Taxifahrer drehte die Lautstärke wieder hoch.

»Mir kommen gleich auch die Tränen!«, veralberte Gustav das Lied. Extralaut, um gegen das Lied zu bestehen, fügte er hinzu: »Dieser ganze Hokuspokus ist doch ein Witz. Weihnachten ist absolute Zeitverschwendung. Die Geschäfte haben alle geschlossen. Familien täuschen sich gegenseitig Liebe vor. Dabei geht es in Wahrheit nur darum, möglichst viele Geschenke abzukassieren. Und wehe, es ist nicht das Richtige dabei, dann gibt es statt Liebe schnell ein paar Hiebe. Auf Weihnachtsfeiern sind es hingegen billige Triebe, die unter dem Deckmäntelchen der friedlichen und besinnlichen Zeit versteckt werden. Ne, ich habe keinen Bock auf diesen Bullshit. Und so ganz nebenbei: *Last Christmas* ist gar kein Weihnachtslied. Der Typ wird nach dem ›Fest‹ verraten, und seine Ex reißt ihm bildlich gesprochen das Herz raus. Aber Hauptsache, Sie haben Spaß dabei!«

Kaum dass Gustav seinen Monolog beendet hatte, bremste der Taxifahrer und das Auto blieb stehen.

»Kommen Sie eigentlich aus der DDR, oder in welcher Diktatur sind Sie aufgewachsen? Mir wird von Ihrer ständigen Bremserei noch ganz schlecht«, stellte Gustav genervt fest. Von seinem Vorhaben, sich nicht weiter aufzuregen, war er mittlerweile meilenweit entfernt.

»Aussteigen!«

»Ich dachte, wir sind über diesen Punkt hinweg. Deal ist Deal!«

»Da hast du recht. Aber Gott sei Dank ist hier der Cinedom. Und ich glaube nicht, dass unsere Geschäftsbeziehung Zukunft hat«, maulte der Taxifahrer.

Dazu deutete er auf den Taxameter, um Gustav anzuzeigen, dass dieser nur noch bezahlen und dann endlich verschwinden sollte. Mit hochrotem Kopf kam der Social-Media-Star dieser Aufforderung nach, stieg aus und ließ die Beifahrertür einfach offen.

»Du bist wirklich ein fieser Möpp«, hörte er den Taxifahrer noch schimpfen.

Auf dem Weg zum VIP-Gästecounter konnte Gustav aus dem Augenwinkel heraus sehen, wie der Taxifahrer umständlich aus seinem Fahrzeug stieg und einmal die Seite wechseln musste, um die offene Tür zu schließen.

Na, wem ist jetzt kalt?, dachte Gustav und konnte sich ein verschmitztes Grinsen nicht verkneifen. Wobei: so richtig stolz war er nicht auf seine Aktion. Taxifahrer zu ärgern gehörte definitiv nicht zu seinen Hobbys, aber so ganz ungestraft wollte er ihn auch nicht davonkommen lassen.

# Lasst uns froh und munter sein

Der Film war tatsächlich lustig. Und das, obwohl ein Comedian mitspielte, der so gar nicht sein Fall war: Oliver Pocher. Aber in dieser Rolle war er der absolute Hit. Insoweit hatte der Abend also doch noch einen guten Verlauf genommen. Auf dem roten Teppich war Gustav wieder sehr froh über sein Outfit gewesen. Er fiel auf, jeder Fotograf bat um ein Foto von ihm, und darum ging es doch schließlich bei solchen Veranstaltungen. Zudem konnte er so einmal Content produzieren, ohne sein Gehirn groß einschalten zu müssen. Die Bilder von dieser Premiere waren auch bei seinen Fans im Netz sehr beliebt.

Im Saal selbst war es wie zu erwarten sehr heiß. Bei dem einen oder anderen Premierengast versagte das Deo schon zur Hälfte des Films. Aus diesem Grund war Gustav sehr froh, als endlich die erlösenden Worte vom Moderator kamen: »Die Party ist eröffnet!«

Auch wenn er es fast schade fand, dass damit der gemütliche Teil des Abends vorbei war. Raus aus dem Kinosaal, rein in das Foyer, das zur Partylocation umgebaut worden war. Eigentlich wollte Gustav auch nur noch ein paar Kölsch trinken, hier und da mal ein kurzes »Hallo« platzieren und dann früh nach Hause gehen. Doch sein Plan wurde schon an der ersten Station jäh zerstört.

»Ein Kölsch, bitte!«, bestellte er an der Bar.

»Sorry, wir haben nur Wein und Cocktails. Kölsch gibt's auf der anderen Seite«, antwortete der Bartender freundlich, aber bestimmt und zeigte auf die weit entfernte Theke.

Gustav musste unweigerlich die Augen verdrehen. Gerade als er sich auf den Weg zu dem Kölschstand machen wollte, sah er die Schlange, die sich davor auftat.

Um Himmels willen, dachte er sich und winkte dem Bartender erneut, um sich umzuentscheiden und ein Glas Weißwein zu bestellen. Natürlich wäre ihm ein leckeres Kölsch viel lieber gewesen, aber wenn Gustav eines hasste, dann war es, sich für irgendetwas anstellen zu müssen. In einer Schlange stehen hatte etwas von Bittsteller sein. Nein, für ein Kölsch würde er dieses Opfer sicherlich nicht bringen. Der Wein war schnell eingeschenkt, und wenige Augenblicke später genoss der Instagramstar den leckeren Tropfen und beobachtete das illustre Treiben auf der After-Show-Party. Es war immer das Gleiche. Sobald es etwas umsonst gab, waren sowohl die A- als auch alle restlichen Buchstaben-Promis des Alphabets kaum aufzuhalten. Dabei war wohl das Ziel, den Teller immer schön vollzumachen, aber niemals aufzuessen. Bei den Drinks war es ähnlich. Sobald der Cocktail nicht mehr kalt genug war oder das Kölsch keinen Schaum mehr hatte, holte man sich einfach ein neues Getränk. Auch wenn Gustav aufs Geld achtete und Einladungen gegenüber offen war, fand er, dass solche Verhaltensweisen irgendwie etwas Prolliges hatten.

Aber wer weiß, vielleicht gibt es auch den ein oder anderen ach so erfolgreichen Partygast hier, der in Wirklichkeit kaum noch seine Miete zahlen kann. Der muss dann für die nächsten Wochen auf Vorrat futtern, überlegte der Instagramstar.

»Hey, bist du nicht Gustav Greider?«, riss ihn eine weibliche Stimme aus seinen Gedanken.

»Wer will das wissen?«, antwortete er einladend und drehte sich zu ihr um.

Was er sah, gefiel ihm schon mal: Er schätzte sie auf Anfang zwanzig, groß genug, um gute Chancen in einer Modelshow zu haben, und hübsch genug, um ihm einen netten

Abend zu bereiten. Allerdings hatte er sich auch vorgenommen, endlich echte Liebe in seinem Leben stattfinden zu lassen. Oberflächlichkeiten waren da der falsche Anfang.

»Ich heiße Lena«, sagte sie und strahlte ihn verführerisch an.

»Hallo Lena. Ja, richtig, der bin ich. Folgst du mir etwa?«

Eigentlich war Gustav die Antwort klar, aber es war einfach zu schön, eine Bestätigung zu bekommen, dass wildfremde Menschen sein Leben verfolgten.

»Ne, ich bin echt eingeladen worden und wusste nicht, dass du auch dabei bist«, erklärte Lena bierernst.

Damit hatte der sonst so schlagfertige Social-Media-Star nicht gerechnet.

»Äh ... ja. Na ja, aber du kennst mich anscheinend. Cool. Und woher kenne ich dich?«

»Gar nicht. Aber trotzdem würde ich gerne ein Pic mit dir machen, okay?«

»Natürlich gerne, wobei ...«, weiter kam er nicht. Ruck, zuck packte Lena ihr Handy aus und machte das gewünschte Selfie. Kaum war das erledigt, verabschiedete sie sich direkt wieder.

»Danke. Vielleicht sehen wir uns später auf der Tanzfläche«, sagte sie lächelnd, nahm Gustav sein Weinglas aus der Hand und verschwand damit im Trubel der anderen Gäste.

»Kann ich bitte ein neues Glas Wein haben?«, bestellte der Sechsundzwanzigjährige und schüttelte dabei den Kopf über das gerade Erlebte.

»Die werden echt immer verrückter«, stellte er fest und trank das Glas in einem Rutsch aus.

An der Fingerfood-Fütterungsfront gab es weiterhin keine Entspannung.

Schade, so einen kleinen Happen hätte ich auch gerne genommen, dachte Gustav und bestellte sich ein weiteres Glas Wein.

Dabei schielte er auf die verschiedenen Früchte, die der Bartender für die Cocktails vorbereitet hatte und die nur auf ihren Einsatz warteten.

»Entschuldigung. Meinen Sie, ich könnte ein paar von den Maraschinokirschen zum Wein haben?«, fragte Gustav freundlich.

»Wieso? Das schmeckt doch zusammen garantiert ganz schrecklich«, antwortete der Mann, der hinter der Theke arbeitete, während er den Wein einschüttete.

»Ach, ich finde das ganz lecker. Ist wie Ingwer beim Sushi. Der neutralisiert auch«, log Gustav und erntete dafür heftiges Kopfschütteln, aber auch einen kleinen Teller mit den gewünschten Cocktailkirschen.

Gut, er kam sich jetzt ein wenig wie Vivian in *Pretty Woman* vor, aber er brauchte einfach irgendwas zum Knabbern. Das Supersüße der Kirschen tötete er immer wieder mit dem Geschmack des trockenen Weines ab. Eine Spirale, die sehr gefährlich war, denn mittlerweile hatte er auf diese Weise gut eine ganze Flasche Wein getrunken. Die Schlange am Büfett wurde einfach nicht kürzer, und so entschied er sich, den Abend früh zu beenden. Wobei, er wollte wenigstens einmal auf der Tanzfläche vorbeischauen. »Vielleicht geht ja doch mehr mit dieser Lena«, dachte er sich.

Gustav verließ seinen angestammten Platz und wühlte sich durch die Menge. Auf solchen Partys war er halt auch bloß einfach Gast, und keiner sprang direkt beiseite, nur weil er vorbeiwollte.

»Hey, Gustav! Schön, dich zu sehen«, hörte der Influencer eine ihm bekannte Stimme und fühlte gleichzeitig einen Schlag auf seine Schulter.

Er drehte sich um und sah in das Gesicht von Selim. Ebenfalls ein Instagramstar, allerdings mit nicht so vielen Followern wie Gustav. Dafür hatte Selim aber ein zweites Standbein, denn er war ein gern gebuchter Realityshow-Kandidat.

»Nicht in Thailand?«, fragte Gustav.

»Du könntest dir auch ruhig mal meine Storys ansehen, dann wüsstest du, dass ich erst nächste Woche fliege«, antwortete Selim ein wenig pikiert. »Aber egal. Komm, trink eins mit!«

Er hielt Gustav einen kleinen Bierkranz mit frisch gezapftem Kölsch entgegen. Dieser konnte seine leuchtenden Augen nicht verbergen.

»War das ›Bier auf Wein, das lass sein‹? oder ›Bier nach Wein, das ist fein‹?«, überlegte Gustav noch.

Doch die Antwort darauf wartete er nicht ab, sondern leerte das Glas in einem Zug. Er hatte sich doch so lange darauf gefreut.

»Okay, ich schaue wirklich nicht jede deiner Storys, aber das liegt nicht an dir, sondern einfach an Zeitmangel«, log Gustav schon wieder.

Langsam kam er sich wie ein kleiner Baron von Münchhausen vor. Aber was sollte er auch sonst antworten? In Wahrheit fand er, dass Selim sich einfach zu gerne selbst reden hörte und zudem mega eingebildet war. Ein klein bisschen war er auch neidisch auf den ein oder anderen Werbedeal, den sein »Kollege« eingesammelt hatte. Selim hatte nicht nur eine eigene Unterwäsche-Kollektion mit Boxershorts und seinem Namen im Bündchen, sondern auch eine eigene Beautyline für den Mann. Das Highlight waren blau leuchtende Augenpads, die gegen Falten wirken sollten. Unabhängig davon, dass Gustav weder wusste, ob diese Dinger was nutzten, noch, ob die Chemie in diesen Pads giftig war, fand er es schon ein wenig makaber, jungen Männern zwischen fünfzehn und fünfundzwanzig Jahren das Geld aus der Tasche zu ziehen, um ihnen einen Anti-Falten-Effekt zu verkaufen. Wer in diesem Alter damit Probleme hatte, dem half keine Creme. Da war er sich sicher. Gustav verdiente sehr gerne Geld, aber nicht mit Hokuspokus-Produkten.

»Mach so weiter, und ich entfolge dir«, sagte Selim lachend und fügte hinzu: »Sag mal, wo ist denn dein Schatten?«

»Lennard hat sich überfressen und ist geplatzt«, antwortete Gustav trocken.

Selim lachte laut und mit einem Prusten auf. Dabei verschüttete er Kölsch aus seinem Kranz. Gustav versuchte aus dem Weg zu springen, aber da die beiden immer noch im dichten Gedränge standen, hatte er keine Chance. Das Kölsch landete auf seiner weißen Hose.

»Damned!«, war seine erste Reaktion.

Natürlich wäre Gustav gerne cool geblieben, aber er fühlte sich, als hätte er in die Hose gemacht.

»Cringe. Shit. Das tut mir leid, aber keine Sorge, wenn es trocken ist, sieht man nichts mehr davon. Ist ja nur Kölsch und kein Altbier!«, versicherte Selim mit einem entschuldigenden Lächeln.

Dazu bückte er sich und rieb mit einem Taschentuch an der Jogginghose. Genau in diesem Augenblick kam Lena am Ort des Geschehens vorbei, lachte und machte sofort ein Foto von dieser Situation.

»Selim, jetzt steh gefälligst auf. Von Weitem könnte man denken ...«

Weiter brauchte Gustav nichts zu sagen. Mit hochrotem Kopf erhob sich Selim wieder.

»Passiert ist passiert! Ich wollte eh gleich gehen«, stellte Gustav fest, trank das Kölsch aus und stellte das leere Glas zurück in den Kranz.

Ohne weitere Verabschiedung ließ er Selim stehen, denn es gab jetzt viel Wichtigeres: Er musste Lena beziehungsweise ihr verdammtes Smartphone wiederfinden. Doch so einfach war das nicht. Es war weiterhin voll und eng, was die Gäste nicht davon abhielt, den Fleck auf Gustavs Hose zu entdecken. Das Schmunzeln Einzelner konnte der Instagramstar noch verstehen, aber dass mit ausgestrecktem Finger auf ihn gezeigt wurde, verbesserte seine Laune nicht.

»Wenn das hier schon im Kleinen solche Reaktionen hervorruft, dann möchte ich nicht wissen, was passiert, wenn Lena das hochlädt«, dachte er sich.

Im gleichen Moment zog er sein iPhone aus der Tasche und wählte die Nummer von Lennard. Mailbox. Anscheinend war sein Kumpel immer noch sauer auf ihn.

»Lennard, ruf zurück. Notfall!«, sprach er etwas gehetzt auf den Anrufbeantworter.

Wenn es irgendjemanden gab, der solche Situationen retten konnte, dann war das sein bester Freund. Spätestens jetzt war er sauer auf sich selbst, weil er den Streit nicht im Keim erstickt hatte. Mittlerweile wusste Gustav auch nicht mehr, wohin er eigentlich laufen sollte. Es gab so viele Möglichkeiten, wohin Lena gegangen sein konnte. Aus diesem Grund beschloss er, die Suche vorerst abzubrechen.

»Vielleicht finde ich sie später, wenn die ersten Gäste voll genug sind und die Party verlassen«, überlegte er sich und steuerte die Bar an.

»Einen Gin Tonic bitte!«, bestellte er und reihte sich damit in die Schlange der durstigen Partygäste ein.

Bier und Wein waren für diesen Abend als Nervennahrung nicht mehr genug. Der Fleck auf der Hose war zwar mittlerweile fast wieder trocken. Aber im Gegensatz zu Selims Ankündigung blieb ein gelblicher Rand auf der weißen Hose sichtbar. Zudem war dieser genau zu einer Hälfte vorn und zur anderen Hälfte hinten auf der Innenseite des Oberschenkels platziert. Selbst für Gustav sah es so aus, als hätte er Pipi in die Hose gemacht. Der Bartender stellte das gewünschte Getränk auf die Theke, sagte: »Cheers«, und schenkte Gustav einen mitleidigen Blick.

»Das ist nicht das, wonach es aussieht!«, verteidigte er sich lautstark.

Mittlerweile war er ziemlich genervt von Selims Fauxpas, den Gästen, diesem Abend, davon, dass Lennard nicht ans Telefon ging und vor allem, dass er keine Ersatzhose dabeihatte. Aber wer ging auch schon mit einem zweiten Outfit zu einer Party? Er kannte keinen Mann, der derart vorausplante. So war es auch nicht verwunderlich, dass er den Gin in zwei großen Schlucken leerte und sich direkt einen neuen bestellte. Wegen der ganzen Aufregung und des damit verbundenen Ärgers wirkte der Alkohol nur oberflächlich. Sprich, er beruhigte die Nerven, machte ihn aber nicht besoffen. Zumindest war er davon überzeugt. Gerade deshalb fand er die Tatsache, dass die anderen Gäste tatsächlich einen großen Bogen um ihn machten, absolut absurd. Anscheinend lag das an dem Fleck. Denn der wurde nicht nur optisch wahrgenommen, sondern versprühte wohl auch einen imaginären Uringeruch. Beides würde zu einem Schluckspecht passen. Und in dieser Schublade befand sich der Instagramstar nun anscheinend.

»Ihr seid alle sooo lächerlich«, giftete Gustav laut hörbar zu den Gästen in seiner unmittelbaren Umgebung.

Soweit man zwei Meter Abstand als unmittelbar bezeichnen konnte. Der Influencer bestellte sich einen weiteren Gin gegen den Frust und beschloss, jetzt noch schnell auf der Tanzfläche nach Lena zu schauen. Sobald das erledigt war, wollte er ins nächste Taxi steigen, um die Heimfahrt über die Hundetagesstätte anzutreten. Zu Hause würde After Eight dann sicherlich gerne in seiner Nähe sein und sogar mit ihm kuscheln. Und das auch, wenn es wirklich Urin auf der Hose wäre. Dieses oberflächliche Partyvolk hier widerte Gustav an. Mit dem Gedanken an seinen besten Freund auf vier Pfoten ging es ihm schon besser. Nur einen kleinen Umweg über den nächsten McDrive wollte er zusätzlich noch als Zwischenstopp einlegen, denn sein Hunger wurde immer größer. Mit dem Glas in der Hand ging er in die Richtung, aus der die Musik kam. Und tatsächlich, auf dem Dancefloor bewarb sich Lena mit ihrem sehr ausdrucksstarken Tanzstil wohl für eine Rolle in einem Musikfilm.

»Komm mal mit«, raunzte Gustav sie an.

Doch Lena ignorierte ihn und tanzte einfach weiter.

»Ey, hallo. Bist du taub?«, legte der Instagramstar nach.

Auch diese Frage blieb unbeantwortet.

Ohne Alkohol wäre Gustav zwar auch sauer auf Lena gewesen, aber zumindest hätte er keine körperliche Gewalt angewendet, um seinem Befehl Nachdruck zu verleihen. Im Hier und Jetzt packte er Lena recht unsanft am Arm.

»So, ich weiß, es ist hart, aber die Rolle bekommt jemand anderes. Die Jury hat kein Foto für dich«, veralberte Gustav sie und zerrte sie von der Tanzfläche.

Das blieb natürlich nicht unbeobachtet, denn schließlich maulte Lena recht lautstark: »Bist du ein Spast? Lass mich los! Ich will weitertanzen! Und was für eine Rolle? So tanze ich immer, wenn ich Spaß habe!«

Dazu zappelte sie und versuchte, sich von Gustav loszureißen. Das war zwar erfolglos, aber wiederum ein gefundenes Fressen für einen anderen Partygast, um einzugreifen. Der Comedian Lars Lustig war, wie so oft in dieser Berufsgruppe, nicht wirklich witzig: »Was sagt ein Löwe, nachdem er einen Clown gefressen hat? Uahhh, der schmeckt aber ganz schön komisch!« Aber trotzdem hatte er es geschafft, den Chef eines großen TV-Senders für sich zu begeistern, und bekam eine eigene Comedyshow. Optisch war Lars zudem ebenfalls eine Katastrophe. Aber er würde alles tun, um bei Lena landen zu können. Ihr Tanzstil machte ihn ganz wuschig. So hatte er schon die ganze Zeit überlegt, was ein richtig guter Anmachspruch wäre. Diese hatten das Niveau seiner Witze, und er war selbstkritisch genug, um zu wissen, dass er damit keinen Erfolg bei ihr haben würde. Gustav war für ihn die Rettung. Er hasste solche Typen wie ihn, die quasi durch Nichtstun reich wurden. Also griff er zwar ganz spontan ein, aber nicht ohne Hintergedanken. Auf starke Männer fuhren doch schließlich alle Frauen ab.

»Sag mal, du Troll. Hast du nicht gehört? Du sollst die Dame gefälligst loslassen!«, brüllte er.

Gustav hielt an und schüttelte den Kopf.

»Nicht dein Problem. Wer hat dich Flachpf...?«, weiter kam er allerdings nicht, denn Lars schubste den Instagramstar mit voller Wucht und ausgestreckter Hand auf die Brust. Dabei zog er Lena, als wäre er ihr Ritter und Retter, schützend mit dem anderen Arm hinter sich. Darauf war Gustav nicht vorbereitet. Nicht nur, dass er sofort auf dem Allerwertesten landete. Seine Hose sammelte zu dem vermeintlichen Urinfleck nun sämtliche Speise- und Getränkereste auf. Lena gluckste auf, zog ihr Handy aus der Tasche, und durch den Blitz konnte Gustav erkennen, dass sie weitere Fotos von ihm schoss. Gerade als er sich aufrichten wollte, um sich erneut die Hobbyfotografin zu schnappen und natürlich vorher dem Comedian noch einen ordentlichen Tritt zu verpassen, wurde er von vier starken Armen wie ein Fuselmopp über den Boden geschleift. Noch bevor er sich erklären konnte, wurde ihm das VIP-Bändchen abgeschnitten, und die zwei Türsteher warfen ihn aus dem Cinedom raus.

# Kling, Glöckchen, klingelingeling

»Na, du? Willste 'nen Schluck?«, bot ihm ein Mann an, der seinen Schlafplatz direkt über den Belüftungsgittern des Kinos aufgebaut hatte.

Dort kam nicht nur gratis warme Luft heraus, sondern baulich bedingt war dieser Platz sogar überdacht. Gustav wusste nicht, was deprimierender war. Die Tatsache, von der Very Important Person zur Very Insignificant Person zu werden, oder aber mit einer ehemals weißen Designerhose jedem Obdachlosen den Rang als »ungepflegteste Person des Jahres« streitig zu machen. Bei einer Sache war er auf jeden Fall sicher: dass dieser Abend mit Abstand der Schlimmste in seinem Leben war. Trotzdem oder vielleicht auch genau deshalb nahm er das Angebot seines neuen Freundes an.

»Ich bin übrigens der Kalle«, sagte der Obdachlose.

»Gustav«, stellte der Internetstar sich wortkarg vor und nahm erneut einen tiefen Schluck aus Kalles Pulle. Der hochprozentige Schnaps löste ein neuartiges Gefühl in Gustav aus: Gänsehaut gepaart mit einem Tsunami Wärme im ganzen Körper.

»Ey, ey. Mach ma' langsam. Das muss noch bis morgen reichen, oder«, der Obdachlose schaute links und rechts an Gustav vorbei, »haste ein' Koffer mit Nachschub dabei?«

»Nein, das nicht. Aber mach dir keine Sorgen. Ich kann uns sooo viele Taschen wie nötig kaufen.«

Hatte er gerade Taschen gesagt? Kalle schaute ihn irritiert an.

»Äh ... Fl'schen natürlich«, korrigierte er sich und musste feststellen, dass der Alkohol wohl doch langsam, aber sicher die unerwünschten Folgen des Genusses im Gepäck hatte.

Kalle lächelte, und Gustav konnte die ganze Pracht der drei letzten Zähne in seinem Mund bewundern.

»Ja, ja, ist klar. Jetzt nimmst du mich aber auf'n Arm. Deine Hochstaplernummer hat doch anscheinend schon im Kino nicht geklappt. Sonst wärste ja jetzt nicht mein Gast, gell?«, stellte Kalle dabei nüchtern fest.

Ist es schon so weit gekommen, dass ich einem Obdachlosen beweisen muss, wer ich bin?, überlegte Gustav.

Dass er hier auf der Straße gelandet war, lag doch schließlich eher an der brutalen Art der Security und nicht an seinem sozialen Stand. Allerdings war der Schnaps besser als alles, was er bisher heute Abend serviert bekommen hatte. Das musste er zugeben.

»Ich bin kein Hoch... ...stapler. Der Gastgeber und ich hatt'n ... sagen wir mal so ... unüberprückbare Diffe... ...renzen. Und sie waren in der Überzahl. Egal. Kalle, machen wir es doch einfach so. Was willst du für die Tlasche ... Flasche hier haben?«, kämpfte er mit sich und seinem Sprachzentrum.

»Du meinst für den Seelentröster hier?«, fragte Kalle zurück und musterte Gustav ganz genau. Nach gut zwei Minuten des Überlegens hatte er seine Antwort parat: »Fünfzig Euro.«

»Guter Witz. Du willst so viel Geld für eine angesüppelte Flasche Schnaps? Ey, Alter, du hast anscheinend jeglichen ... jeglichen ... jeglichen ...«, irgendwie wollte der Satz nicht weitergehen.

Der Instagramstar hielt kurz inne und konzentrierte sich.

»... Sinn für die Realität verloren. Ich gebe dir zwanzig. Und das nur, weil ich deine Einladung nett fand«, blaffte Gustav und griff erneut zur Flasche.

Doch Kalle war schneller.

»Fünfzig oder du kannst woanders schmarotzen gehen. Vom Labern bekomm ich keine neue Pulle«, giftete der Obdachlose.

Jetzt wurde es Gustav aber wirklich zu bunt. Er riss Kalle die Flasche aus der Hand, nahm einen tiefen Schluck, zog einen Fünfer aus seinem Portemonnaie und warf erst das Geld und dann die Flasche in Richtung Kalles Schlafsack. Gut, das war jetzt kein Husarenstück, und irgendwie hatte Gustav auch ein schlechtes Gewissen, aber unterm Strich war er schlichtweg einfach überfordert mit allem. Sogar mit dem Werfen. Schlecht gezielt ist auch daneben, und so zersprang, mit lautem Klirren, die Schnapsflasche auf dem Asphalt. Sofort rappelte sich der Obdachlose auf und fing an, auf Gustav einzuschlagen.

»Du Penner, du. Da ist man nett und wird wie immer bestraft. Ich will jetzt meine fünfzig Euro!«

Der erste Schlag von Kalle hatte tatsächlich gesessen und Gustav eine blutige Nase beschert. Spätestens jetzt war auch sein Oberteil reif für die Mülltonne. Natürlich war der Instagramstar jünger und fitter als der Obdachlose und ihm somit körperlich überlegen. Nach dem ersten Schock über den körperlichen Angriff schubste er Kalle zurück auf sein Nachtlager und beendete damit den ungleichen Kampf.

War das gerade ein Kameraklicken?, überlegte Gustav und drehte sich um. Im gleichen Augenblick sah er den Pressefotografen, der seinen Disput mit Kalle wie eine Foto-Lovestory festgehalten hatte.

»O Mann. Das ist jaaaa wie im Kinderkarten hier«, rief Gustav hörbar angetrunken und sprintete in Richtung des Journalisten.

Doch dieser nutzte seinen Vorteil, noch auf der Party erwünscht zu sein. Er zeigte dem Einlasskontrolleur sein »VIP-Bändchen« und betrat wieder den Cinedom. Kurz hinter der Glasdrehtür hielt er an und streckte Gustav gut sichtbar die Zunge heraus. Die Reaktion ließ nicht lange auf sich warten. Gustav streckte ihm den Mittelfinger entgegen. In diesem Moment war es ihm auch nahezu wurst, dass es ein weiteres kompromittierendes Foto geben würde.

»Lennard, wenn du nicht bald zurück...äh...dingsda, sind wir beide so was von im Arsch!«, war die nächste Reaktion des Instagramstars, die er wütend auf Lennards Mailbox schrie.

Denn auch der zweite Versuch, ihn zu erreichen, war erfolglos gewesen. Bevor nun Kalle die Chance bekam, sich mit Gustav weiterzustreiten, und zum neuen ungewollten Follower wurde, beschloss der Social-Media-Profi, endlich Reißaus zu nehmen, und steuerte leicht torkelnd den Taxistand an. Zu seiner Freude stellte er fest, dass der Kollege von der Hinfahrt nicht in der Schlange stand.

»Einmal Marienburg, bitte schön«, wies er den Taxifahrer durch das offene Fenster an, während er die Hintertür öffnete.

»Jans bestimmt net. Brauchst jar nicht einsteigen«, antwortete der Fahrer schroff.

»Haben sich heute eigentlich alle gegen mich verschworen? Warum fahren Sie denn ... nicht nach ... Marienheide ... quatsch ...burg? Wollen Sie auch das Doppelte?«, fragte Gustav genervt.

»Ne, mir würdet reichen, wenn de dich wenigstens waschen gehst, und dann nehm ich dich auch mit. Aber so ... Versaust mir ja de janze Karre. Und dann sollteste auch dringend auf Wasser umsteigen!«

»Das sieht schlimmer aus ... als es pissst. Ich bin eigentlich ... ach, wissense, was? Ist mir auch egal. Ich habe von euch echt, echt, echt, echt die Schnauze voll«, giftete Gustav, zog sein schon eingestiegenes Bein zurück und knallte die Tür zu.

»HALLO! Geht's noch?«, brüllte der Fahrer zurück.

Doch Gustav hatte weder Lust noch Kraft für eine weitere Auseinandersetzung. Er hatte schon neue Pläne gefasst.

Wenn mich keiner nach Hause fährt, muss ich das halt selbst machen. Wozu habe ich denn diese CartoGo-App?, schoss es ihm durch den Kopf.

Er zog sein Handy heraus und öffnete sie. Und wirklich, in weniger als hundert Metern Entfernung stand ein Smart für ihn zum Einsteigen bereit. Er folgte den Anweisungen auf dem Bildschirm. Es war zu schön, um wahr zu sein, aber tatsächlich konnte er wenige Minuten später den Zündschlüssel umdrehen und die Heimfahrt antreten. Ohne mit irgendjemandem zu diskutieren, und mit einem schönen warmen Popo, dank der Sitzheizung. Gustav musste sogar ein klein bisschen lächeln über das, was er heute Abend erlebt hatte. Er wusste auch schon, wie er die ganze Sache aus der Welt bekam. Er würde gleich eine Story drehen und erzählen, dass er eine Wette verloren hätte oder von Lennard gepranked worden wäre. Dass die Klamotten hin waren, war ihm so was von egal. In der letzten Zeit trug er eigentlich kein Outfit ein zweites Mal. Und seinen Nasenhieb hatte er mehr als verdient.

Doch das Chaos an diesem Abend war noch lange nicht überwunden. Das wurde ihm spätestens dann klar, als er im wahren Leben ganz neue Follower im Rückspiegel erkannte. Nein, nicht Kalle und seine eventuellen Freunde. Diese hier trugen Uniformen und saßen in einem blau-silbernen Auto mit passendem Warnlicht auf dem Dach.

# Driving Home for Christmas

»Die sind sicherlich nicht wegen mir hier, sondern auf dem Weg zu irgendeinem Einsatz«, sprach Gustav sich selbst Mut zu.

Immer wieder schaute er hektisch in den Rückspiegel. Doch eigentlich gab es keinen Zweifel daran, dass die Polizei gerne mit Gustav sprechen wollte. Schließlich waren die Buchstaben »STOPP« bildfüllend im Spiegel zu lesen. Der Social-Media-Star wusste, wenn er jetzt kontrolliert werden würde, dann reichte allein sein Outfit für jede Menge Fragen. Ganz gleich, wie viel Bier, Schnaps und Wein er intus hatte, sie würden zudem auf jeden Fall einen Alkoholtest mit ihm machen wollen. Auf das Ergebnis war Gustav alles andere als gespannt. Umso verständlicher war es, dass er sich dieser Kontrolle gern entziehen wollte. Doch sein frisch gefasster Entschluss, mit einem Smart in der Kölner Innenstadt die Flucht anzutreten, konnte jeder, aber auch wirklich jeder im Nachhinein als allergrößte Dummheit abstempeln.

Zunächst versuchte Gustav den Abstand zum Polizeiwagen zu vergrößern und gab Gas. Nur war er nicht auf der Autobahn, und es stellte sich schnell heraus, dass dieser Plan sinnlos war. Zudem wollte irgendwie auch kein anderer Autofahrer ihm dabei helfen, die Polizei abzuhängen. Sie verfielen sofort in eine Art Schockstarre beim Anblick des Blaulichts und bildeten eine extrabreite Verfolgungsgasse.

»Schlappschwänze«, pöbelte der Instagramstar vor sich hin.

Was konnte er also tun? Angestrengt dachte er nach.

»Bleiben Sie endlich stehen«, forderte einer der Polizisten ihn durch die Lautsprecher des Streifenwagens auf.

Und wieder hatte Gustav einen sensationellen Geistesblitz:

»Wenn das Ihr Wunsch ist ... kann ich das machen«, sagte er laut zu sich selbst und bremste abrupt.

Um ein Haar wären aus den Followern Bumper-Fahrer geworden. Mit quietschenden Reifen blieb der Polizeiwagen nur wenige Zentimeter hinter dem Smart stehen. Im Rückspiegel konnte Gustav erkennen, dass seine Aktion nicht gerade Begeisterungsstürme bei den Insassen hervorrief. Kaum hatten die Polizisten ihre Uniformen gerichtet, die Fahrzeugtüren energisch geöffnet und gerade die ersten Schritte auf den Asphalt gesetzt, gab der Social-Media-Star auf Abwegen wieder Vollgas. Wie ein Kleinkind freute er sich, als er die verdutzten Gesichter im Außenspiegel sah.

»Wer ist jetzt hier ein schlauer Fuchs? ICH, ICH, ICH! Jetzt nur noch schnell links ins Parkhaus und dann ...«, feierte Gustav sich und hatte Bock, seinen Beinahe-Siegeszug mit einem kühlen Getränk zu begießen.

»Gegenüber vom Dom ist doch ein Brauhaus. Hmmm, lecker Kölsch und ... und ... hmmm, ja, ein kleiner Metthappen. Das wär es jetzt«, schmiedete er weiter Pläne.

Seine Autoparty wurde allerdings jäh beendet. Im Prinzip war seine Idee gar nicht mal schlecht gewesen. Und wenn es keine Baustellen und vor allem keinen Weihnachtsmarkt vor dem Kölner Dom gegeben hätte, hätte er es vielleicht auch geschafft. So veranlasste eine rot-weiße Absperrbake ihn zur Weiterfahrt.

»Verdammt! Haben sich denn alle gegen mich verschworen?«, fragte Gustav sich und schaute hektisch auf die Straße und die Umgebung.

Hinter der Absperrbake war ein riesiges Loch. Somit hatte es auch keinen Sinn, diese einfach beiseitezuschieben. Rechts stand ein Haus, das er auch nicht so einfach wie bei Monopoly versetzen konnte. Blieb eigentlich nur links. Dort war zwar der Weihnachtsmarkt auf der Domplatte aufgebaut, aber mit genügend Auslauffläche, um die Baustelle umfahren zu können. Einziges Hindernis waren diese elektronischen Poller, die die Besucher vor Amokfahrern schützen sollten und schon hochgefahren waren.

»An Smart-Fahrer hat die Stadt Köln dabei allerdings nicht gedacht.«

Zumindest Gustav war davon überzeugt, dass er durchpassen würde. Da im Hintergrund schon wieder die Lieblingsmusik der Polizei, das Martinshorn, ertönte, blieb auch keine Zeit, eine genaue Messung vorzunehmen. Nur für den Fall, dass es knapp werden würde, beschloss Gustav, dieses Risiko mit Kraft und Geschwindigkeit auszugleichen.

»So ein paar Kratzer wird die Karre doch aushalten«, machte er sich weiter Mut.

Er setzte den Smart schräg zurück und fuhr dabei sogar auf den Bürgersteig hoch. Jetzt musste alles klappen. Der Motor heulte auf. Gustav betätigte die Taste für den elektrischen Fensterheber, atmete tief den frischen Sauerstoff ein, und mit der rechten Hand markierte er in der Luft seine Fahrtrichtung. Dann gab er Vollgas und schoss wie ein Pfeil auf die Poller zu. Ob er wirklich durchgepasst hätte, müsste an einem anderen Tag noch einmal überprüft werden. Für jetzt nahm er einen ganz anderen Weg als anvisiert, um das Hindernis zu überqueren. Er hatte die Stahlplatten neben der Baustelle komplett übersehen, die zur Sprungschanze wurden. Zu seiner Verteidigung musste man feststellen, dass es schon dunkel draußen war und der Weihnachtsmarkt erst in zwei Tagen seine Pforten öffnen würde. Die Beleuchtung war ebenfalls noch ausgeschaltet. Somit wurde der Smart ungewollt zum Flugzeug. Mit der Geschwindigkeit und dem dann doch sehr leichten Gewicht des Fahrzeugs hob er ab und glitt ganz knapp über die Poller. Zumindest mit drei Reifen. Das Hinterrad touchierte den Schutzwall und veränderte somit erneut die »Fahrtrichtung«. Gustav wusste gar nicht, wie ihm geschah. Mit offenem Mund blickte er verwundert und zugleich panisch wegen seines ungewollten Stunts.

Doch noch schlimmer war die Landung. Die an sich schon nicht gerade komfortablen Stoßdämpfer versagten völlig und schüttelten den Instagramstar schlimmer durch, als wenn dieser versucht hätte eine Etappe der Rallye Dakar auf der Motorhaube eines Rennwagens zu bestreiten. Dazu stellte der Smart aber nicht wie erwartet seinen Dienst ein, sondern fuhr fröhlich nahezu ungebremst weiter. Das lag natürlich auch daran, dass Gustavs Reaktionsverhalten nicht gerade seinen besten Tag erwischt hatte. Und der Alkohol gab ihm den Rest. So kam es, wie es kommen musste. Verzweifelt und viel zu spät riss er das Lenkrad herum und wechselte endlich den Fuß vom Gaspedal zur Bremse. Dies führte dazu, dass der Smart anfing, sich um seine eigene Achse zu drehen. Unaufhaltsam. Bis eine Kollision die wilde Fahrt endlich beendete. Zum Glück für Gustav war es die mit viel Heu ausgestattete Weihnachtskrippe. Für Maria, Josef und alle sonstigen handbemalten und geschnitzten Holzfiguren war diese Aktion allerdings der »Todesstoß«. Die Polizisten, die den Amokfahrer natürlich mittlerweile eingeholt hatten, erinnerte das Bild, das sich ihnen bot, eher an ein Schlachtfeld. Überall auf der Domplatte verteilten sich Arme, Beine und Köpfe. Tiere waren in zwei Teile gerissen, und nur das fehlende Blut verhinderte die Schreie nach allen verfügbaren Krankenwagen aus Köln und der Umgebung. Gustav saß leicht verdattert im Smart, aber rein körperlich war ihm nichts passiert. Anstatt in der Krippe war das Heu nun, dank des offenen Fensters, im ganzen Auto verteilt. Zufrieden stellte er fest, dass so auch endlich seine fleckigen Klamotten nicht mehr zu sehen waren.

»Puh, was für ein Ritt. Als TikTok wäre das garantiert 'n Hit«, stellte er alles andere als nüchtern fest.

Wenige Augenblicke später wurde die Tür aufgerissen.

»'n Abend. Sie wollten mich sprechen?«, begrüßte der Unfallfahrer die Polizisten fröhlich, die mit ausgestreckter Waffe in der Hand auf ihn zielten.

»Jetzt mal ganz langsam, Bürschchen. Hände hinter den Kopf und aussteigen. Die Zeit für Witze ist nun wirklich vorbei!«

Gut, das hatte sich Gustav auch schon gedacht, aber dies war das erste Mal in seinem Leben, dass er in so eine Situation gekommen war. Also dachte er sich, da könne es kein Fehler sein, ein wenig Charme zu versprühen.

»PENG!«

Für einen Moment dachte er, die Polizisten hätten ihre Contenance verloren und auf ihn geschossen. Doch es war nur der laute Knall des sich verspätet öffnenden Airbags. Gustavs Miene verdunkelte sich, und in diesem Moment war er sich auch nicht mehr sicher, ob sich zu dem Kölsch-Fleck auf seiner Hose nicht doch echter Urin gesellt hatte.

# Leise rieselt der Schnee

Bisher hatte Gustav immer alles in seinem Leben geregelt bekommen. Beziehungsweise seine Fehltritte schnell wieder aus der Welt schaffen können. Denn er hatte einen großen Vorteil: Seine freundlichen Augen, gepaart mit süßen Grübchen, ließen seine Entschuldigungen immer ehrlich wirken. Sein Gegenüber verzieh ihm, und die Sache war dann meistens erledigt. Doch anscheinend war ihm diese Gabe abhandengekommen, denn weder der Taxifahrer noch Kalle, Lena, ach, egal, wem er in den letzten vierundzwanzig Stunden über den Weg gelaufen war, hatten Verständnis für sein Verhalten gehabt, geschweige denn, ihm irgendetwas durchgehen lassen.

Die Polizisten reihten sich da nahtlos ein. Sie hatten ihn ohne weitere Diskussionen wie einen Schwerverbrecher aus dem Auto gezogen, ihm Handschellen angelegt und ihn in das Einsatzfahrzeug verfrachtet. Gustav war davon ausgegangen, dass er, spätestens wenn er seinen Rausch ausgeschlafen hatte, die Polizeiwache wieder hätte verlassen können. Doch mittlerweile war die Nacht vorbei, und er saß immer noch auf dem Bett in der Ausnüchterungszelle der Polizeiwache Köln-West. Der bisher sehr starke Duft nach Chlor und Erbrochenem wurde von einer Brise frisch gebrühtem Kaffee abgelöst. Zudem hörte er im Hintergrund leise Weihnachtsmusik aus einem Radio.

»Na, dann geht es sicherlich bald nach Hause«, machte sich der Amokfahrer Mut.

»Wo ist eigentlich mein Smartphone? Ach, richtig, das musste ich ja auch abgeben«, stellte er fest, während er die Nacht Revue passieren ließ.

Nach seiner Ankunft hatte alles recht schnell seinen gewohnten Gang genommen: Gustav musste sich ausweisen, die Beamten durchsuchten ihn, um herauszufinden, ob er irgendwelche Gegenstände in seiner Hose hatte, und dann brachten sie ihn direkt in seine jetzige Zelle. Dabei erntete er noch weiteres Kopfschütteln über seine eigenwillige Stadtrundfahrt.

Jetzt, mit klarem Kopf und verdammt starken Kopfschmerzen, war seine Neugierde riesengroß. Gustav vermutete, dass er ordentlich Mist gebaut hatte. Wenn seine Erinnerungen stimmten, konnte er sich für sein Verhalten nur entschuldigen. Doch wie schlimm war alles? Wurde er für seine Fahrt gedisst? Oder vielleicht doch gefeiert? Vielleicht hatte Lennard schon ein Wunder vollbringen können. Vielleicht war es aber auch ein gemeinschaftlicher Prank von seinem besten Kumpel und Selim. Lena war sicherlich nur eine einfache Statistin, die ihren Job echt gut gemacht hatte. Noch während Gustav sich weiter davon überzeugen wollte, dass er eigentlich total unschuldig in diese Sache geschlittert war, hörte er das erlösende Geräusch des sich im Schloss umdrehenden Schlüssels.

Endlich! Meine Leidenszeit ist zu Ende, dachte er und stand sofort auf.

Doch als die Tür aufging, stand weder Lennard noch eine nette Polizistin mit einem Cappuccino vor ihm, sondern ein griesgrämig dreinschauender Polizist.

»Herr Greider, wenn Sie mir bitte folgen würden ... Ihre Anwältin wartet!«

»An...wäl...tin?«, stotterte Gustav.

Der Einzige, der auf ihn wartete, war höchstens After Eight, der gerne aus der Hundetagesstätte abgeholt werden wollte, da war er sich sicher. Wozu brauchte er denn einen

Anwalt? Und dann auch noch eine weibliche Ausgabe? Im Fernsehen waren immer die Männer die Top-Verteidiger. Das musste sich hier alles um einen Scherz oder ein Missverständnis handeln. Okay, er hatte einen Unfall gebaut. Aber dabei hatte er lediglich eine Holzkrippe und keinen Menschen umgefahren, schoss es ihm durch den Kopf.

»Ja, was dachten Sie denn? Ich kann mir zwar nicht vorstellen, wie die Ihnen noch helfen soll. Aber das ist nun mal Ihr gutes Recht. So, und wenn ich bitten darf, etwas zügig. In dreißig Minuten geht es rüber zum Amtsgericht«, blaffte ihn der Polizist an.

Für einen Prank war das alles zu authentisch, und sosehr sich Gustav auch bemühte, er konnte weder irgendwo eine Kamera entdecken noch ein verräterisches Lächeln im Gesicht des Polizisten. Somit blieb ihm keine Wahl, und er folgte den Anweisungen.

Auch außerhalb seiner Zelle änderte sich nichts daran, dass das hier alles wirklich passierte. Gustav musste einen ewig langen Flur entlanggehen, bis der Befehl kam: »Stopp!« Der Polizist klopfte an eine Tür, öffnete diese gleichzeitig und deutete dem Neu-Knacki an, einzutreten. In dem kargen Raum gab es weder ein Fenster noch war dieser einladend. In der Mitte stand ein alter Holztisch, an dem eine rothaarige Frau saß.

Und jetzt auch noch eine Hexe, stellte Gustav in Gedanken frustriert fest.

»Setzen«, befahl der Polizist und verschwand danach aus dem Raum.

Seine Anwältin schaute immer noch nicht auf, sondern war in eine Akte vertieft. Gustav hoffte, dass es sich dabei wenigstens um seine handelte. Allerdings konnte er nicht glauben, dass er in den wenigen Stunden nach seinem kleinen Unfall für so viele Blätter in der Akte verantwortlich sein sollte.

»Während ich das hier noch lese ... Lassen Sie sich schon mal eine gute Ausrede einfallen. Auf unschuldig können Sie definitiv nicht plädieren«, blaffte die Anwältin ihn an.

»Diese tiefe Stimme, und das bei einer Frau, schafft man doch nur mit mindestens zwei Packungen Zigaretten und dem ein oder anderen Whiskey, oder? ... Und warum zum Teufel werde ich hier wie ein Schwerkrimineller behandelt? Ach, und übrigens, mein Name ist Gustav Greider. Und Sie sind?«, antwortete der Influencer gereizt.

Die Anwältin Melanie Pilzberg legte die Akte beiseite und schaute ihren neuen Mandanten mit einem scharfen Blick an, der selbst einen hungrigen Rottweiler in die Flucht geschlagen hätte. Im Anschluss öffnete sie wieder den Aktendeckel und fing gleichzeitig an, ein Weihnachtslied zu summen.

»Hallo? Ich habe mit Ihnen gesprochen«, protestierte Gustav und wurde immer ungehaltener.

Er sprang auf und wollte den Raum verlassen.

»Gehen Sie ruhig. Weit werden Sie nicht kommen. Und wenn der Richter von Ihrem aufmüpfigen Verhalten erfährt, wird Ihre Strafe noch härter ausfallen«, erklärte die Anwältin, schrieb eine Notiz in die Akte und summte weiter »Leise rieselt der Schnee«.

Gustav blieb stehen und wusste nicht, wie er sich verhalten sollte. Im Prinzip war ihm klar, dass der Polizist garantiert vor der Tür stand und er somit nicht einfach nach Hause gehen konnte. Aber wie sollte er mit dieser Frau hier klarkommen, geschweige denn, sich von ihr vor Gericht vertreten lassen? Es sei denn, mit »Hex, Hex« würde sie Erfolg haben. Dann sehr gerne, aber so. Unabhängig davon fand er die ganze Nummer hier stark übertrieben und extrem konstruiert. Er überlegte, ob er irgendetwas vergessen hatte vom gestrigen Abend, das ihn zum Straftäter machte. Aber ihm fiel nichts Besonderes ein.

Die Flasche hat Kalle nicht getroffen. Den habe ich definitiv nicht umgebracht, schoss es ihm durch den Kopf, und er setzte sich wieder hin.

»Was wollen Sie denn von mir?«, fragte Gustav seine Anwältin.

»Auch wenn Weihnachten nicht mehr weit ist, möchte ich nichts von Ihnen. Der Richter hingegen schon«, antwortete sie knapp.

»Was hab ich jetzt gelacht! Können Sie bitte aufhören, in Rätseln zu sprechen, und mir vielleicht mal erklären, was diese ganze Farce hier zu bedeuten hat?«

Die Anwältin schloss die Akte, um sie im nächsten Augenblick wieder zu öffnen. Sie zog mehrere Din-A4-große Fotos heraus und legte sie auf den Tisch.

»Kennen Sie diese Frau?«, fragte Melanie Pilzberg und zeigte dabei auf ein Foto.

Das Bild zierte eine junge Frau mit einem breiten Grinsen inmitten eines Tannenzweigrahmens. Darunter stand nicht ihr Name, sondern in roter Schnörkelschrift: Frohe Weihnachten. Gustav konnte das Bild sofort zuordnen. Es war diese Lena. Anscheinend hatte es gestern auf der Party eine Fotobox gegeben. Er nickte.

»Gut! Oder auch eben nicht. Sie hat eine Anzeige wegen Nötigung, Körperverletzung und versuchten Diebstahls gegen Sie erstattet.«

Gustav musste laut lachen.

»Das ist doch wohl ein Scherz. Ich habe doch gar nicht …«

»Und den hier?«

Die Anwältin zeigte auf ein weiteres Bild aus dem Weihnachtsfotoautomaten.

»Wieso hat der denn auch so 'n Bild? Ich dachte, das wäre ein Penner!«, erklärte Gustav fassungslos.

Wobei er zugeben musste, dass dieses versoffene Gesicht auf so einem Hochglanzbild schon was sehr Komisches hatte. Hier war der Spruch »Frohe Weihnachten« sehr authentisch.

»Das Wort Penner sollten Sie auch ganz schnell aus Ihrem Vokabular streichen. Aber ich fasse zusammen: Sie kennen ihn. Er hat ebenfalls Anzeige erstattet wegen Körperverletzung, Betrugs und ...«, erklärte die Anwältin und überflog dabei ihre Notizen.

»Wucher«, sagte Gustav.

»Nein. Das ist es nicht. Er stellte Anzeige wegen Raubes. Sie sollen ihm seinen Schnaps geklaut haben.«

»Wenn überhaupt, dann war das Mundraub. Aber auch das ist Blödsinn. Er hat mich eingeladen ...«

Der Social-Media-Star untermauerte seinen Protest, indem er mit der Faust auf den Tisch schlug. Sofort sprang die Tür zum Besprechungszimmer auf, und der Polizist stand angriffslustig vor ihm.

»Sorry«, entschuldigte Gustav sich sofort, und der versöhnliche Blick von Melanie Pilzberg sorgte dafür, dass der Beamte wieder verschwand.

»Okay, jetzt nehmen wir einmal an, Sie wären bis hierhin unschuldig. Warum steigen Sie besoffen in einen Mietwagen, spielen Katz und Maus mit einem Streifenwagen und zerlegen zum guten Schluss die Weihnachtskrippe?«

Die Anwältin zog ein Foto nach dem anderen aus der Akte. Wie in einem Daumenkino wurde die letzte Nacht so bildlich wiedergegeben.

»Ich gebe zu, dass das alles etwas ungünstig für mich aussieht. Aber ganz ehrlich. Das lag alles nur daran, dass diese Promis das Büfett inhaliert haben und ich nichts abbekommen habe. Ich trinke sonst gar nicht so viel. Und ich wollte mir ja ein Taxi nehmen ...«

»Seien Sie froh, dass der nicht auch noch Anzeige erstattet hat. Sie haben ihm wohl das ganze Taxi versaut«, erklärte Gustavs Anwältin.

»Genau! Versaut. Der Arsch hätte alles verhindern können. Aber ihm war ja meine Hose zu schmutzig. Wenn ich den das nächste Mal treffe ...«, redete sich Gustav in Rage.

Melanie Pilzberg schüttelte den Kopf und unterbrach ihn.

»Herr Greider. So kommen wir nicht weiter. Und vor allem werden Sie mit dieser Art auch nicht vor dem Richter bestehen.«

»Warum muss ich denn vor einen Richter? Also jetzt so direkt. Warum kann ich nicht erst einmal zu einem richtigen Anwalt und ...?«, blaffte Gustav.

Melanie Pilzberg sammelte die Fotos in aller Ruhe wieder ein, summte erneut »Leise rieselt der Schnee« und schloss die Akte. Sie stand auf und ging zur Tür.

»Das nennt man Blitzverfahren. Das kommt zustande, wenn die Beweislage klar ist. Ich kann Ihnen nur raten: Seien Sie geständig. Wenn Sie widersprechen, dann schickt Sie der Richter in U-Haft, und da bleiben Sie sicherlich auch über Weihnachten. Und wenn Sie mich nicht wollen, dann müssen Sie innerhalb der nächsten zehn Minuten einen eigenen Anwalt präsentieren oder sich selbst verteidigen. Ich mache hier nur meinen Job als Pflichtverteidigerin«, sagte sie nüchtern.

Diese Frau machte Gustav wahnsinnig. Aber wo sollte er auf die Schnelle einen neuen Anwalt herbekommen? Also ergab er sich seinem Schicksal, und wenige Minuten später wurden die beiden abgeholt und in das Richterzimmer gebracht.

Kein Publikum. Kein großer, erhöhter Tisch. Der Raum, in dem Gustav jetzt mit »seiner« Anwältin saß, ähnelte mehr einem Konferenzraum.

»Also bei *Suits* sieht das viel cooler aus«, bemerkte Gustav.

»Herzlich willkommen in der Realität«, antwortete die Anwältin.

In diesem Moment betrat der Richter den Raum und kurz dahinter der Staatsanwalt. Letzterer ging aber nicht direkt auf seinen Platz, sondern steuerte auf Gustav zu.

»Wenn wir gleich hier durch sind, können wir dann ein Selfie zusammen machen?«, fragte der Staatsanwalt den Instagramstar und lächelte ihn dabei freundschaftlich an.

Das erste Mal seit der Horrornacht und dem Albtraum am Morgen wurde Gustav durch diese Frage sehr zuversichtlich, dass diese Episode nicht nur schnell zu Ende gehen würde, sondern vor allem, dass er keine große Strafe zu erwarten hatte. Mit einem Fan im Rücken musste der Richter doch einsehen, dass seine Taten eher eine Verkettung unglücklicher Umstände waren und keine echten Straftaten.

»Klar! Von mir aus auch direkt«, bot der Prominente auf der Anklagebank an, um diese Chance der Verbrüderung nicht ungenutzt zu lassen.

Doch Richter Gerd Bernfelder grätschte den beiden dazwischen.

»Für Absprachen ist es jetzt zu spät. Herr Quastel bitte auf Ihren Platz. Bitte verlesen Sie die Anklageschrift«, befahl er streng.

Sofort drehte der Staatsanwalt ab und gehorchte dem Richter. Melanie Pilzberg schüttelte nur den Kopf. Gustav war sich sicher, dass seine Anwältin alles andere als ein Foto mit ihm anstrebte. Entweder kannte sie den Social-Media-Star nicht, oder aber sie hielt von solchen Typen wie ihm generell nichts. Aber das war Gustav in diesem Moment egal. Hauptsache, diese Blitzverhandlung würde ihrem Namen endlich gerecht werden.

»Herrn Gustav Greider, geboren am 10. Juli 1995 in Pulheim, wird zur Last gelegt ...«, las der Staatsanwalt die Anklage vor.

Hektisch zog die Anwältin an Gustavs Ärmel, um ihn dazu zu bewegen, endlich ebenfalls aufzustehen. Die einzige Person, der das Sitzen weiterhin erlaubt war, saß weder auf der Anklagebank noch bei der Staatsanwaltschaft, sondern hatte den Richterstuhl inne. Der Groschen fiel bei Gustav heute etwas langsamer, und so riss er im ersten Moment seinen Ärmel zurück.

»Geht's noch?«, blaffte er seine Anwältin an, die sein Verhalten mit erneutem Kopfschütteln quittierte.

Er fühlte sich körperlich drangsaliert, als ihm wie vom Blitz getroffen einfiel, dass in allen Anwaltsserien, die er kannte, der Angeklagte nicht einfach nur da sitzen konnte, sondern bei Ansprachen aufzustehen hatte. Mit einem Sprung holte er dieses Ritual nun nach und lächelte seine Anwältin verlegen an. Richter Bernfelder beäugte diese Episode mit abwertendem Blick. Gustav war sich sicher, dass der auch kein neuer Follower von ihm werden würde. Unbeeindruckt davon las der Staatsanwalt die ganzen Missetaten des Angeklagten vor. Im Amtsdeutsch klang das alles noch viel schlimmer, als der Influencer es im Kopf hatte.

»Was für ein asoziales Verhalten!«, urteilte Richter Bernfelder und erntete sowohl beim Staatsanwalt als auch bei der Anwältin zustimmendes Nicken.

So viel zum Thema Unvoreingenommenheit, dachte Gustav.

»Können Sie mir einen plausiblen Grund nennen, weshalb es zu den Taten kam?«, fragte der Richter den Angeklagten.

»Nun, eigentlich baute sich eine Sache oder, wie Sie es nennen, Tat auf der anderen auf. Ich bin ja kein Schwerkrimineller, der ...«

»Aber auf dem besten Wege dahin. Bei Ihrem leichtsinnigen Verhalten hätten Menschen sterben können!«, raunzte der Richter und unterbrach damit Gustav.

»Also jetzt lassen wir die Kirche aber mal im Dorf. Menschen sterben ... Ja, ich bin ein biss'l angetrunken Auto gefahren. Aber das ja nun wirklich nicht sehr schnell. Wie auch? Wir leben in Köln. Da ist in der Innenstadt doch eh fast nur Schrittgeschwindigkeit möglich. Ich hätte niemals jemanden überfahren und ...«

»Bla, bla, bla. Sie hatten 1,6 Promille im Blut und ...«

»Ist das nicht strafmindernd? Also bei *Suits*, eine echt geile Serie, da wurde jemand freigesprochen, weil er zu viel Alkohol im Blut hatte. Und somit war er schuldunfähig!«, unterbrach nun Gustav den Richter, der dieses Verhalten überhaupt nicht komisch fand.

»Herr Greider! Wollen Sie, dass ich Sie in eine psychiatrische Klinik einweisen lasse oder was? Schuldunfähig ... Das ist das, was Ihre Generation ausmacht. Immer eine Ausrede für etwas finden. Sie haben es auf der Party gestern auf gut Deutsch krachen lassen. Oder wie Ihresgleichen es nennt: Sie waren eine Runde abschädeln. Danach haben Sie provoziert, beleidigt, sind handgreiflich geworden, haben unsittliche und beleidigende Dinge von sich gegeben, und zu allem Überfluss haben Sie dann auch noch einen Mietwagen bestiegen. Und anscheinend hat der Alkohol Sie dann doch nicht so außer Kraft gesetzt, denn Sie waren in der Lage, das Auto per Smartphone-App zu starten und loszufahren. Auf Ihrer Amokfahrt haben Sie nicht nur städtisches Eigentum beschädigt, nein, Sie haben die Weihnachtskrippe des Kölner Doms dem Erdboden gleichgemacht. Das ganze Jahr über haben Menschen in ihrer Freizeit an den Figuren geschnitzt. Und nur weil ein Herr Greider Lust auf Party hatte, war diese Arbeit umsonst! Dass Sie sich nicht schämen«, watschte ihn der Richter ab.

»Von mir aus, dann eben keine Schuldunfähigkeit. War ja nur 'n Vorschlag ... Aber wie ich schon sagte, da kam gestern eine Sache zur anderen. Es ist nicht so, wie Sie es schildern. Also bis auf die Sache mit der Krippe, und vielleicht war der Schnaps von Kalle tatsächlich des Guten zu viel ... Aber wenn die Bullen mich nicht verfolgt hätten, wäre ich ganz brav nach Hause gefahren. Und wenn der Taxifahrer sich nicht geweigert hätte ...«

»Herr Greider. Erstens: Das heißt Polizisten, Uniformierte oder Beamte. Jetzt reißen Sie sich mal am Riemen! Zweitens: Sie sind erwachsen, ob gebildet, weiß ich nicht, aber wie ein Primat urinieren Sie in Ihre Hose, und Sie wundern sich allen Ernstes, dass das Taxi Sie nicht mitnehmen wollte?«, fragte nun auch der Richter kopfschüttelnd.

»Sehen Sie, schon wieder falsch. Ich habe nicht in die Hose gemacht, sondern ich ...«, verteidigte Gustav sich weiter.

»Bla, bla, bla. Also ich sehe wirklich null Einsicht bei Ihnen! Wir machen an der Stelle hier Schluss. Dann kommen wir jetzt zu den Anträgen. Herr Staatsanwalt bitte«, beendete der Richter die Anhörung abrupt.

Sofort sprang dieser auf.

»Die Beweislage ist wasserdicht und würde auch einer Überprüfung standhalten. Der Beklagte ist zumindest teilweise geständig und Ersttäter. Aus diesem Grund beantrage ich, den Beklagten zu einer Gesamtgeldstrafe von hundert Tagessätzen à fünfundsiebzig Euro zu verurteilen. Dazu wird die Fahrerlaubnis eingezogen, und er kann diese erst wiedererlangen, wenn er sich einer Medizinisch-Psychologischen Untersuchung unterzieht. Sperrfrist hierfür sechs Monate. Und er muss natürlich für den kompletten Sachschaden aufkommen.«

Gustav lachte arrogant auf. Er empfand siebentausendfünfhundert Euro für diese kleine Alkoholfahrt als absolut übertrieben. Das mit seinem Führerschein konnte er noch nachvollziehen. Auch dass er für die Krippe blechen musste. Aber ansonsten war klar, wenn der Staatsanwalt sein Selfie haben wollte, musste die Geldstrafe doch um einiges niedriger ausfallen. Zeit für »Hex, Hex«.

»Da ich kaum Zeit hatte, mich mit meinem Mandanten vorher zu beraten ... sag ich mal, klingt fair. Aber Herr Greider hat sicherlich seine eigene Meinung dazu, oder?«, erklärte die Anwältin.

Gustav schaute sie an, und diesmal war er es, der mit dem Kopf schüttelte.

»Ich werde Sie auf jeden Fall weiterempfehlen ... NICHT«, blaffte der Social-Media-Star und stand erneut auf.

»Herr Richter. Also ich finde, siebentausendfünfhundert Euro werden der Sache echt nicht gerecht. Klar, ich habe ein wenig über die Stränge geschlagen, aber ...«, übernahm Gustav seine Verteidigung.

»Ich verstehe. Dann ergeht im Namen des Volkes folgendes Urteil: Herr Gustav Greider wird dazu verurteilt, zweihundert Tagessätze à hundert Euro an die Staatskasse zu zahlen ...«

»Genau. Ich sage weniger, und Sie erhöhen. Mann, Mann, Mann, was für eine Farce«, unterbrach Gustav den Richter und ließ sich genervt auf seinen Stuhl fallen.

»Zudem nimmt der Angeklagte an einem Benimmkurs teil. Dieser muss mindestens fünfundzwanzig Stunden umfassen und innerhalb von drei Monaten absolviert werden. Sein Führerschein wird einbehalten und kann frühestens nach achtzehn Monaten neu beantragt werden.«

»Benimmkurs, herrlich. Wenn ich das meinen Followern erzähle ...«, unterbrach Gustav ihn erneut.

»Außerdem verurteile ich den Angeklagten, ab dem heutigen Tage volle sechs Monate keinen seiner Social-Media-Kanäle mehr zu bespielen, keine Kommentare zu hinterlassen und auch nicht über Dritte Storys, Beiträge oder Sonstiges zu posten. Bei Zuwiderhandlung wandle ich alles in eine Gefängnisstrafe ohne Bewährung um. Nur damit Ihnen das klar ist!«, brüllte der Richter, und zumindest jetzt war das Lachen völlig aus Gustavs Gesicht gewichen.

»Se...chs ... Sechs Monate kein Instagram, Facebook, Twitter und YouTube? Meinen Sie das ernst? Was denn noch? Soll ich vielleicht noch nackt auf dem Kölner Dom in Ketten gelegt werden?«, stotterte Gustav fassungslos.

»Ach, gut, dass Sie das erwähnen. Als Wiedergutmachung zahlen Sie natürlich den Schaden auf dem Weihnachtsmarkt. Zudem leisten Sie Sozialstunden ab und erklären dort den Kindern, warum keine Krippe mehr da ist. Sechzig Stunden lang. So, das war's dann wirklich. Schönen Tag noch.«

Noch bevor Gustav seine Sprache wiederfand, hatte der Richter das Zimmer auch schon verlassen. Vor ihm stand nur der Staatsanwalt mit seinem Handy in der Hand.

»Ihr habt hier echt alle Humor«, stellte Gustav fest.

# Fröhliche Weihnacht überall

Der Tag im Gericht wäre für Physiotherapeuten sicherlich ein Grund zum Feiern gewesen. Bei der heutigen Anzahl von kopfschüttelnden Menschen waren Schmerzen im Nackenbereich selbstverständlich und bedurften Entspannungsmassagen. Nur bei Gustav hätte das auch nichts mehr gebracht. Sein Kopf dröhnte. Kein Frühstück, noch nicht einmal einen Kaffee. Der Kater vom Schnaps oder vom Wein, da hatte er sich noch nicht festgelegt, und dazu diese grausame Verhandlung. Die Anwältin hatte sich schon verabschiedet, und auch der Staatsanwalt hatte gemerkt, dass es wohl kein gemeinsames Foto gab. Aber zumindest knipste er den Influencer noch schnell, als er wie ein Häufchen Elend auf dem Anklagestuhl saß. Danach suchte auch er das Weite. Gustav wollte dringend telefonieren, aber ihm fiel auf, dass er seine Sachen immer noch nicht wiederbekommen hatte. Just in diesem Moment öffnete sich die Tür zum Gerichtssaal, und ein Mann trat ein.

»Also falls Sie auf den Room-Service warten, der hat heute frei«, sagte der Gerichtsdiener mit ernster Miene, um im nächsten Augenblick loszuprusten.

»Ich sag ja, alles verkappte Comedians«, antwortete Gustav.

»Ach kommse. So schlecht war der doch nicht ... Mein Arzt hat gesagt, einmal am Tag Lachen ist gesünder, als einen Apfel zu essen. Somit habe ich jetzt was für Ihre Gesundheit getan. Und das sogar gratis«, verkündete sein Gegenüber stolz.

»Aber ich habe doch gar nicht gelacht.«

»Das ist ja dann Ihr Problem. Wollen Sie vielleicht doch einen Apfel?«, bot der Gerichtsdiener an.

»Ganz ehrlich, da würde ich echt nicht Nein sagen. Ich habe noch gar nichts gegessen und ...«

»Wie ich schon sagte, der Room-Service hat heute frei. Aber wenn se sich beeilen ... Gegenüber vom Gericht ist ein Obststand. Ich muss hier jetzt nur zuschließen«, gluckste der Mann.

Gustav stand auf und hätte fast noch etwas Bösartiges erwidert, aber dazu fehlte ihm die Kraft. Er tat, was man von ihm verlangte, stand auf und ging in Richtung Tür.

»Stopp. Wo wollen Sie denn so schnell hin?«, fragte ihn der Gerichtsdiener.

Gustav überlegte kurz, ob er einfach »Obststand« antworten sollte, aber seit gestern wusste er, dass jedes seiner Worte auch falsch verstanden werden konnte. Womöglich wurde er noch verhaftet, weil »Obststand« das Codewort für »Bombenangriff« war.

»Aber ich soll doch gehen?«, antwortete er kurz.

»Ja, aber einen kleinen Moment noch bitte. Sie müssen hier noch diese Sachen quittieren. Die soll ich Ihnen wiedergeben.«

Als Gustav sein Handy und sein Portemonnaie sah, kullerte ihm vor Freude eine Träne über die Wange.

Auf dem Display stand noch »147 Anrufe in Abwesenheit«. Mehr konnte Gustav nicht mehr lesen. Danach wurde nur noch das »Apfel-Symbol« kurz angezeigt, und das Telefon stellte seinen Dienst ein.

»Fuck«, murmelte Gustav, während er das Gerichtsgebäude verließ.

Bis er zu Hause sein würde, konnte er immer noch nicht checken, wie die Reaktionen auf den gestrigen Abend waren. Und vor allem konnte er immer noch nicht mit Lennard sprechen. Er überlegte kurz, ob er sich einen Carsharing-Wagen nehmen sollte, aber ohne Smartphone war das nicht möglich. Abgesehen davon vermutete er, dass das Fahrverbot ab sofort galt. Fahren ohne Führerschein sollte nicht die nächste Tat sein, mit der er auffallen wollte. Bei seinem Glück würde ihn jemand beobachten, vielleicht auch direkt der Richter, und dann müsste er tatsächlich noch ins Gefängnis. Also blieb ihm nichts anderes übrig, als erneut die Fahrt mit einem Taxi anzutreten. Etwas ängstlich ging er zum ersten Wagen in der Warteschlange und öffnete die Tür.

»Einmal ›Unter den Linden‹ bitte. Und sorry wegen meiner Klamotten. Ein verunglücktes Kunstobjekt«, sagte er betont freundlich.

»Solange die Farbe schon trocken ist ... Kein Problem. Ich kenne das von meinem fünfjährigen Sohn ... Wie alt ist Ihrer?«, fragte die Fahrerin und startete dabei den Motor.

»Definitiv älter, aber Sachen passieren halt!«, antwortete der Influencer wortkarg.

Er setzte sich und tat so, als würde er eine Nachricht in sein Handy tippen. Für die Taxifahrerin war das in Ordnung. Sie war schließlich zum Fahren und nicht zum Unterhalten da. Gustav genoss den Moment der Ruhe. Er traute sich auch nicht, sich zu beschweren, als im Radio gerade wieder das Lied *Last Christmas* gespielt wurde, die Fahrerin automatisch lauter drehte und somit diese Ruhe abrupt beendete.

Wahrscheinlich ein gutes Training, dachte er sich im Hinblick auf seine neue Tätigkeit auf dem Kölner Weihnachtsmarkt, zu der er verdonnert worden war. Für einen kurzen Moment ließ er sich sogar von der Feel-Good-Musik anstecken und wippte ein wenig mit, bis er aus den Augenwinkeln heraus eine Boulevardzeitung auf dem Beifahrersitz entdeckte.

»Das darf doch nicht wahr sein!«, schrie Gustav und versetzte der Fahrerin damit einen gehörigen Schrecken.

Kurzfristig riss sie einmal das Lenkrad nach links und schnell wieder nach rechts.

»Um Himmels willen. Was ist denn los?«, fragte sie.

»Großes Sorry. Habe nur gerade eine blöde Nachricht bekommen«, log der Influencer und zeigte dabei auf sein stromloses Smartphone.

»Sie können ja froh sein, dass ich nicht so zartbesaitet bin. Andere hätten eine Vollbremsung gemacht oder das Lenkrad verrissen. Und da kann es schnell mal zum Unfall kommen. Aber vielleicht lesen Sie trotzdem besser keine weiteren Nachrichten, solange Sie hier drin sind. Nur zu Ihrer Sicherheit. Ich kann ja Auto fahren. Sie verstehen?«

Gustav lächelte gequält, auch über die Selbsteinschätzung der Fahrerin, und zeigte mit seinem Daumen nach oben, um ihr zu signalisieren, dass er diesen Tipp beherzigen würde. Noch lieber hätte er sie aber gefragt, ob er kurz mal einen Blick auf die Zeitung werfen dürfte. Aber die Gefahr, dann erst recht in den Fokus zu gelangen, wollte er nicht eingehen. So musste er sich den Rest der Fahrt damit begnügen, die Hälfte seines Gesichts, den Smart in der Weihnachtskrippe und einen Teil der Headline sehen zu können. Gustav hoffte inständig, dass »Influe... erm... Ma...« nicht »Influencer ermordet Maria« hieß.

Gut, Influencer ist klar. Aber vielleicht steht »erm« für ermlicher und »Ma« für Mann? Ach ne, ärmlich wird ja mit »ä« geschrieben. Mist. Vielleicht dann »ermöglicht Massenbegeisterung«?, überlegte Gustav und wusste gleichzeitig, dass er damit nicht nur beim *Glücksrad* ausgeschieden wäre, sondern dass dieser Satz keinen Sinn ergab.

Dass die Headline nicht nur knackig böse war, sondern auch einen großen Shitstorm ausgelöst hatte, konnte er spätestens feststellen, als das Taxi in seine Straße einfuhr und ein Reporter nach dem anderen in Wartestellung vor seinem Haus stand.

»Können Sie mich doch lieber ins Belgische Viertel fahren? Ich habe noch was vergessen«, reagierte Gustav geistesgegenwärtig.

Das Taxi drehte, noch bevor die Reporter etwas von dem besonderen Fahrgast mitbekommen hatten.

Einmal klingeln reichte. Durch die Videokamera wusste er, wer da stand. Lennard öffnete sofort die Tür und ließ seinen Kumpel in die sichere Wohnung.

»Was ist denn mit dir passiert? Du schmückst deine Wohnung weihnachtlich? Und das so früh?«, fragte Gustav und ging schnurstracks in Richtung Küche.

»Gott sei Dank. Ich dachte schon, der Irre, über den alle berichten, seist du. Aber wenn dein einziges Problem ist, dass ich Weihnachten zelebriere, dann läuft draußen wohl ein Zwilling von dir rum«, gluckste Lennard und schloss die Tür.

»Ha, ha, ha. Nicht witzig. Strohhm?«, nuschelte Gustav etwas undeutlich, weil er gleichzeitig in eine Banane biss und einen Löffel Nutella in den Mund schob.

Hier in der Wohnung seines Freundes hatte er seine Selbstsicherheit sofort wiedergefunden.

»Sorry, Dude. Ich habe jetzt noch Bauchschmerzen vor Lachen. Was für 'n Stunt von dir ...«, sagte Lennard, während er Gustavs Handy an ein Ladegerät anschloss.

Gustav drehte sich wieder zum Kühlschrank um und wühlte in den Vorräten seines Kumpels.

»Von wann ist denn das Sushi hier?«

»Da ist noch Sushi drin? Oh, das würde ich besser nicht mehr essen. Müsste von letzter Woche sein. Aber kannst ja mal dran riechen und zusammen mit deinem neuen Kumpel vom Cinedom ein feudales Abendessen genießen«, schlug Lennard vor und bohrte damit weiter in den Wunden vom gestrigen Abend herum.

Gustav nahm die Schale heraus, griff nach einem Nigiri und warf es in Richtung seines Kumpels.

»Ey. Mit Essen spielt man nicht! Ich muss wohl auch die Polizei rufen ...« Lennard lachte, hob das Stück Sushi auf und warf es zurück in Gustavs Richtung.

Ein paarmal ging es hin und her. Lennard traf seinen Kumpel sogar am Kopf, aber Reisbällchen schmerzen nur geringfügig beim Aufprall. Sie lachten, und im Prinzip bedeutete dieses Wurfduell auch nur, dass die beiden wieder Frieden geschlossen hatten. Ohne große Worte oder weitere Vorhaltungen.

»Ey, Alter. Du glaubst gar nicht, was für ein Ritt das gestern war.«

»Doch. Ich war oft genug mit dir aus. Willst du eigentlich nicht endlich mal deine Sachen ausziehen? Und danach musst du mir alles ganz genau erzählen«, sagte Lennard.

»O ja, stimmt. Ich habe mich mittlerweile dran gewöhnt, so rumzulaufen. Irgendwann riecht man sich selbst auch gar nicht mehr. Und abgesehen davon kennst du mich. Ich bin vielleicht manchmal schwierig, aber kein Vollassi«, sagte Gustav und zog sich dabei aus.

Er ging in Richtung Badezimmer, um dort nicht nur zu duschen, sondern auch dafür zu sorgen, dass sein Leben zumindest optisch wieder in Ordnung kam. Er öffnete die Duschtür und drehte am Wasserhahn. Im selben Moment wechselte das Licht im Bad blinkend auf die Farben Grün und Rot. Aus einem Lautsprecher ertönte *Last Christmas.*

»LENNARD! Dein Ernst?«, schrie Gustav, und für einen kurzen Moment überlegte er, ob das nicht doch alles nur ein Traum war.

Allerdings war das Wasser dafür einfach zu heiß.

»Meine Wohnung. Meine Regeln«, rief Lennard lachend zurück.

»Da hat er auch wieder recht«, gab Gustav kleinlaut zu.

Nach dem Duschen fühlte er sich wie neugeboren. Lennard hatte für seinen Freund genug neue Klamotten zur Auswahl da – immerhin war seine Adresse die offizielle Büroadresse für alles rund um das Influencer-Geschäft –, und gerade jetzt zur Weihnachtszeit schickten viele Firmen Gustav ungefragt ihre Produkte zu, um ihn davon zu überzeugen. Unzählige Handschuhe, Mützen, Modeschmuck, Kerzen und alles, was sich angeblich super als Weihnachtsgeschenk eignete, lag auf einem Haufen. Da war es auch wenig verwunderlich, dass sich noch Weihnachtspullover, hübsch und ugly, Weihnachts-T-Shirts für die Urlaubsfraktion und natürlich Weihnachtsshorts dazugesellten.

»Ihr wollt mich doch einfach nur alle quälen ...«, kommentierte Gustav die Auswahl und wühlte in den Sachen.

»Du kannst auch was von mir haben«, bot Lennard an.

»Nichts gegen dich, aber in deinen Klamotten versinke ich«, antwortete Gustav und zog einen der hässlichen Weihnachtspullover, wenn nicht sogar den hässlichsten aller Zeiten, an.

Lennard war gut einen Kopf größer als sein Kumpel und eher sehr kräftig gebaut. Oder wie andere sagen würden: Seine Fressattacken blieben nicht ohne Folgen, und er hatte sich mittlerweile einen gut sichtbaren Wohlstandsbauch angefuttert. Somit war oftmals XL schon zu klein. Und damit war klar: Lieber ein Rentier auf der Brust mit aufgenähter roter Filznase tragen, als wie ein nasser Sack durch die Wohnung zu stolpern. Gustav hatte das alles schon erlebt. Die Hose, die immer rutschte. Trotz Gürtel. Das Oberhemd, das beinahe bis zu den Knien ging. Der Pullover, der auch als Jacke hätte dienen können. Und zudem, egal welches Oberteil von Lennard er trug, es erzeugte immer einen Schweißausbruch vom ständigen Ärmelhochziehen.

»PIEP ... PIEP ... PIEP ... PIEP ... PIEP ...«

Gustavs Handy hatte wieder genug Akkuladung. Die Töne verrieten nicht nur, dass es neue Nachrichten für den Influencer gab, sondern beendeten auch die beinahe sorgenfreie Zeit. Nach nur drei gelesenen Nachrichten hatte Gustav das Gefühl, er müsse wieder duschen gehen.

»Sag mal, spinnen die alle? Boris hat mir geschrieben, dass die Co-Op mit ›BOSS‹ auf Eis liegt. Alkohol und Drogen passten nicht zu ihrer Marke. Ts. Ich solle bitte vorerst auch privat keine Sachen von denen tragen, weil ja jetzt gerade jeder ein Foto von mir machen würde. Dann eben nicht. Aber klasse, wie ich verurteilt werde. Ich und Drogen ...«

»Na ja, im Prinzip ist Alkohol auch eine Droge«, gab Lennard zu bedenken.

»Ach, der Herr schlägt sich auf die Seite der ›Nicht-dabei-Gewesenen‹?«

»Quatsch. Ich habe nur versucht ...«

»Und hier ... CartoGo kündigt mir auch die Partnerschaft. Als ob von denen noch nie einer einen Unfall gebaut hätte!«

»Na ja, das schon. Aber vielleicht dann ohne Alkohol?«, grätschte Lennard dazwischen.

Gustav wusste, dass sein Kumpel unterm Strich recht hatte. Aber er fand trotzdem, dass die Reaktionen auf seinen einen schlechten Abend viel zu heftig ausfielen. Er scrollte weiter durch sein Handy und öffnete die Instagram-App.

»Ey, sag mal ... was ist denn mit meinen Followern los?«, fragte Gustav und wurde kreidebleich.

»Wieso? Ist doch normal, wenn es Kommentare gibt, die dir vielleicht nicht gefallen. Aber da habe ich mir schon was überlegt ...«, versuchte Lennard seinen Kumpel zu beruhigen.

»Ach ja? Da bin aber gespannt, wie du vierhundert Follower so schnell erreichen willst.«

»Also ich bitte dich. Vierhundert. Das ist doch nichts. Die Zahlen schwanken doch täglich um die viertausend. Das weiß ich auch ohne großen Counter im Wohnzimmer.«

»Tja, hättest du besser mal einen! Ich rede von vierhunderttausend! Zwanzig Prozent meiner Follower sind weg. Einfach weg. Ohne Tschüss zu sagen. Ich fasse es nicht. Lennard, mach was. Die ghosten mich«, sagte Gustav völlig konsterniert.

»Du musst halt jetzt schnell mal eine Erklärstory machen. Du entschuldigst dich. Sagst, dir hätte jemand etwas ins Glas gekippt oder so. Machst einen auf reumütig, und dann spenden wir an die Kirche oder wen auch immer. Die kommen schon zurück. Mit dem Weihnachtspulli siehst du auch aus, als könntest du keiner Fliege etwas zuleide tun. Komm, ich filme ...«

»Nein. Keine Story. Kein Video«, brüllte Gustav.

»Ja, aber wieso denn nicht? Solange du nichts sagst, entstehen nur Gerüchte.«

Bis zu diesem Zeitpunkt wusste Lennard auch nur die Dinge, die im *Express* gestanden hatten. Ihm war klar, dass Gustav seinen Führerschein los war. Aber vom Rest, auch dass sein Kumpel schon verurteilt war inklusive Social-Media-Sperre, ahnte er nichts.

»Das mag alles sein. Aber ich kann nicht ...«

»Wie, du kannst nicht? Das ist dein verdammter Job! Du musst das alles erklären, sonst ist ›BOSS‹ nur die Spitze der Kündigungen deiner Kooperationspartner. Jetzt reiß dich zusammen!«

»Ich würde es ja sofort tun. Aber ich darf nicht«, erklärte Gustav zornig und weinerlich zugleich.

»Häh? Vielleicht hättest du das Kühlschrankplündern und das Duschen doch nach hinten schieben sollen. Wieso darfst du bitte schön kein Video machen? Weil dein Saufkumpan dann traurig ist, wenn er sieht, dass du doch nicht auf der Straße lebst?«

»Blödsinn und wieder nicht witzig ... Also gut. Ich fange am besten mal von vorn an. Ich rief ein Taxi ...«, schilderte Gustav das Erlebte und sorgte dafür, dass nun auch sein Kumpel kräftig an Gesichtsfarbe verlor.

# Santa Claus is coming to town

After Eight hatte einfach eine sehr gute Nase. Er erkannte sein Herrchen, obwohl dieses besser verkleidet war als jeder Weihnachtsmann. Das Käppi tief ins Gesicht gezogen, die Hoodie-Kapuze, die auch den Seiteneinblick verhinderte, und natürlich die obligatorische große Sonnenbrille mit verspiegelten Gläsern sicherten Gustav eine gewisse Anonymität zu. Der Golden Retriever hörte im Freilaufgehege sofort auf zu spielen, als Gustav sich näherte. Freudig hüpfte er erst in die Luft, um dann mit einem Vollsprint den gut gemeinten Zaun zu überspringen. Wenn After Eight nicht knapp fünfunddreißig Kilo wiegen würde, hätte der Influencer sicherlich schon mal versucht, bei solch stürmischen Begrüßungen den Hund mit den Armen aufzufangen. So blieb ihm nichts anderes übrig, als After Eights Freude mit einem Leckerli und seinen Knien abzufangen.

»Hallo, mein Bester. Hast du mich vermisst?«, säuselte Gustav, bückte sich und streichelte ihn dabei.

After Eight antwortete mit einem großen Zungenschlecken quer über das Gesicht seines Herrchens. Dank des Leckerlis mit extraviel Sabber, der die Sonnenbrille verschmierte. Wegen dieser bedingungslosen Liebe konnte Gustav ihm auch keine Sekunde lang böse sein. Im Gegenteil, er hatte sogar ein schlechtes Gewissen, weil die Hundetagesstätte mal wieder sein Zuhause ersetzen musste. Länger als diese drei Tage wollte Gustav aber nicht mehr auf seinen treuen vierbeinigen Freund verzichten. Klatschpresse hin, Boulevardreporter her. Sollten sie ihn doch beim Gassigehen fotografieren. Sein Dienst auf dem Weihnachtsmarkt würde ohnehin am nächsten Tag beginnen. Spätestens dann würde das Versteckspiel automatisch beendet sein.

»Wer sich die Suppe einbrockt, der muss sie auch auslöffeln«, machte Gustav sich Mut, während er seinen Hund streichelte.

Lennard saß am Steuer der goldfarbenen G-Klasse von Mercedes Benz, natürlich in der AMG-Version, und wartete darauf, dass Gustav seinen Fahrgast sicher verstaute.

»Meinst du nicht, du kannst langsam auf deine Verkleidung verzichten?«, fragte Lennard, nachdem der gefallene Instagramstar neben ihm auf dem Beifahrersitz Platz genommen hatte.

»Du hast leicht reden. Ich mache das ja nicht zum Spaß. Ich will einfach nicht gesehen werden.«

»Und du meinst, das hilft?«

»Ich denke schon. Es ist ja nicht jeder ein Hund!«

»Na ja. Aber blind sind die alle auch nicht. Ich kenne niemanden, der so ein alles andere als unauffälliges Auto fährt. Ich hab dir damals gesagt: Nimm eine andere Farbe. Selbst in L. A. unter den ganzen Hip-Hoppern und Rap-Stars würde jeder wissen, wem dieses Auto gehört!«, sagte Lennard lachend.

»Generell magst du ja recht haben, aber Mercedes will, dass ich auffalle. Also bis jetzt. Die haben mir gestern den VIP-Leasingvertrag zum 31. Dezember gekündigt. Also können wir in Zukunft mit deinem angeblich hippen Fiat 500 fahren.«

»Wir?«

»Was? Willst du jetzt etwa, dass ich in Zukunft mit Bus und Bahn fahre? Und du weißt, Taxis und ich ist auch keine gute Idee mehr ...«, nörgelte Gustav.

»Ich meinte mit dem WIR nur, dass du das Lenkrad nicht in die Finger bekommst. Nicht nur, weil du ja keinen Lappen mehr hast, sondern ... wer weiß, ob du der Glühweinversuchung nach deinem Weihnachtsmannauftritt widerstehen kannst. Ich habe gelesen, dass du ein echtes Alkoholproblem hast ...«, ärgerte Lennard seinen Kumpel.

»Du bist echt so lame«, stellte Gustav fest und zog sein Smartphone aus der Tasche.

»Na, na, na. Was willst du damit? Du hast Stubenarrest!«

»Ich wollte After Eight nur noch mal ein Foto von dir zeigen, damit er weiß, wen er beißen soll, wenn er bald kein Futter mehr bekommt. Sein Herrchen ist nämlich auf dem Abstellgleis, und du machst nur blöde Witze!«, sagte Gustav leicht angefressen.

Im Prinzip konnte keiner etwas an der ganzen Situation ändern. Die Follower waren weg und zudem jede Menge Werbedeals aufgekündigt. Doch noch war Gustav knapp über der einen Million »Fans«. Damit hatte seine Marke zwar ordentlich Kratzer bekommen, aber sie war noch nicht tot. Die beiden Freunde hatten beschlossen, jetzt keine Energie mit Streit oder Vorhaltungen zu verschwenden, sondern besser dafür zu sorgen, dass es wieder aufwärtsging. Gut, das war leichter gedacht, als umgesetzt, aber eins war auch klar: Gustav konnte nicht einfach sechs Wochen auf die Malediven fliegen und im Frühling dann so tun, als wäre nichts passiert. Die Auflagen vom Gericht waren schon am nächsten Tag im Briefkasten. Mit Zahlschein und den weiteren Verfügungen. Den Benimmkurs konnte er wenigstens online buchen und sich so einen Auftritt vor »Publikum« ersparen. Doch um den Dienst auf dem Weihnachtsmarkt kam er beim besten Willen oder besser gesagt bei allen Überlegungen nicht herum.

Der Verein »Chrisspa« war für die Krippe verantwortlich. Kaum war das Fest vorbei und der Weihnachtsmarkt wurde abgebaut, trafen sich die ehrenamtlichen Mitglieder im Januar jeden Jahres wieder und machten quasi Kassensturz: Welche Figuren hatten die Strapazen überlebt, welche mussten repariert werden? Mussten neue Schnitzereien hergestellt werden? Wie sollte die Krippe im nächsten Jahr aussehen? Und das waren nur die ersten Punkte auf der jeweiligen Tagesordnung. Im Anschluss wurden die Aufgaben verteilt. Oftmals wurden Grundschulen mit ins Boot geholt, die im Kunstunterricht ebenfalls Teile der Krippe herstellten. Und dann gab es natürlich die Personen, die im Sommer, statt im Schwimmbad, Biergarten oder Eiscafé zu sitzen, ihre komplette Freizeit damit verbrachten, Maria neu anzumalen oder Josef komplett neu zu schnitzen. Der Verein lebte von Spenden. Je schöner die Krippe war, desto mehr Geld kam herein. Was dann für das nächste Jahr wieder bedeutete, dass noch mehr Details gebaut und wie in diesem Jahr sogar jede Menge Beleuchtung installiert werden konnte.

Umso verständlicher war es, dass die Vereinsvorsitzende Petra Klug Gustav alles andere als mit offenen Armen empfangen wollte. Der Influencer hatte aber keine andere Wahl, er musste heute zu ihr fahren. Und sein Chauffeur Lennard machte nur Faxen mit ihm. Aber wirklich beschweren konnte er sich auch nicht. Denn auch wenn er es ungern zugab, er war ein wenig von ihm abhängig. Trotzdem, den Rest der Fahrt schwiegen sich beide an. Nur das Radio, aus dem natürlich Weihnachtsmusik kam, sorgte dafür, dass die Atmosphäre im Auto nicht zu eisig wurde. Ganz zur Verwunderung von Gustav gab es doch tatsächlich neben *Last Christmas* noch ganz viele andere Weihnachtslieder.

»Zur Eifelstraße geht es aber schon links«, beendete der Beifahrer die Stille.

»Darf ich aber nicht. Und ich würde gerne meinen Führerschein behalten. Ich muss halt vorn einen U-Turn machen«, blaffte Lennard.

»Ey, du bist so eine Raufaser geworden!«

»Laufen?«, bot Lennard ihm an.

»Nein, danke. Du weißt doch. Ich saufe lieber«, konterte Gustav.

»Einsicht ist der erste Weg zur Besserung. Gratulation!«

Gustav ballte seine linke Faust und streckte sie seinem Kumpel entgegen. Gleichzeitig tat er daneben mit seiner rechten Hand so, als würde er an einer Kurbel drehen. Langsam erhob sich dadurch der Mittelfinger der linken Hand.

»Und wieder einmal zeigt es sich, dass der Benimmkurs rausgeschmissenes Geld ist. So, der Herr, wir sind jetzt da. Versuche wenigstens hier, keine neuen Brandherde zu erzeugen.«

»Ts«, mehr hatte der Instagramstar nicht mehr zu sagen.

Er öffnete die Beifahrertür und stieg aus.

»Ach, und Gustav.«

»Ja?«

»Ganz viel Spaß. Ich warte dann am Barbarossaplatz im Café«, sagte Lennard grinsend mit dem Wissen, dass er seinen Kumpel damit noch mehr ärgerte.

Gustav knallte die Tür zu und verfluchte Lennard innerlich.

Petra Klug war zwar erst Ende fünfzig, aber trotzdem schon in Rente. Ihre Zeit als Lehrerin hatte sie zu sehr geschlaucht. Immer das Feindbild der meisten Schüler zu sein, hatte einfach keinen Spaß mehr gemacht. Mit ihrer Pension kam sie gut zurecht, und hier als Vorsitzende des »Chrisspa« hatte sie jede Menge Freude an ihrem Leben. Immerhin waren alle freiwillig hier. Gut, vielleicht lag es auch daran, dass sie keine Noten verteilen musste, aber sie hatte das Gefühl, endlich wieder respektiert zu werden und dass keiner hinter ihrem Rücken schlecht über sie redete. Der heutige Besuch hingegen bereitete ihr schon Bauchschmerzen, bevor er überhaupt stattfand. Das lag zum einen an der Tatsache, dass sie mit dem Fahrer konfrontiert wurde, der die liebevolle Arbeit so vieler Menschen zerstört hatte, und zum anderen an der Person an sich. Influencer. Diese nichtsnutzigen Wesen, die andere zu Hass und Spott aufwiegelten. Wenn es nach ihr ginge, sollten Facebook, Instagram und Co. komplett verboten werden. Gustav hingegen hatte noch überlegt, ob er für seinen Besuch einen Strauß Blumen hätte besorgen sollen. Aber was wäre die richtige Wahl gewesen? Rosen, die für Liebe und Leidenschaft stehen, wären sicherlich falsch gewesen. Nelken, die dem Empfänger Leidenschaft und ewige Treue garantieren sollen, wären auch rausgefallen. Und die Narzissen, die gerade im Angebot waren, hätten Petra Klug in all ihren Vorurteilen nur bestätigt. Denn diese Blume steht nun mal für Eitelkeit und Egoismus. Somit hatte Gustav beschlossen, lieber großzügig bei der finanziellen Wiedergutmachung für die Zerstörung der Krippe zu sein.

Wird schon nicht so viel kosten, dachte er sich.

Auf die einfache passende Idee, ein schönes Weihnachtsgesteck mitzubringen, kam weder er noch Lennard.

Die Tür zum Vereinsheim stand offen, und er konnte direkt eintreten. Hinter einem kleinen Empfangstresen saß die Sekretärin des Vereins. Sie war ganz vertieft in ihren Bildschirm und erschrak, als Gustav unerwartet vor ihr stand. Im Hintergrund lief ein Best-of-Album mit Weihnachtsliedern der deutschen Schlagerstars.

»Guten Tag. Mein Name ist Gustav Greider. Ich wollte zu Frau Klug«, säuselte der Influencer.

»Kein Grund, mich so zu erschrecken«, meckerte die Sekretärin.

Kein Grund, so unfreundlich zu sein, du Dumpfbacke, dachte Gustav, sagte aber: »Das tut mir leid, das wollte ich natürlich nicht, aber die Tür stand offen, und da …«

»Ja, schon gut. Vorn rechts ist der Besprechungsraum. Nehmen Sie da Platz. Frau Klug kommt dann gleich.«

Der Influencer lächelte brav und befolgte die Anweisung. Der Raum selbst war sehr rustikal und mit typischen schweren Eichenmöbeln eingerichtet. Und natürlich standen ein Adventskranz inklusive brennender Kerze, eine Miniaturausgabe der Weihnachtskrippe und ein großer Teller mit feinsten Lebkuchen auf einer Anrichte, sehr gemütlich und einladend. Die Wände waren mit etlichen Bildern und gerahmten Fotos geschmückt. Gustav ging näher an diese Galerie heran. Irgendwie sahen die Erinnerungsfotos fast immer gleich aus. Eine Weihnachtskrippe, und drum herum standen Erwachsene und Kinder. Irgendwie kam dem Instagramstar der Mann, der den hölzernen Josef in den Händen hielt, bekannt vor. Aber er kam nicht drauf, woher. Und das, obwohl dieser Mann auf fast allen Fotos zu sehen war.

»Suchen Sie schon Ihr nächstes Opfer?«, überraschte ihn eine weibliche Stimme, und diesmal war er es, der zusammenzuckte.

»Äh, wie? Ah, ja. Also ich meine natürlich nein. Wieso ...? Also ...?«, stotterte Gustav.

»Also die hellste Kerze scheinen Sie ja nicht zu sein. Da muss man ja fast überlegen, ob Sie den Kindern nicht eher einen noch größeren Schaden zufügen, wenn Sie mit ihnen sprechen. Herrje.«

»Frau Klug, nehme ich an? Da müssen Sie sich wirklich keine Sorgen machen. Wenn ich eins kann, dann ist es sprechen«, erlangte Gustav seine sonst übliche Souveränität zurück.

»Also ich weiß nicht ...«, die Vereinsvorsitzende beäugte den vermeintlichen Sträfling.

»Ich habe mein Urteil schon bekommen. Ich sehe da auch keinen Weg, dass Sie das jetzt ändern. Ich bin eigentlich nur hier, um mich vorzustellen.«

»Mehr nicht?«, fragte Frau Klug leicht verschnupft.

»Doch, natürlich. Ich wollte fragen, wie viel ich Ihnen überweisen darf für meinen Un...«

»...verschämte Art und Weise, anderer Leute Sachen zu zerstören?«, beendete Frau Klug den Satz für Gustav.

Anscheinend darf jeder ungefragt seine Meinung sagen, nur ich nicht. Und wie die mich dabei anschaut. Als hätte ich kleine Kinder gefressen, dachte Gustav, zählte innerlich bis zehn und biss sich dabei auf die Lippe.

»Genau das meinte ich«, antwortete er stattdessen und stellte fest, dass der Benimmkurs, aus dem er den Zähltrick hatte, gar nicht mal so schlecht war.

»Wir haben uns den Schaden genau angeschaut. Eigentlich ist er überhaupt nicht zu ersetzen. Und wenn man da jetzt mit einem Stundensatz käme ... Wir haben beschlossen, pro Holzfigur achthundert Euro zu berechnen.«

»Puh, da hab ich ja noch mal Glück gehabt. Ich hatte mit locker dem Doppelten gerechnet. Also viertausend Euro. Richtig? Ich bräuchte dann nur noch Ihre Bankverbindung«, sagte er und holte sein Handy heraus, um die Online-Überweisung zu tätigen.

»Wie kommen Sie denn auf die Summe?«, fragte Frau Klug düpiert.

»Na, ganz einfach. Maria achthundert, Josef achthundert und dann noch diese Heiligen Drei Könige. Macht doch fünfmal achthundert Euro. Also viertausend Euro!«, antwortete der Influencer nun doch leicht genervt.

»Ja, für Caspar, Melchior, Balthasar, Maria und Josef allein kommen Sie mit dem Geld gerade so hin, aber ...«

Gustav wurde es langsam zu bunt. Er fühlte sich wie eine Weihnachtsgans, die geschlachtet werden sollte.

»Aber?«

»Nun ja, ich bin ja nicht gefahren. Aber Sie haben die ganze Krippe zerstört ...«

»Also fünftausend Euro?«

»Die Tiere im Stall, den Stall an sich, die Beleuchtung. Also ehrlich gesagt ist ja nur das Heu heil geblieben«, beendete Frau Klug ihre Aufzählung.

»Sie machen Ihrem Namen alle Ehre. Dann sagen Sie mir doch endlich die Gesamtsumme!«

»Wir kamen auf elftausendzweihundertsiebzig Euro, aber …«

»Was denn jetzt schon wieder aber?«, fragte Gustav genervt.

»Wir hatten das Jesuskind vergessen.«

»Na, das sollte Ihnen aber nicht passieren!«, sagte Gustav grinsend und fügte hinzu: »Also nicht elftausendzweihundertsiebzig Euro? Ich runde dann mal auf zwölftausend Euro auf.«

Mittlerweile fühlte er sich nicht mehr wie eine Weihnachtsgans, sondern eher wie eine ganze Zucht. Aber hatte er eine Wahl? Sein schön verdientes und gespartes Geld flog einfach so zum Fenster raus. Wegen eines dummen Fehlers. Nur weil ihn kein Taxi nach Hause fahren wollte und er von der Polizei gejagt wurde.

So viel Geld für eine blöde Weihnachtskrippe. In meinem nächsten Leben werde ich Holzschnitzer. Die verdienen ja mehr als ich, schoss es Gustav durch den Kopf.

»Das könnte man denken, aber das Jesuskind muss ja am ganzen Körper bemalt werden. Nicht nur an Kopf und Händen. Ich denke, Sie überweisen uns dreizehntausend Euro. Dann könnte es gerade so passen!«

»Gerade so …«, sagte Gustav ironisch.

»Ich hoffe … aber trotzdem wird es dieses Jahr nur eine ganz kleine Krippe geben. In der wenigen Zeit können wir keine Neue machen. Wir sind ja keine Hexen!«

Gustav war das mittlerweile egal.

»Wer ist der Empfänger?«, fragte er genervt.

»Chrisspa, Christ sein und Spaß haben e. V.«, sagte die Vereinsvorsitzende stolz.

»Das gilt wohl besonders für Pfarrer«, nuschelte Gustav vor sich hin.

»Wie bitte?«, fragte Frau Klug.

»Nichts. Gar nichts. Alles gut.«

Er öffnete seine Banking-App, gab den Betrag ein und ließ sich von Frau Klug die IBAN diktieren.

»So, das hätten wir erledigt. Und was soll ich dann ab morgen machen? Mich in die Krippe legen und sprechen?«, fragte Gustav lachend.

Er dachte, nach seiner Zahlung zumindest ein wenig fröhlicher sein zu dürfen. Und wer das Wort Spaß im Vereinsnamen stehen hatte, musste diesen doch auch verstehen.

»Was für eine Blasphemie! Es ist doch wohl logisch, dass Sie nicht Jesus sind!«, blaffte Frau Klug ihn an.

»Wem sagen Sie das. Im Moment denke ich auch, dass ich hier eher der Weihnachtsmann bin!«, stellte Gustav fest.

»Ja, wenn Sie das doch wissen, warum machen Sie dann wieder so einen dummen Scherz? Also diese Jugend von heute! Hier ...«, sagte sie und übergab dem Instagramstar eine sehr große Tüte.

»Was ist das?«

»Als Weihnachtsmann brauchen Sie ein einwandfreies Kostüm. Eine kurze Hose, ein Hawaiihemd und Sneaker mögen ihresgleichen vielleicht cool finden. Wir nicht! Also bitte, ziehen Sie das hier an.«

Rund zwanzig Minuten später durfte Gustav das Vereinsheim verlassen. Lennard und After Eight warteten schon ungeduldig im Auto davor. Der Kaffee war bereits ausgetrunken.

»Santa Claus is coming to town«, sang sein Kumpel und lachte dabei unaufhörlich, als er den Instagramstar im Kostüm sah.

»Ja, ja. Sehr komisch.«

»Aber ich gebe zu, diese Verkleidung ist besser als die von vorhin. Selbst After Eight erkennt dich nicht mehr«, gluckste Lennard.

Gustav war sich da nicht so sicher. Er hatte das Gefühl, sein Hund ignorierte ihn absichtlich.

»Wenn ich selbst dem Hund schon zu peinlich bin ...«, überlegte er.

»Fahr bitte schnell nach Hause. Ich muss dringend diese Sachen hier waschen. Ich glaube nämlich, das wäre das erste Mal in ... keine Ahnung ... hundert Jahren?«, stellte Gustav angewidert fest.

»Warum hast du denn die Sachen schon an?«, fragte Lennard, während er den Motor startete.

»Die Gouvernante dadrinnen meinte, ich solle mich ruhig schon mal dran gewöhnen! Wirklich, Lennard, wenn ich eins bereue, dann ist das wirklich der Abend im Cinedom ...«

# Alle Jahre wieder

Der Weihnachtsmarkt am Kölner Dom. So schön und gleichzeitig so abartig kommerziell. Sogar die Holländer, die im Minutentakt in riesigen Reisebussen angekarrt wurden, waren von den ganzen Eindrücken bekifft, und das ohne Glühwein und Joints. Vieles hatte wirklich nichts mehr mit besinnlichem Weihnachten zu tun. Ein Alkoholausschank neben dem anderen. Passend dazu eine riesige Auswahl an Ständen, die irgendwas frittierten, brieten oder mit Zucker überzogen. Die Waage und die Leber ließen grüßen. Lediglich die weihnachtliche Musik, die traumhaft schöne Beleuchtung der Buden im Schatten des Kölner Doms und die kleinen Händler mit ihren urigen Geschenkideen verbreiteten ein angenehmes Flair. Und da schließlich bald Weihnachten war, wurde mit dem Geld um sich geworfen, als müsste bis Jahresfrist definitiv jeder Euro ausgegeben werden, weil er sonst schlecht würde. Wie sonst könnte sich eine Schlange vor dem Flammlachsverkaufsstand erklären, an dem ein winzig kleines Stück Fisch fünfzehn Euro kostete? Und das, obwohl weder Brot noch Soße oder Salat dazugegeben wurden.

Gustav war das alles ziemlich egal. Er wartete im frisch gewaschenen Weihnachtsmannkostüm, das leider etwas eingelaufen war, am Eingang zum Markt auf Frau Klug.

Hoffentlich meckert die nicht wegen des Kostüms. Kostet sicherlich wieder 'nen Tausender, dachte er sich und musste grinsen.

Ob die eigentlich auch verkleidet ist? Wie will sie das denn sonst mit dem Einarbeiten machen?, schoss es ihm durch den Kopf, und er schaute sich weiter nach ihr um.

Merkwürdig. Sie meinte doch 16 Uhr! Und seien Sie ja pünktlich. Wenn ich 16 Uhr sage, meine ich nicht 16:10 Uhr, äffte er sie in Gedanken nach.

Nichts konnte im Moment problemlos klappen. Er wollte nicht schon wieder irgendeine sinnlose Diskussion führen. Schon gar nicht mit Frau Klug. Aber von der Vereinsvorsitzenden war immer noch weit und breit keine Spur. Dafür war die zerstörte Weihnachtskrippe aus der Ferne gut zu sehen. Weggeräumt war sie nicht, und das irritierte Gustav noch mehr. Gut, der Smart stand natürlich nicht mehr im halb offenen Stall, und auch die abgetrennten Gliedmaßen der Figuren waren entfernt worden. Dafür war ein großer Weihnachtsschlitten in die Szene geschoben worden, der wohl einen Unfall mit der Krippe vortäuschen sollte. Davor stand ein kleiner Hocker, auf den wiederum ein Scheinwerferspot gerichtet war.

»Ach, hier sind Sie!«, riss die unangenehme Stimme von Frau Klug Gustav aus seinen Gedanken.

»Schon die ganze Zeit«, antwortete der Influencer, der sich nur schwer beherrschen konnte, nicht laut loszulachen.

Die Vereinsvorsitzende war tatsächlich verkleidet: Schwarze Schuhe mit Hufabsätzen, braune Leggings, braune Bluse, ein Plüschgeweih und natürlich ein bemaltes Gesicht.

»Aber mit einem Rentier hatte ich nun wirklich nicht gerechnet. Ist das eigentlich noch erlaubt? Nichts für ungut, aber ist das nicht auch eine Art Blackfacing? Also Sie eignen sich so ja schon die Kultur eines Rentiers an …«

»Seit wann haben fiktive Tiere eine Kultur? Was für ein Blödsinn! Übrigens, die Zeit, die Sie zu spät sind, wird natürlich drangehängt. Und genau so, wie ich es früher mit meinen Schülern gemacht habe, natürlich mal zwei! So, und jetzt will ich, dass Sie Ihren Job ernst nehmen. Auf zur Krippe!«, befahl das Rentier.

Vor der Krippe hatte sich schon eine Schlange von Kindern mit ihren Eltern gebildet.

»Was ist denn an einer zerstörten Krippe so interessant?«, fragte sich Gustav.

Und als ob Frau Klug Gedanken lesen könnte, sagte sie: »Jetzt sehen Sie mal, was Sie mit Ihrer Verspätung anrichten. Los jetzt! Sie setzen sich da auf den Schemel. Falls das Kind es will, nehmen Sie es auf den Arm!«

»So wie Sie mich jetzt?«, fragte der Influencer süffisant.

»Würde mir nicht im Traum einfallen. Hören Sie mir lieber zu, statt schon wieder tolle Witze zu machen.«

»Ich habe ja wohl keine Wahl ...«, gab Gustav zu.

»Eben. Weiter im Text. Sie fragen das Kind, was es sich zu Weihnachten wünscht. Dazu erklären Sie, dass Sie am Steuer kurz eingenickt sind. Deshalb haben Sie den Schlitten verrissen. Es tut Ihnen total leid, dass Sie einen Unfall mit der Krippe hatten. Weder den Geschenken noch den Rentieren ist etwas passiert. Verstanden?«, stenografierte Frau Klug den Arbeitsauftrag an Gustav.

»Wieso soll ich denn fragen, was die Kinder sich wünschen, und gleichzeitig schon sagen, dass die Geschenke alle heil geblieben sind? Wo ist da die Logik?«

»Haben Sie schon mal einen Weihnachtsschlitten ohne Geschenke gesehen?«, blaffte das Rentier.

»Aha. Fangfrage. Ich habe weder einen Weihnachtsschlitten mit noch ohne Geschenke gesehen. Es gibt keinen Weihnachtsmann«, provozierte der Influencer weiter.

Er war von seinem neuen Job alles andere als begeistert. Gustav hatte gedacht, er hätte sich einfach für ein paar Stunden unter die Gäste auf dem Weihnachtsmarkt mischen können. Die Anordnung des Richters, den Kindern zu erklären, warum die Krippe nicht mehr da war, hatte er nicht wörtlich genommen. Der Instagramstar hatte geglaubt, es ginge vielmehr darum, dass er neben den Geldauflagen seine Freizeit opferte. Weihnachtsmann zu spielen war eine Sache. Jetzt auch noch den Kindern zuhören zu müssen war Folter. Und dann forderte das Gericht auch noch von ihm, dass er log? Gustav wollte nicht päpstlicher sein als der Papst, aber eine vermeintliche Straftat würde mit einer anderen doch nicht besser, oder?

»Wenn Sie das noch einmal sagen, trete ich Ihnen so was von in die Eier«, giftete das Rentier.

Mit dieser Reaktion hatte der Influencer absolut nicht gerechnet. Wäre sein Gesicht nicht zu neunzig Prozent von dem falschen Bart verdeckt gewesen, hätte jeder direkt die Wut über diese Drohung ablesen können. Sein Teint glich sich der Farbe des Kostüms nahezu an. Nun wusste der Influencer auch, dass es alles andere als förderlich war, wenn er sich vor gefühlt tausend Kindern ein Wortgefecht mit dem »Rentier« lieferte. Das waren zwar hier nicht unbedingt seine Follower, aber irgendjemand würde sicherlich sein Handy zücken, und ruck, zuck gäbe es die nächste Folge von »Gustav Greider out of control«. Nicht nur, um seinen Follower-Counter zu schonen, schluckte der Instagramstar seine Wut, so gut es ging, hinunter und setzte sich wie befohlen auf den Schemel.

»Aua«, beschwerte er sich.

Der Schemel bekam in der Kategorie Sitzkomfort grandiose null von hundert Punkten. Doch es nutzte nichts. Unter den argwöhnischen Augen des Rentiers startete das Projekt »Gustav der Weihnachtsmann«.

»Bist du es wirklich?«, fragte die sechsjährige Kim, während sie auf den Schoß des Weihnachtsmanns kletterte.

»Ja, aber natürlich«, antwortete Gustav und dachte sich dabei: Weniger Kekse und mehr Sport. Mann, bist du schwer!

»Okay, dann kannst du mir ja sicherlich erklären, warum du meinen Wunsch vom letzten Jahr nicht erfüllt hast!«

Das war genau nach Gustavs Geschmack. Das erste Kind und schon ein Problem. Woher sollte er denn wissen, was sich Kim letztes Jahr gewünscht hatte? Eine Tafel Schokolade, die nie zu Ende ging? Eine Million Stücke Kuchen? Oder doch nur eine Tonne Gummibärchen?

»Du musst wissen, ein Wunsch ist ja keine Bestellung, sondern nur ein Wunsch. Ich versuche natürlich immer alles, aber …«

»Was ist denn so schwer daran gewesen?«, unterbrach ihn Kim.

Du, dachte Gustav.

Da er immer noch nicht wusste, worum es sich eigentlich drehte, versuchte er bei Kims Mutter die Lösung zu finden. Doch von ihr kam keine Hilfe. Sie telefonierte und lächelte zufrieden darüber, dass ihre Tochter beschäftigt wurde.

»Es war ausverkauft«, log er und verfluchte die Mutter, der ihr Handy wichtiger war als das Wohl ihres Kindes.

»Wie ausverkauft? Echt? Das ist ja doof!«, antwortete Kim und sprang vom Schoß.

»Aber vielleicht klappt es ja dieses Jahr«, versuchte der Weihnachtsmann das Kind zu vertrösten und freute sich gleichzeitig darüber, dass der Blutfluss in seinen Beinen wiederhergestellt war.

»Auf gar keinen Fall! Ein Geschwisterchen reicht. Jetzt brauche ich auch keinen Bruder mehr!«, winkte Kim ab.

Die anderen Eltern, die zugehört hatten, mussten unweigerlich lachen. Nur Gustav nicht, der kam sich vor wie der

Depp der Woche. Aber das war im Moment auch nichts Neues.

Ein Kind nach dem anderen landete auf seinem Schoß. Der Kleinste war vielleicht gerade mal zwei Jahre alt. Die Älteste war acht. Im Prinzip war der Ablauf auch immer der Gleiche: Das jeweilige Kind nahm Platz, und je nach Gewicht stöhnte entweder nur der Weihnachtsmann oder zusammen mit ihm der Schemel. Bei Letzterem hörte sich das natürlich eher wie ein Knacken an, aber es verursachte bei Gustav jedes Mal einen zumindest eingebildeten Herzstillstand, weil er nie wusste, ob er gleich den nächsten Unfall im Krippengelände erleben musste. Nur diesmal wäre der Aufprall definitiv härter und schmerzhafter gewesen.

»Und wen haben wir hier?«, fragte der Weihnachtsmann.

»Tim«, flüsterte der kleine Junge, der von der ganzen Situation sehr eingeschüchtert war.

»Hallo, Tim. Na, was wünschst du dir denn zu Weihnachten?«

Doch der Junge schaute Gustav nur mit großen Augen an und schwieg.

»Was zum Spielen?«

Tim schob die Unterlippe nach vorn und schüttelte den Kopf.

»Oder vielleicht ein Fahrrad? Du bist doch schon so groß, dass du das kannst, oder?«

»Nein!«, antwortete Tim weiterhin sehr wortkarg.

»Okay, dann lass dich überraschen. Ich bin mir sicher, dass ...«, leitete Gustav das Ende des Gesprächs ein, wurde jedoch harsch von dem kleinen Jungen unterbrochen.

»Du sollst die Krippe wieder heil machen! Und mehr schlafen! Weißt du, wie viel Arbeit das war mit dem Schwanz vom Esel?«

Dass Frau Klug Tims Auftritt mit einem breiten Lächeln quittierte, war natürlich selbstverständlich. Gustav hingegen fühlte sich immer mehr wie ein Zirkuspferd, das der Menge zum Fraß vorgeworfen wurde. Trotzdem riss er sich zusammen und erklärte: »Das mache ich natürlich auch. Jeden Abend, wenn ich Feierabend habe, setze ich mich hin und repariere sie. Aber ich werde es vielleicht für dieses Jahr nicht mehr schaffen. Doch nächstes Jahr steht sie wieder in voller Pracht da. Versprochen!«

»Na gut! Aber wehe, wenn nicht«, sagte Tim, stand auf und trat Gustav gegen das Schienbein.

Dieser verdammte Rotzlöffel. Nächstes Jahr fahre ich extra erneut alle Tiere in der Krippe um, schoss es dem Weihnachtsmann durch den Kopf.

Aber natürlich machte er gute Miene zum bösen Spiel und lächelte den Schmerz weg. Das nächste Kind wartete schon, und somit war an eine Verschnaufpause auch nicht zu denken.

Nach zwei Stunden signalisierte Gustav dem Rentier, dass er dringend auf die Toilette musste. Frau Klug hatte ein Einsehen und erlaubte ihm eine schnelle und kurze Pause. Bisher war sie mit der Performance ihres neuen Weihnachtsmanns so weit zufrieden. Das Schild mit der Aufschrift »Dringender Anruf vom Nordpol. Gleich geht's weiter« wurde aufgestellt, und der Instagramstar machte sich auf den Weg zu den öffentlichen Toiletten.

Das Kostüm war gefüttert, und auch am Bauch war eine gute Portion Watte vernäht. Die vielen Menschen, die Enge, der Bart und vor allem diese ganzen unzähligen Gespräche mit den Kindern hatten Gustav ganz schön zugesetzt. Sich jetzt auch noch mit diesem Kostüm in ein Dixi-Klo zu quetschen empfand er als Höchststrafe. Die Dinger waren sowieso schon sehr beengt und alles andere als hygienisch. Aber als Weihnachtsmann konnte er sich schlecht an den nächsten Baum stellen. Wobei die hier am Kölner Dom auch nur recht überschaubar bis gar nicht vorhanden waren. Irgendwie schaffte es Gustav aber, seine Hose zu öffnen. Endlich konnte er seine Blase entspannen. Durch das Rumturnen der Kinder auf ihr hatte er schon vor einer halben Stunde gedacht, dass sie ihm nicht mehr gehorchte und das nächste Malheur kurz bevorstand. Da war diese Lösung hier schon besser. Das Händewaschen danach war allerdings kontraproduktiv, denn gleichzeitig hatte er das Gefühl, durch die Bewegung mit seinem Kostüm jede Klofrau arbeitslos zu machen.

»Jetzt weiß ich auch, warum das Ding so gestunken hat«, sagte Gustav.

Endlich wieder draußen wollte er nur noch schnell irgendwas trinken und dann zurück auf den, aus seiner Sicht, unbequemsten Schemel aller Zeiten, damit Tag eins seiner Strafarbeit endlich zu Ende ging. Er stellte sich an einem Getränkestand an und bestellte ganz pflichtbewusst ein Wasser.

»Ist leer«, sagte ihm die Verkäuferin hinterm Tresen.

»'ne Cola?«, fragte Gustav.

»Hamma nicht.«

»Fanta?«

»Auch nicht. Und bevor du fragst, auch keine Sprite, Apfelschorle, Orangensaft oder sonstigen Kram ohne Wumms«, erklärte die Frau.

»Aber Sie müssen doch irgendwas Alkoholfreies haben. Ich muss noch arbeiten!«, sagte Gustav genervt.

»Wo steht das denn, dass wir das haben müssen? Abgesehen davon haben wir ja Wasser. So, was ist jetzt? Hier wollen noch mehr Leute was trinken.«

»Dann hätte ich gerne das Wasser!«

»Ey, willst du mich ärgern? Ich sagte doch, dass das leer ist.«

»Sie sagten gerade, dass Sie Wasser haben. Ich gehe hier nicht eher weg, bis Sie mir welches geben!«

Die Verkäuferin wurde von ihrer Kollegin weggezogen. Beide tuschelten. Im nächsten Moment nahm die Verkäuferin eine leere Glühweintasse und tauchte sie ins Spülbecken. Gut gefüllt damit stellte sie die Tasse auf den Tresen.

»Hier. Da haste Wasser. Geht auch aufs Haus. So, der Nächste!«, gluckste die Verkäuferin.

»So geht man doch nicht mit dem Weihnachtsmann um! Komm, ich spendiere dir einen Kinderpunsch. Wenn du das hier trinkst, könnte es passieren, dass Weihnachten ausfällt«, sagte ein junger Mann lachend, nahm das Spülwasser und schüttete es auf den Boden.

»Oh, vielen Dank!«

Der Weihnachtsmann strahlte.

»Nicht dafür. Hab gesehen, wie cool du das mit den Kids machst. Da haste auch 'ne Belohnung verdient«, sagte der Mann.

Die Verkäuferin schüttete widerwillig den Kinderpunsch und die weiteren bestellten Glühweine ein. Gustav nahm den Becher und prostete seinem Gastgeber zu. Endlich ein Getränk. Das tat so gut. Und ganz gleich, wie heiß der Punsch war, er trank das Glas in einem Zug leer. Gut gelaunt verabschiedete er sich und kehrte zu seinem Arbeitsplatz zurück.

»Das ist jetzt nicht wahr, oder?«, blaffte ihn das Rentier an.

»Was denn jetzt schon wieder?«, fragte Gustav irritiert.

»Gustav Greider, Sie haben anscheinend gar nichts gelernt. Sie wollen doch so nicht allen Ernstes wieder mit Kindern reden«, brüllte Frau Klug und zog damit noch mehr Aufmerksamkeit auf das Krippenspiel 2.0.

»Wie denn sonst?«

»Nüchtern vielleicht? Ich habe genau gesehen, wie Sie die Pause genutzt und sich schnell einen hinter die Binde gekippt haben! Sie sind echt ein Freak ...«

»Und Sie haben einen Stock im Ar... Archfasseesnicht. Das war Kinderpunsch. Fräulein Rottenmeier ist gegen Sie ja eine gute Fee, Mann«, platzte es aus Gustav heraus, und er hielt sich dabei gerade noch so im Zaum.

Die Reaktionen der Eltern waren eher verschnupft. Streit hatte auf einem Weihnachtsmarkt nichts zu suchen. Und schon gar nicht ausgetragen von dem Mann mit dem weißen Rauschebart im roten Kostüm, für den man extra hergekommen war. Von den Kindern hingegen wurde er sehr fröhlich mit Lachen und Applaus honoriert. Endlich mal ein Weihnachtsmann, der lebendig wirkte.

»Gustav der Influencer?«, rief eine junge Frau, die anscheinend eine Followerin von ihm war.

Die Reaktion des Weihnachtsmanns war eigentlich goldrichtig. Er hob seinen Zeigefinger hoch, legte diesen ausgestreckt auf seinen Mund und signalisierte ihr, dass er zwar Gustav war, sie aber still sein sollte.

»Wie cool!«, kreischte sie, zog ihr Handy heraus und machte ein Foto nach dem anderen von ihm.

Der Instagramstar überlegte, wie er die Situation retten konnte. In der Regel hatte er nichts gegen seine Fans, ganz im Gegenteil. Aber hier und jetzt brauchte er niemanden, der sich ihr Verhalten zum Vorbild nahm und eine Art Fan-Convention startete.

»Alle Jahre wieder kommt da-as Christuskind …«, sang das Rentier inbrünstig und sprang dem Weihnachtsmann zu Hilfe.

Die Kinder und ihre Eltern sprangen sofort auf den Gesangszug mit auf, und Gustav war Frau Klug ein wenig dankbar.

Jetzt hat die sich doch tatsächlich einen Sympathiepunkt erschlichen, dachte er, lächelte sie an und bedankte sich nonverbal, indem er seine Hände zum Gebet faltete.

Sie zwinkerte ihm zu, erhob aber weiterhin leicht drohend ihren Zeigefinger.

Und schwups ist der Punkt wieder weg, sagte Gustav lachend zu sich selbst.

Die fotografierende Frau verstand auch endlich, dass sie den Traum vom Weihnachtsmann nicht zerstören sollte, und ließ ihr Handy in der Tasche verschwinden.

Nachdem sich der Trubel gelegt hatte, konnte Gustav endlich wieder seinen Verpflichtungen als Weihnachtsmann nachkommen. Der Nächste in der Reihe war der siebenjährige Jonas, der eine große Tüte mit gebrannten Mandeln in der Hand hielt. Nach der Begrüßung setzte er sich mit voller Wucht auf den Schoß des Instagramstars.

Du bekommst von mir auch so ein Abnehmbuch, schoss es Gustav durch den Kopf.

»Also ich hätte gerne eine Playstation 5, einen zweiten Controller, damit ich mit meinem Kumpel Mick FIFA zocken kann, und ach ja, wenn du schon dabei bist … ein iPad bitte! Wo kann ich die Sachen abholen?«

»Oh, Mandeln, wie lecker. Gibst du mir welche ab?«, fragte der Weihnachtsmann und ignorierte die Frage.

»Sehe ich aus wie du? Nein! Also kauf dir selbst eine Tüte. Jetzt sag schon, wo ist meine Bestellung?«, giftete der Junge.

»Äh, nirgends. Wenn, dann werden die dir geschenkt und …«, belehrte Gustav den Kleinen.

»Alter, dann von mir aus schenken. Aber wo sind die Geschenke?«

»So nicht! Dann bekommst du gar nichts«, entschied der Weihnachtsmann.

Der Junge fing an zu lachen.

»Du bist ja voll unentspannt. Ich weiß doch, dass du Marionette mir hier nichts gibst. War doch 'n Scherz. Aber wenn ich hier auf deinem Schoß sitze, freuen sich meine Eltern da vorn total. Und nur das zählt. Weißt du, ich habe dem Max in der Schule ein Beinchen gestellt. Patsch, lag er da mit dem Kakao in der Hand und seiner Frühstücksbox. Dass er sich dabei den Strohhalm in die Nase gerammt hat, fand irgendwie nur ich witzig. Mann, hat das geblutet. Lange Rede, kurzer Sinn. Meine Eltern meinten, wenn ich so weitermache, gibt es nix vom Weihnachtsmann. Also habe ich gesagt, ich würde gerne zu dir und meine Sünden beichten. Also quasi alles wieder in Ordnung bringen. Die können mich zwar nicht hören, aber sehen. Ich und keine Geschenke. Haha. Das geht ja gar nicht. Da musste ich handeln. Du verstehst?«

Gustav hatte noch nie ein Kind erlebt, das so viel und ohne Punkt und Komma drauflosquasselte. Außerdem war Jonas für sein Alter sehr abgeklärt. Bislang war der Instagramstar kein Fan von Kindern. Und mit solchen Exemplaren wie dem Jungen hier würde sich das auch garantiert nicht ändern.

»Okay, das habe ich verstanden. Bereust du denn, was du mit Max gemacht hast?«

»Nö! Der ist viel beliebter als ich. Da musste das einfach sein. Außerdem war der Stunt echt geil mit anzusehen«, sagte der Junge und griff wieder in die Tüte mit den Mandeln.

»So ganz sauber tickst du aber nicht!«, blaffte ihn Gustav an.

»Ey, es ist mir total egal, was du denkst. Jetzt streichle mir über den Kopf, und dann bist du mich auch sofort wieder los.«

Der Weihnachtsmann tat, was von ihm gefordert wurde. Und der Junge sprang umgehend von seinem Schoß. Doch so leicht wollte Gustav es ihm nicht machen. Gerade als Jonas sich umgedreht hatte und zurück zu seinen Eltern gehen wollte, schoss das rechte Bein des Weihnachtsmanns kurz nach vorn und erwischte so den Fuß des Jungen. Wie ein nasser Sack flog dieser auf die Nase. Seine gebrannten Mandeln kullerten aus der Tüte und landeten im Dreck. Jonas schrie auf und fing sofort an zu weinen.

»Och, was hat denn der kleine Junge? Und Mensch, die ganzen schönen Mandeln sind dahin«, täuschte der Weihnachtsmann sein Mitgefühl vor.

»Das warst doch du!«, schrie Jonas heulend und wütend zugleich.

»Ich? Aber so was macht man doch nicht. Und schon gar nicht der Weihnachtsmann!«

Gustav war sich nicht sicher, aber er hatte das Gefühl, dass die Eltern von Jonas genau gesehen hatten, was er getan hatte. Trotzdem machten sie Gustav keine Vorhaltungen, als sie ihrem Jungen zu Hilfe kamen, sondern schenkten dem verkleideten Instagramstar ein Lächeln.

»Jonas, dass du dich nicht schämst. Du fällst über deine eigenen Füße, und dann beschuldigst du auch noch den Weihnachtsmann. Was haben wir bei deiner Erziehung nur falsch gemacht ... Also ich bin mir jetzt zu hundert Prozent sicher, Geschenke wirst du dieses Jahr garantiert nicht bekommen«, schimpfte sein Vater.

»Sorry, Herr Weihnachtsmann«, sagte die Mutter des Jungen und tätschelte freundschaftlich Gustavs Hand.

»Frohe Weihnachten«, verabschiedete er die drei.

Frau Klug warf Gustav einen argwöhnischen Blick zu. Sie fand sein pädagogisches Verhalten zwar prinzipiell gut, fühlte sich aber nicht eingebunden.

»Das hätte auch schiefgehen können«, flüsterte sie ihm meckernd zu.

»Ist es aber nicht!«

»Hätte aber. Und dann?«

»Ist es aber nicht!«, wiederholte er seine Feststellung.

Gustav war nicht auf der Suche nach neuen Freunden. Was sollten ihre ständigen Belehrungen und Zurechtweisungen? Sein Dienst war auf sechzig Stunden begrenzt, und davon waren schon vier vorbei. Eine letzte Stunde, und er hatte bis morgen Ruhe vor Kindern, Eltern, Weihnachten, dem Kostüm und vor allem vor Frau Klug. Bevor das Rentier erneut etwas sagen konnte, hatte schon die fünfjährige Emilia den Lichtspot betreten und forderte ihr Gespräch mit dem Weihnachtsmann ein.

»Na, meine Kleine. Womit kann ich dich denn glücklich machen?«

»Ich wollte nur fragen, also, wenn es geht ... Also wenn du hier fertig bist mit den ganzen Geschenken und so ... Dann wäre es total toll ...«, stotterte Emilia vor sich hin.

»Das neue Barbiehaus? Oder was von PAW Patrol?«, versuchte Gustav ihr zu helfen.

Emilia fing an zu lachen. Aber irgendwie wirkte das aufgesetzt.

»Du kannst mir wirklich sagen, was du dir wünschst. Ich verspreche dir, dass ich mein Bestes gebe, damit es in Erfüllung geht!«

Das Kind kam Gustav noch ein Stück näher.

»Okay, meinst du, du kannst meiner Mama und mir einen Weihnachtsbaum besorgen? Er muss auch nicht groß sein und darf ruhig nadeln«, flüsterte Emilia.

»Was ist denn mit eurem passiert?«, fragte er irritiert.

»Wir haben dieses Jahr keinen. Also eigentlich auch schon letztes Jahr nicht. Mami sagt, das ist einfach nicht drin. Wir haben nicht so viel Geld, weißt du.«

»Aber Geld für einen Baum hat doch jeder. Es sei denn, deine Geschenke waren zu groß und …«

»Hab nichts bekommen. Ich habe außerdem gedacht, weil du keinen Baum bei uns gefunden hast … na ja … ich dachte, du hast mich übersehen. Und dann vergessen. Ich will auch gar keine anderen Geschenke. Nur an Heiligabend, da gehört ein Baum doch dazu. Das ist die Heilige Nacht«, schluchzte Emilia.

Dem kleinen Mädchen liefen die Tränen über die Wangen. Gustav war ganz konsterniert. Seit Stunden hörte er sich die Wünsche der Kinder an. Alle hatten nur neues Spielzeug, Smartphones, Haustiere, Puppen oder sonstigen Kram im Sinn. Gut, ein, zwei Beschwerden, weil die Krippe weg war, gab es auch. Aber alle hatten bloß materielle Wünsche. Emilia war das erste Kind, dem das Weihnachtsfest mehr bedeutete als irgendwelche Luxusartikel. Und das mit gerade einmal fünf Jahren.

»Geht das hier auch mal weiter?«, schimpfte ein Erwachsener, dem Gustavs Gespräch mit dem Kind auf seinem Schoß schon viel zu lange dauerte.

»Natürlich. Also wenn Sie rechts herum gehen, dann kommen Sie zu einem wirklich guten Glühweinstand. Links gibt es übrigens tolle Waffeln«, antwortete Gustav ihm süffisant.

»Was für eine Unverschämtheit. Auf den Arm nehmen kann ich mich selbst«, blaffte der Mann.

»Echt? Das möchte ich sehen«, antwortete der Weihnachtsmann.

Der Mann lief rot an vor Wut und machte einen Schritt auf Gustav zu. Anscheinend wollte er dem Weihnachtsmann an den Kragen gehen. Doch er kam nicht weit. Das Rentier kam ihm zu Hilfe und baute sich vor dem Instagramstar auf.

»Stopp! Hier geht's nur für Kinder weiter. Und Sie sind doch keines mehr, oder? Wenn Ihnen das hier zu lange dauert, dann muss ich Ihnen leider sagen: Pech gehabt. Weihnachten ist das Fest der Liebe, des Sich-Zeit-Nehmens und des Zuhörens. Also bitte«, sagte Frau Klug energisch.

»Und schwups noch ein Punkt«, sagte Gustav grinsend.

Doch im Prinzip wusste er gar nicht, womit er ihre Hilfe verdient hatte. Er hätte eher vermutet, dass sie diesem Kerl noch recht geben und ebenfalls an ihm rumnörgeln würde. Aber das Gegenteil war der Fall. Frau Klug lächelte ihn sogar an. Die Geschichte von Emilia hatte sie anscheinend ebenfalls berührt und den Frust über »Ihren« Angestellten vergessen lassen.

»Apropos Emilia! Wo bist du denn hin?«, fragte Gustav, als er merkte, dass niemand mehr auf seinem Schoß saß.

Doch von der Kleinen war weit und breit nichts mehr zu sehen. Gustav stieg sogar auf den Schemel, der sich mit einem lauten Knarzen bedankte. Aber auf einem vollen Weihnachtsmarkt ein kleines Mädchen wiederzufinden war leider sehr unwahrscheinlich.

»Verdammt! Verdammt! Verdammt! Verdammt«, fluchte der Weihnachtsmann.

# Aber heidschi bumbeidschi

Auch am nächsten Morgen war Gustav immer noch sauer darüber, dass er die kleine Emilia verloren hatte. Generell hatte sich seine Einstellung gegenüber Kindern nicht verändert, aber irgendwie passte es nicht in sein Weltbild, dass es hier in Deutschland Kinder gab, die noch nicht einmal einen Weihnachtsbaum zum Fest hatten. Ihr hätte er von ganzem Herzen gerne ihren Wunsch erfüllt. Auch wenn er nicht der echte Weihnachtsmann war. Doch im Moment hatte er noch weitere Probleme. Das eine war die Zunge von After Eight, die gefühlt seit Stunden, aber in Wahrheit erst seit zwei Minuten genüsslich und gleichzeitig aufdringlich seine nackten Zehen leckte. Das andere war sein Rücken oder sein Po oder alles zusammen. Es schmerzte. Gegen die unliebsame Zuneigungsbekundung seines Hundes half es, wenn er die Füße einfach wieder unter die Decke steckte. Allerdings war es schon nach 10 Uhr, und die Wahrscheinlichkeit, dass After Eight sich so seltsam verhielt, weil er dringend Gassi gehen musste, lag bei mindestens neunundneunzig Prozent.

»Ja doch, ich komme ja schon. Warum kannst du nicht einfach ganz normal aufs Klo gehen?«, nörgelte Gustav.

After Eight antwortete direkt mit einem lauten »Wuff«. Der Instagramstar stand auf und musste unweigerlich schnuppern.

»After Eight! Hast du etwa in die Wohnung gemacht?«

Auch jetzt kam die Antwort prompt, aber diesmal sehr energisch. Das Doppel-»Wuff« sollte wohl heißen: »Spinnst du, Herrchen?«

Gustav verfolgte die Duftspur und landete auf seiner Couch. Dort lag zerknautscht das Outfit vom Vortag. Das Weihnachtsmannkostüm roch sogar ein kleines bisschen schlimmer als vor dem Einsatz. Der Influencer musste sich angewidert schütteln. Schnell zog er sich eine Jogginghose und einen Hoodie an, um zum einen dem Gestank zu entgehen und zum anderen, damit After Eight ebenfalls an die frische Luft kam. Natürlich hielt er vorher noch an der großen Dose mit Leckerlis an, griff hinein und verfütterte diese sofort.

»Sorry, mein Bester, dass ich dich verdächtigt habe. Kommt nicht wieder vor. Versprochen«, sagte er und knuddelte dabei seinen Hund.

Kaum dass die beiden draußen waren, erleichterte After Eight sich am nächsten Baum. Natürlich durften ein paar Reporter nicht fehlen, die das alles dokumentierten. Vielleicht hatten sie die Hoffnung, dass Gustav den Hund schlug oder sonstige komische Dinge tat. Der Influencer hingegen hatte beschlossen, sie einfach zu ignorieren. Keine Reaktion bedeutete gleichzeitig keine Aktion und somit keine Geschichte für die Zeitung oder den Sender. Gustav nutzte lieber den Moment, um sein Handy herauszuziehen. Von einem Social-Media-Leseverbot hatte im Urteil nichts gestanden. Ihn juckte es so sehr in den Fingern, eine Story zu drehen oder Bilder von gestern hochzuladen, doch die bloße Erinnerung an das Gesicht des Richters reichte. Weihnachten wollte er nun wirklich nicht im Knast verbringen.

»Morgen, Lenni. Danke, dass du gestern wohl vergessen hast, mich abzuholen. Schon vergessen? Ich habe keinen Führerschein, du Honk! Wo bist du wieder versackt? Kündigung asap«, nahm Gustav eine Sprachnachricht auf.

Doch anstatt sie abzuschicken, löschte er sie und nahm eine neue auf: »Morgen! Du kannst mir bitte zwei Gefallen tun. Erstens: Kauf mir irgendwo ein neues Weihnachtsmannkostüm. Das hier stinkt schlimmer als ... ach, egal. Es stinkt auf jeden Fall. Und dann brauche ich noch deine Hilfe. Ich muss ein Kind finden. Kannst du um drei bei mir sein?«

Kaum hatte er die Nachricht abgeschickt, kam auch schon die Antwort: »Du bist so lost. Aber ich kann deinen Pain natürlich verstehen, was das Kostüm anbelangt. Aber holy shit, was willst du mit einem Kind? So einfach eins klauen ist übrigens strafbar. Such dir doch erst mal eine Frau, du Brain. Also wenn ich ein Kostüm gefunden habe, komme ich rum. Cheerio.«

Gustav überlegte, ob er nicht doch wieder eine wütende Nachricht verfassen sollte, aber er brauchte die Hilfe seines Freundes und gleichzeitigen Managers. Er konnte ihm später immer noch die Ohren dafür lang ziehen, dass er ihn gestern nicht abgeholt hatte. Wobei: so schlimm war das gar nicht, denn er konnte nach »Dienstschluss« einfach in das nächste Taxi springen und musste nirgendwo angetrunkenen und grölenden Weihnachtsmarktbesuchern, unter Umständen sogar Fans, Rede und Antwort stehen. After Eight riss ihn im doppelten Sinne aus seinen Gedanken. Erst zog er an der Leine, weil er weitergehen wollte, und dann riss irgendwas in Gustavs Rücken. Zumindest fühlte es sich so an.

»Hey, Siri! Suche Arzt für Rücken …«

Als selbstständiger Influencer war Gustav privat krankenversichert. Nicht immer war das ein Segen. Er bekam zwar quasi direkt einen Termin und konnte sich seinen Arzt auch frei aussuchen. Aber leider war er durch seinen Versicherungsstatus auch eine prima Melkkuh. Untersuchungen, die Kassenpatienten extra bezahlen mussten, wurden ohne Rückfragen großzügig angeordnet. Selbst eine einfache Blutabnahme war überteuert. Trotz gleicher Leistung wie bei Normalversicherten wurde fast das Dreifache abgerechnet.

Verstanden hatte das der Instagramstar nicht. Vor allem, dass der Gesetzgeber diese gängige Praxis zuließ. Ein Schnitzel in einem Restaurant kostete doch auch immer das Gleiche, egal, wie viel Geld der Gast im Portemonnaie hatte. Umso skeptischer war Gustav, als Siri die Praxis eines Dr. Urschreit vorschlug. Die Rezensionen waren zwar überwiegend in Ordnung, aber der Internetauftritt schrie danach, dass die Praxis ordentlich Geld verdienen musste. Irgendwer musste schließlich die Designermöbel und die Barista-Kaffeemaschine im Wartezimmer bezahlen. Positiv fand er die Tatsache, dass der Arzt schon einige Bücher geschrieben hatte zum Thema »So lebe ich gesund und lange«. Das war eigentlich auch das Ziel des Influencers. Nur für heute brauchte er kurzfristige Soforthilfe. Er hatte Schmerzen, konnte sich kaum gerade halten, und zudem ging ihm die kleine Emilia einfach nicht aus dem Kopf. Gott sei Dank war die Praxis nicht weit von ihm entfernt. Er brauchte weder ein Taxi, noch hatte er einen langen Fußmarsch vor sich.

»Guten Tag. Mein Name ist Gustav Greider«, sagte er freundlich zur Sprechstundenhilfe.

»Waren Sie schon mal hier?«, antwortete diese gelangweilt.

»Nein. Ich hatte eben angerufen.«

»Name?«

»Wie ich schon sagte. Gustav Greider und ...«

»Karte!«, unterbrach ihn die Dame hinter dem Tresen.

»Hab ich nicht. Ich bin privat versichert und ...«, erklärte der Influencer.

»Herzlich willkommen in der Gemeinschaftspraxis Dr. Urschreit. Es ist sehr schön, dass Sie hier sind. Wollen Sie schon mal im Wartezimmer Platz nehmen? Da haben wir heute ganz frischen Mango-Maracuja-Saft für Sie im Angebot. Zur Stärkung. Ich komme dann gleich zu Ihnen mit dem Papierkram«, änderte sich das Verhalten der Sprechstundenhilfe augenblicklich um hundertachtzig Grad.

»Aber natürlich, gerne«, antwortete Gustav, der genau dieses Schauspiel schon zigmal erlebt hatte.

Der Begriff »Private Krankenversicherung« hatte den gleichen Stellenwert, wie wenn es auf einer Party hieß: »Die Drinks gehen aufs Haus.«

Gustav humpelte in Richtung Wartezimmer und wollte gerade die Tür dazu öffnen, als ein Schrei ihn aufhielt.

»Hallo, Herr Greider. Da nicht. Eins weiter bitte!«

Natürlich gab es zwei unterschiedliche Wartebereiche. Wie konnte er das nur vergessen. Einen mit abgewetzten Zeitungen und maximal einem Wasserspender, bei dem es allerdings meistens keine Becher mehr gab, und dem gegenüber den Luxusbereich. Dort wurde auch der angekündigte Saft ausgeschenkt, sämtliche Kaffeespezialitäten gebrüht, und ein großer Teller mit frischem Obst war obligatorisch. Wer nur gesetzlich versichert war, hatte im Luxuswartezimmer nichts zu suchen. Zu Weihnachten war dieser First-Class-Bereich extraschön dekoriert. Bei den Kassenversicherten hingegen waren alle Jahreszeiten gleich: einfach und schlicht. Gustav war klar, dass er den ganzen Schnickschnack mitbezahlen würde. Also schenkte er sich großzügig von dem angepriesenen Saft ein und bestellte bei der Dame, die wohl extra nur für das Kaffeebrühen angestellt war, einen Cappuccino.

Verrückt. Ich sitze hier beim Arzt und habe das Gefühl, ich sei in der Lobby des teuersten Fünf-Sterne-Disneyland-Hotels. Was Emilia wohl über meine Welt denken würde?, fragte sich der Influencer.

Seine Gedanken landeten immer wieder bei ihr. Das hier mitten in Köln ein kleines Kind kein Weihnachtsfest feiern konnte, weil es ihr einfach an allem fehlte, war für ihn immer noch eine sehr schwer verdauliche Nuss. Gut, wer sich immer nur in solchen Wartezimmern aufhielt und wem das Geld per Schubkarre aufs Konto angekarrt wurde, der hatte vielleicht ein wenig den Bezug zur Realität verloren. Aber immerhin verschloss er jetzt nicht mehr die Augen vor solchen Schicksalen. Kaum hatte Gustav den Saft ausgetrunken und am Cappuccino genippt, wurde er auch schon aufgerufen.

Dr. Urschreit war um die fünfzig Jahre alt und hatte kein Gramm Fett zu viel an seinem Körper. Trotzdem wirkte er eher ein wenig gebrechlich und nicht so fit und aktiv wie auf den Fotos auf seiner Website und seinen Büchern. Allerdings war der Gesundheitszustand des Arztes Gustav auch egal. Hier ging es um seinen Körper.

»Und ... was kann ich für Sie tun?«, fragte der Arzt.

»Nun, ich habe gestern auf dem Weihnachtsmarkt den Weihnachtsmann gespielt«, erklärte der Influencer.

»Und jetzt haben Sie sich den Magen verdorben? Das ist auch alles Teufelszeug, was es da gibt.«

»Ne. Übel ist mir nicht. Ich habe es eher irgendwo am Rücken.«

»Hm. Also für die Diagnose bin ja ich zuständig. Auch Rückenschmerzen können von zu viel fettigem Essen kommen«, belehrte Dr. Urschreit ihn weiter.

»Ja, aber ...«

Weiter kam er nicht. Der Arzt nahm den Telefonhörer hoch und sprach hinein.

»Macht mal EKG, Anamnese, Blut, Urin, Ultra... Ja, das auch ...«

Für Gustav klang das so, als wäre er zu McDonald's gefahren und hätte im Drive-in gesagt: »Einmal die ganze Speisekarte bitte.« Er hatte eine körperliche Untersuchung vom Arzt erwartet. Danach hätte er entweder ein paar Schmerztabletten verschrieben bekommen, oder der Doktor hätte ihn eingerenkt. Außerdem wollte er nicht den ganzen Tag hier verbringen mit aus seiner Sicht völlig sinnlosen Untersuchungen. Immerhin galt es auch noch, Emilia wiederzufinden.

»Entschuldigung. Können Sie mir mal kurz zuhören? Ich habe nichts gegessen. Ich glaube einfach, der Stuhl war zu hart«, sagte Gustav energisch.

»Aha. Und seit wann ist Ihr Stuhl zu hart? Das liegt definitiv an der Ernährung. Oder haben Sie Hämorrhoiden? Haben Sie immer Schmerzen? Oder nur beim Stuhlgang? Warum sagen Sie das denn nicht gleich? Ihnen muss hier nichts peinlich sein. Das schaue ich mir direkt an. Ziehen Sie mal die Hose runter. So was kommt übrigens auch von zu viel und zu fettigem Essen«, brabbelte der Arzt auf Gustav ein.

»Wie oft soll ich Ihnen denn noch sagen, dass ich nichts Fettes gegessen habe? Ich meinte den Stuhl und nicht den Stuhlgang.«

»Sind Sie Mediziner? Nein. Das hängt doch alles zusammen. Und wenn ich mir Sie so im Gesamten anschaue ... da wird aus allem ein Stuhl. Sie essen viel zu viel Fett. Sie sind adipös!«

Gustav war eigentlich gerade dabei gewesen, seine Hose herunterzulassen, aber in diesem Moment waren seine Rückenschmerzen wie weggeblasen. Fettleibig? Er? Zur Abwechslung schüttelte Gustav mal den Kopf. Was sollte er bei so einem Arzt, der nur eine Diagnose kannte? Für Herrn Dr. Urschreit war wahrscheinlich sogar Gandhi während seines Hungerstreiks zu fett.

»Ach, wissen Sie, was? Ich habe es mir anders überlegt. Das wird nichts mit uns«, sagte er und zog seine Hose wieder hoch.

»Wie Sie meinen, aber ich muss Ihnen das schon alles berechnen. Sie können ja auch im Restaurant nicht erst den Hummer bestellen und dann, wenn er auf dem Tisch liegt, behaupten, dass Sie doch kein Hunger haben«, blaffte ihn Dr. Urschreit an.

Wie gerne hätte Gustav nun sein Handy gezückt, eine Story gemacht und damit diesem Halsabschneider das Handwerk gelegt. Doch das durfte er nicht. Aber innerlich versprach er sich, sobald seine Strafe abgeleistet war, stand diese Story ganz, ganz oben auf seiner Liste.

»Das, was ich bekommen habe, zahle ich natürlich. Und vergessen Sie nicht den Saft und den Cappuccino. Ach, und wo wir schon mal dabei sind. Darf ich Sie dann eigentlich auch Saftladen nennen? Und damit Sie mich endlich verstehen: Ich sprach von einem Stuhl. Holz. Schemel. Vier Beine. Sitzfläche. Hart. Comprende? Vielleicht sollten Sie endlich mal wieder in ein leckeres Schnitzel oder Steak beißen, damit Ihr Hirn wieder funktioniert! Dr. Urschreit, setzen! Sechs!«, schrie Gustav ihn an.

Noch bevor der Arzt etwas erwidern konnte, hatte Gustav das Behandlungszimmer verlassen. Zugegeben, sein Blutdruck war jetzt sicherlich zu hoch und sein Puls auch. Aber das freigesetzte Adrenalin hatte die Blockade im Rücken gelöst, und somit war der Besuch in dieser Hinsicht doch nicht umsonst gewesen.

Lennard stand mit großen Tüten vor Gustavs Haustür.

»Da bist du ja endlich«, motzte er.

»Sorry, kleiner Stuhl-Notfall!«, entschuldigte sich der Influencer.

»Du, deine Verdauungsprobleme gehen mich nichts an!«

»Fang du jetzt nicht auch noch an!«, blaffte der Instagramstar und schloss seine Wohnungstür auf.

Sofort sprang ihm After Eight freudig entgegen.

»Ja, du bist immer gut gelaunt«, sagte Lennard zu dem Hund und bückte sich zu ihm hinunter, um ihn zu streicheln.

»Wäre ich auch, wenn ich nur noch gestreichelt werden würde«, sagte Gustav.

»Dann solltest du aber kein Stuhlproblem haben! So klappt es auch mit den Streicheleinheiten. Und du brauchst nicht ständig ein neues Kostüm«, flachste Lennard.

»Bist du zufällig mit Dr. Urschreit verwandt?«

Lennard zog erst die Oberlippe und dann die Schultern hoch.

»Häh?«

»Weil ihr beide bei dem Wort Stuhl nicht an ein Möbelstück denkt. Bin ich achtzig? Nein. Also warum sollte ich in die Hose machen? So, und jetzt genug von diesem Scheißthema.«

»Der ist gut. Den muss ich mir merken«, Lennard lachte aus vollem Halse, »Scheißthema.«

»Ja, was haben wir jetzt gelacht. So, nun zeig mal das Kostüm. Ich probiere es am besten gleich an.«

»Wohl auf den Geschmack gekommen, was? Nur ist es echt ein wenig eklig, dass du jetzt auf Kinder stehst. Also ich sag dir direkt, wenn ... also ich kündige dir die Freundschaft und das Management ... und ich gehe zur Polizei!«

»Du Schlaufix. Das Kostüm trage ich nur wegen der Gerichtsauflage, und das von gestern hat eine Grundreinigung des Dixi-Klos vollzogen. Kinder können mir in der Regel gestohlen bleiben. Besonders nach gestern. Aber, großes Aber. Und jetzt kommt es: Es gibt tatsächlich Ausnahmen. Die kleine Emilia hat echt mein Herz berührt«, erklärte Gustav und zog das Kostüm aus der Tüte.

»Rosa?«, fragte er fassungslos.

»Passt doch zu deiner neuen Freundin«, feixte Lennard, fügte dann aber hinzu: »Das rosafarbene war die Gratiszugabe. Hier ... dann ist das Richtige in der anderen Tüte. Das ist dann auch schön weihnachtsmannrot.«

Gustav fing die andere Tasche auf, die ihm sein Kumpel zuwarf. Und wirklich, in dieser war ein frisch riechendes und schönes neues Kostüm drin.

»Da hast du aber echt noch mal Glück gehabt, sonst hätte ich dich für heute Abend ins alte Kostüm gesteckt!«, sagte Gustav, während er die Anprobe absolvierte.

»So, jetzt mal Schluss mit lustig. Klär mich mal auf ... und spar dir den Witz. Ich meine die Geschichte rund ums Kind ... nein, nicht das Kinderkriegen und -machen, sondern einfach nur das Problem mit ihr«, beendete Lennard den Schlagabtausch, und das, obwohl Gustav schon Bart und Hose trug.

Das Bild, das er damit abgab, war sehr komisch. Doch es nutzte nichts. Auch wenn Lennard zu gerne noch weitere Witze über seinen Kumpel gemacht hätte, er wollte wissen, was so Besonderes passiert war.

Pünktlich um 17 Uhr saß Gustav wieder auf seinem neuen Stammplatz auf dem Weihnachtsmarkt am Kölner Dom. Er erwartete heute noch mehr Kinder als gestern, weil das Wochenende vor der Tür stand. Lennard hatte ihm empfohlen, mit der Suche nach Emilia erst mal noch abzuwarten.

»Die kommt bestimmt wieder. Das Gespräch mit dir war ja noch gar nicht zu Ende. Und wenn sie in den nächsten Tagen nicht auftaucht, können wir immer noch mit der Suche beginnen«, hatte Lennard versucht ihn zu beruhigen.

»Klar, kann passieren. Aber was, wenn nicht? Ich kann sie schlecht über Instagram suchen. Dann bekomme ich direkt die Karte ›Gehe in das Gefängnis. Gehe nicht über den

Weihnachtsmarkt, und ziehe keinen weiteren Glühwein ein‹«, gab Gustav zu bedenken.

Doch zumindest für heute blieb sowieso keine Zeit für eine Suche, denn Frau Klug hatte quasi mit einer Stoppuhr an der zerstörten Krippe auf Gustav gewartet.

»Hallo, ich bin Finn. Ich wünsche mir eine elektrische Eisenbahn«, sagte der Junge zum Influencer und startete den heutigen Wunschmarathon.

»Das ist ein sehr schöner Wunsch. Dann werde ich mal schauen, was ich machen kann«, antwortete der Weihnachtsmann und sah das Gespräch eigentlich als erledigt an.

»Dann wünsche ich mir noch einen eigenen Fernseher. Außerdem wäre ein kleiner Kühlschrank in meinem Zimmer toll. Dann muss ich nicht extra in die Küche gehen, wenn ich Durst habe. Eine Playstation 5 und eine Switch.«

»Mehr nicht?«, fragte Gustav ironisch nach.

»Wenn du noch Platz hast im Schlitten, wäre ein E-Bike toll«, wünschte sich Finn.

»Wie alt bist du noch mal?«

»Ich werde im Sommer zehn! Wieso? Geht dann noch ein Geschenk, weil ich dann zweistellig alt bin?«, fragte der Junge freudig.

»Äh, also ich glaube, für ein E-Bike bist du auch mit zehn Jahren noch zu jung. Sport, also ich meine damit, selbst in die Pedale zu treten, ist sehr gesund und tut dir sicherlich gut. Und was deine Wünsche angeht, glaube ich nicht, dass ich alle erfüllen kann, aber ...«

»Erzähl du mir was von Sport. So fett, wie du bist, solltest du vielleicht lieber laufen, als dich von dem Schlitten ziehen zu lassen!«, sagte der Junge beleidigt, klopfte dabei auf den ausgestopften Bauch vom Weihnachtsmann und stand auf.

»Freche Kinder bekommen gar nichts zu Weihnachten«, antwortete Gustav sauer. An einem Tag gleich zweimal als fett bezeichnet zu werden, hinterließ auch bei ihm Spuren.

Finn fing an zu weinen, und seine Mutter eilte ihm zu Hilfe. »Finnchen, das hat er doch gar nicht auf dich bezogen. Ich bin mir sicher, dass der Weihnachtsmann dir was bringen wird«, sagte sie beruhigend zu ihrem Sohn.

»Sind Sie noch ganz dicht? Sie sollen den Kindern eine Freude machen und sie nicht beschimpfen. Schönen Dank auch. Herr Weihnachtsmann«, zischte sie Gustav an, während Finn schon auf dem Weg zu seinem Papa war, der eine frische Bratwurst für den Jungen bereithielt.

Der Influencer wollte gerade etwas erwidern, als auch heute das ihn beaufsichtigende Rentier mahnend den Finger erhob. Zudem meinte Gustav ein Wiehern gehört zu haben. Und das wäre dann mehr als komisch gewesen.

Okay, jetzt nehme ich dann doch bald einen Glühwein. Tiergeräusche? Ihr Ernst?, fragte sich Gustav.

In der Zeit war die Mutter von Finn auch schon wütend weggestampft, und das nächste Kind war an der Reihe. Wieder keine Emilia und dazu wieder ein Junge.

»Hallo Weihnachtsmann. Ich habe was für dich«, begrüßte der vierjährige Luca Gustav.

»Kekse und Milch gibt es für mich nur an Heiligabend. Oder hast du mir ein Bild gemalt?«

»Hihi. Neeee. Was viel Besseres«, sagte das Kind lachend und wühlte dabei in seinen Taschen.

Gustav überlegte für einen Moment, ob ein Weihnachtsmann bei so einer Audienz schon mal verletzt worden war. Vielleicht hatte der kleine Luca ein Messer dabei und wollte überprüfen, ob der Bauch echt war. Oder er wollte den Bart vom Weihnachtsmann abschneiden. Mit ein paar Schweißperlen auf der Stirn hoffte Gustav inständig, dass weder Luca eine verkorkste Kindheit hatte, noch, dass die Eltern Waffen und Messer offen herumliegen ließen.

»Hier«, sagte Luca voller Stolz und hielt dem Weihnachtsmann eine kleine Plastikkarte entgegen.

»Was ist das?«, fragte Gustav und erkannte im selben Moment das Mastercard-Logo.

»Das ist die Karte von meinem Papa. Die habe ich ihm weggenommen! Heimlich«, gab Luca zu.

»Und warum? Also ich brauche die nicht!«

»Weil sonst meine Mama weg ist ...«, sagte der kleine Junge traurig, und eine Träne lief ihm über die Wange.

»Wieso ist denn dann deine Mama weg? Das verstehe ich nicht«, sagte der Weihnachtsmann und wischte dem Jungen mit einem Handschuh über das Gesicht, um die Tränen zu trocknen.

»Mama hat ihm die Karte vorgestern an den Kopf geworfen. Dazu hat sie gesagt, dass sich bei ihm alles nur ums Geld dreht. Er könnte mit seiner Hh-hh-hh-Karte am besten direkt auch eine neue Frau kaufen gehen. Sie wäre dann aber weg! Und dann ist Mama weinend ins Bad gegangen. Ich will nicht, dass meine Mama weint! Und ich will auch keine neue Mama. Ich habe nur meine Mama lieb. Und die ist echt okay!«, erklärte Luca weiter.

Dass das Kind keine Schimpfwörter wiederholte, fand Gustav klasse. Er erinnerte sich an seine Kindergärtnerin, die ihm damals gesagt hatte, wenn er ein böses Wort hören würde, sollte er es in seinem Kopf einfach durch irgendwelche Buchstaben ersetzen. Bei Luca stand also das »H« für eine Bezeichnung, die kein Vierjähriger hören sollte. Auf den Rest der Geschichte hätte er aber lieber verzichtet. Was war denn los in Deutschland? Seit wann war Weihnachten so problembehaftet? Wo waren die sorgenfreien Kinder geblieben, die sich einfach nur auf das Fest freuten? Gut, es mussten zwar auch nicht die Exemplare sein, die sich eine Wagenladung neues Spielzeug oder Technikkram wünschten, aber diese Kids hier brannten ein kleines Loch in Gustavs Herz. Er mochte zwar den Song *Last Christmas* von Wham! nicht jedes Jahr von Neuem rund um die Uhr hören und stand auch sonst dem ganzen Zinnober eher kritisch gegenüber, aber Kinder sollten doch eine unbeschwerte Zeit erleben dürfen.

»Das war sicherlich nur ein Scherz von deiner Mama«, versuchte Gustav den kleinen Jungen aufzumuntern.

»Sie hat aber geweint«, blieb Luca stur.

»Okay, aber das sicherlich nur, weil sie ein wenig sauer auf deinen Papa war. Heute sieht die Welt bestimmt schon wieder besser aus.«

»Nein, ich will, dass du auf die Karte aufpasst. Bitte. Mehr möchte ich auch gar nicht von dir haben! Wenn Papa keine Karte hat, kann ich besser schlafen«, bestimmte der Junge.

»Alles klar. So wird es gemacht«, gab Gustav nach.

Luca sprang freudestrahlend von seinem Schoß und verschwand in der Menge, und das nächste Kind stand bereit.

»Bitte lass es diesmal ein normales Kind sein«, betete der Weihnachtsmann und zeigte dem Mädchen an, dass es näher treten durfte.

# Last Christmas

»Lange kann ich das nicht mehr machen«, sagte Gustav, während er sich völlig erledigt auf sein Bett fallen ließ.

Böse Zungen könnten behaupten, es war das erste Mal, dass der Influencer überhaupt arbeiten war. Abseits der roten Teppiche und der Smartphone-Kameras war es nun mal anstrengend, wenn man Geld zum Leben verdienen musste. Gut, Weihnachtsmannspielen war, wenn überhaupt, auch nur ein Teilzeitjob, und dieser hier war dazu unbezahlt. Aber über Stunden, bei Wind und Wetter, draußen zu sitzen und dann noch pädagogisch sinnvoll mit Kindern umzugehen, empfand Gustav schon als krasse Herausforderung oder einfach als einen der härtesten Jobs der Welt. Noch bevor er sein Kostüm komplett ausgezogen hatte, war er eingeschlafen.

Auch im Traum ließ ihn das Weihnachtsfest nicht in Ruhe. Der Influencer stand im Kostüm in einem Einkaufscenter. In Dauerschleife lief dort sein Lieblingslied *Last Christmas*. Emilia stand heulend neben ihm, weil sie immer noch keinen Weihnachtsbaum hatte. Der Vater von Luca »kaufte« sich eine Frau nach der anderen mit der Kreditkarte. Immer wenn die neue Mama zu Luca ging, löste diese sich dann wieder in Luft auf, weil der Junge trotzig und ablehnend den Kopf schüttelte. Gustav in seiner Funktion als Weihnachtsmann wollte dem allem ein Ende setzen und nahm dem Vater die Kreditkarte weg, um etwas Sinnvolles mit ihr anzufangen. Er lief damit zum nächsten Weihnachtsbaumverkaufsstand und wollte einen Baum für Emilia kaufen. Doch bevor ihm das gelang, war die Polizei schon vor Ort und verhaftete ihn wegen des Diebstahls der Kreditkarte.

»Nein, nein ... nein!«, schrie Gustav.

Es war 2 Uhr nachts, und nicht nur er stand durch sein Geschrei kerzengerade im Bett, auch After Eight war Leidtragender des Albtraums und sprang aus seinem Körbchen auf. Sein Blick war eine Mixtur aus »Gustav, kann ich dir helfen?« und »Gustav, ich habe ein bisschen Angst vor dir!«.

»Ey, was für ein Schmarrn. Puh ...«, sagte Gustav und nahm einen tiefen Schluck aus der Wasserflasche neben seinem Bett.

Zumindest dachte er, es wäre Wasser. In Wirklichkeit war es das Kölsch, das er, kurz nachdem er nach Hause gekommen war, noch geöffnet, aber nicht getrunken hatte. Lauwarm schmeckte es abscheulich. Die erhoffte Erfrischung gab es nicht. Erst jetzt merkte er auch, dass er in seinem ranzigen Kostüm geschlafen hatte. Es roch zwar diesmal nicht nach Urin, aber dafür klebte es. Vielleicht war es eine neue TikTok-Challenge, von der er noch nichts mitbekommen hatte. »Mach den Weihnachtsmann schmutzig, und schau, wie er reagiert.« Fast jedes Kind hatte irgendwas an ihm abgeschmiert. Ob es die klebrigen Hände nach dem Verzehr eines Schokocrêpes waren oder Ketchup von der Bratwurst. Auf jeden Fall hatten diese Dinge nicht nur sichtbare Spuren auf dem Kostüm hinterlassen, sondern auch Gustavs Bett in ein übel riechendes Schlachtfeld verwandelt.

»Ach, manno!«

Gustav hatte keine Wahl. Erst zog er sich komplett aus und dann sein Bett ab. Er brauchte allerdings so lange dafür, dass Außenstehende hätten denken können, der Influencer wäre nicht die hellste Kerze auf der Torte. Aber in Wirklichkeit war es nur das erste Mal, dass er sein Bett selbst beziehen musste. Das machte normalerweise seine Putzfrau.

Nachdem er diesen Akt erledigt hatte, beruhigte er erst After Eight, und im nächsten Schritt sprang er unter die Dusche. Er drehte den Hahn auf. Doch nicht nur das schöne warme Wasser strömte aus dem Duschkopf, sein weißes Badezimmerlicht wurde plötzlich hellgrün, und irgendwo war ein Lautsprecher versteckt, aus dem *Last Christmas* erklang.

»LENNNNNNAAAARRRRRDDDDDD. Ich hasse dich«, brüllte Gustav, aber gleichzeitig musste er lachen.

Dieser Streich war seinem Kumpel mehr als gelungen. Er duschte, und für den Fall, dass irgendwo eine Kamera versteckt war, sang er aus vollem Halse mit. Spätestens jetzt war auch After Eight klar: Dem ist nicht mehr zu helfen.

Der Kostümverkäufer war skeptisch, als Lennard wieder durch die Geschäftstür kam.

Schon wieder eine Retoure, dachte er sich.

Es wäre nicht das erste Mal, dass ein Kostüm gekauft und nach der Party einfach wieder zurückgegeben wurde. Selbst das große Schild, auf dem stand, dass ein Umtausch nur gegen einen Gutschein möglich war, schreckte kaum jemanden davon ab. Die nächste Party oder Karnevalssession kam bestimmt. Innerlich füllte der Verkäufer schon den Gutschein aus und hoffte gleichzeitig, dass die Retoure wenigstens sauber und ordentlich war. Wenn es sein Laden wäre, dann würde er diesem Käuferverhalten einen Riegel vorschieben. Aber solange sein Chef das durchgehen ließ, war er nur Handlanger.

»Entschuldigung, ich war gestern schon mal da und hatte diese zwei Kostüme gekauft …«, sagte Lennard.

»Beide?«, unterbrach der Verkäufer ihn.

Er fand die Rückgabe von gleich zwei Kostümen schon sehr dreist.

»Ja, natürlich. Dachten Sie, ich hätte eins geklaut?«

»Nein, natürlich nicht. Was ist der Grund?«, fragte der Verkäufer genervt.

»Warum ich gestern beide gekauft habe? Na, zum Tragen!«

»Ha, ha, ha. Das meinte ich nicht. Was der Grund der Rückgabe ist!«

»Äh, ich habe keinen Grund«, erklärte Lennard.

»Wir sind aber kein Verleih. Tut mir leid. Mein Chef will wenigstens einen Grund genannt bekommen. Sind sie sauber?«

»Hören Sie mal, was ist das für eine Frage? Natürlich sauber. Ich wasche alles täglich«, protestierte Lennard.

»Das wird ja immer besser. Jetzt geben Sie also auch noch zu, dass Sie es getragen haben und dass es dabei sogar schmutzig wurde. So geht das nicht! Die Kostüme müssen jetzt erst mal beide zur chemischen Reinigung. Erst dann kann ich sie eventuell zurücknehmen«, sagte der Verkäufer und drehte sich von Lennard weg.

»Äh, Entschuldigung. Sind Sie besoffen?«

»Ich wüsste nicht, was Sie das angeht. Aber weil ich heute meinen freundlichen Tag habe: Nein. So, und jetzt muss ich mich um Kunden kümmern, die etwas kaufen und vielleicht dann auch behalten wollen«, blaffte der Verkäufer.

»Ich sag ja, der Einzelhandel muss sich nicht wundern ... Wenn es nicht so dringend wäre ...«, legte Lennard nach.

»Immer diese Drohung mit dem Internet. Dann kaufen Sie doch dort. So, ich wünsche Ihnen noch einen schönen Tag und ...«

»Sie sind mir echt 'ne Marke. Schluss jetzt. Ich brauche noch mehr von diesen Kostümen. Geht das?«, unterbrach Lennard ihn.

»Sie geben mir zwei zurück und wollen dafür Neue?«, fragte der Verkäufer irritiert.

»Sie haben definitiv die längste Leitung, die ich je erlebt habe. Ich gebe Ihnen nichts zurück! Ich brauche weitere Weihnachtsmannkostüme!«

»Aber nur, wenn Sie die auch bezahlen!«

»Ja, was denn sonst!«, maulte Lennard mittlerweile in einer Lautstärke, dass Passanten ihn sogar vor dem Geschäft hätten hören können.

»Na, weil Sie ja von Umtausch sprachen«, verteidigte sich der Verkäufer.

»Mit keiner Silbe. So, ich gehe jetzt noch mal vor die Tür, komme wieder rein, und wir fangen von vorn an, okay?«

Lennard wartete keine Antwort ab, sondern handelte frei nach dem Motto: Gesagt, getan.

»Guten Tag, ich war gestern schon mal hier und habe zwei Kostüme gekauft ...«, begann Lennard das Gespräch.

»Also doch Umtausch?«, fragte der Verkäufer, konnte sich das Grinsen dann aber doch nicht verkneifen.

»Die Nächsten kannst du selbst kaufen gehen!«, sagte Lennard immer noch leicht sauer über den Verkäufer, während Gustav ihn in die Wohnung ließ.

»Jetzt hab dich doch nicht so. Ich dachte, wir sind ein Team. Gleich muss ich wieder für Stunden meinen Arsch hinhalten, da ist es doch wohl nicht zu viel verlangt, wenn du das Shoppen übernimmst!«, protestierte der Influencer.

»Was zum Teufel habe ich denn mit deiner Strafe zu tun? Team. Dass ich nicht lache. Bin ich besoffen Auto gefahren? Nein. Anyway. Geh einfach besser mit diesen Dingern um. Drei Stück habe ich noch bekommen in deiner Größe. Danach musst du entweder extrem wachsen oder schrumpfen. Ich betrete den Laden auf jeden Fall nicht wieder. Punkt.«

Gustav nahm wortlos ein Kostüm aus der Tüte, zog es rasch an und ging zu seinem Kumpel hinüber.

»Soso. Ich habe gehört, du warst hilfsbereit gegenüber deinem Freund. Dann gibt es auch ein schönes Weihnachtsgeschenk für dich. Ho, ho, ho«, sagte der Influencer mit verstellter tiefer Stimme.

»Ich sag ja, du bist so lost. Gustav, du bist nicht der Weihnachtsmann. Du trägst lediglich ein Kostüm.«

»Du wirst schon sehen, was du davon hast, nicht an mich zu glauben!«, sagte der Instagramstar lachend.

»Hast du eigentlich schon geduscht?«, wechselte Lennard das Thema.

»Klar. Aber warum interessiert dich das?«, stellte Gustav sich dumm.

»Äh, ach nix. Dann kann ich ja mal kurz aufs Klo …«

Lennard fand es sehr befremdlich, dass Gustav kein Wort über seinen Duschprank verloren hatte. Er schloss die Badezimmertür und überprüfte die Installation. Einen Fehler konnte er nicht finden. Vielmehr glaubte er, dass sein Kumpel geflunkert und noch gar nicht geduscht hatte.

»Hach, das wird ein Spaß …«, freute Lennard sich.

Pro forma zog er an der WC-Spülung und ging zurück zum Weihnachtsmann. Der war mittlerweile fast fertig verkleidet und abmarschbereit für den Weihnachtsmarkt.

Auch am dritten Tag änderte sich nichts. Die Schlange war unglaublich lang. Nur die Kinder wünschten sich heute endlich mal bloß normale Dinge. Wobei er von so manchem Spielzeug noch nie etwas gehört hatte. Peinlich wurde es, als die achtjährige Charlotte sich etwas wünschte, was sie im Fernsehen gesehen hatte. Gustav hätte zu gerne mit den Eltern ein ernstes Wort gesprochen. So musste er ihr jetzt erklären, dass die lustigen bunten Geräte aus der TV-Werbung einer Firma namens »EIS.de« nicht dazu geeignet waren, um sich selbst Speiseeis herzustellen.

»Das hast du doch sicherlich schon mal bei Fußballspielen gesehen, wenn einer gefoult wurde. Dann laufen Ärzte auf das Spielfeld und kühlen die Verletzung mit Eis. Und das aus der Werbung ist im Prinzip das Gleiche. Nur für zu Hause und in bunt. Aber definitiv nicht zum Spielen, und eine Ärztin bist du doch auch nicht, oder?«, erklärte der Weihnachtsmann vage das Sexspielzeug.

»Cool. Dann brauche ich das unbedingt, lieber Weihnachtsmann. Du musst wissen, ich bin manchmal ein wenig trottelig. Stoße gegen den Türrahmen oder falle über meine Schuhe. Mama schimpft dann immer, dass ich aufräumen soll. Aber das kann ich dann nicht, weil mein Fuß, oder was auch immer ich mir gerade angehauen habe, wehtut. Mit so einem Eismacher bin ich ja quasi unbesiegbar. Biiiiiittteeee«, flehte sie Gustav an.

»Ähm. Ja. Also. Ich schau mal. So, jetzt musst du das nächste Kind dranlassen«, verabschiedete sich Gustav von Charlotte.

Aus der Nummer kam er sonst nicht mehr heil heraus.

Bin mal gespannt, ob die sich in ein paar Jahren noch an das Gespräch hier erinnert, wenn sie weiß, was sie sich da von mir gewünscht hat, dachte Gustav schmunzelnd.

Der Weihnachtsmann nahm einen großen Schluck Wasser aus der Flasche, die Frau Klug spendiert und unter dem Stuhl deponiert hatte. Sie wollte wohl verhindern, dass Gustav wieder zum Glühweinstand ging. Und vielleicht würde er dann diesmal nicht zum Kinderpunsch greifen. Kaum dass er die Flasche wieder hingestellt hatte, kündigte sich auch schon das nächste Kind an.

»Huhu, Weihnachtsmann. Darf ich auf deinen Schoß?«

Gustav schaute den Jungen mit einem Lächeln an.

»Aber natürlich! Wie heißt du denn?«, fragte er und hoffte, dass der Junge nur eine dick gefütterte Jacke trug.

»Oskar«, sagte er und sprang auf den rechten Oberschenkel vom Weihnachtsmann.

»In der Tat ein Leichtgewicht«, stellte Gustav zufrieden fest.

»Was meinst du?«

»Ich will ehrlich sein. Wenn man so den ganzen Tag hier sitzt, dann merkt auch der Weihnachtsmann seine alten Knochen. Ich mache den Job ja schon eine ganze Weile.«

»Hihi. Ja, sicherlich schon eine Trillion Jahre!«

»Äh, ja. In Mathe bis du einsame Spitze. Und was wünschst du dir vom Weihnachtsmann?«

»Ach, weißt du, deshalb bin ich ja gekommen. Um mit dir direkt zu reden und zu verhandeln.«

Gustav war ein wenig enttäuscht. Der Junge wirkte so nett und sympathisch. Doch jetzt würde sicherlich auch er eine lange Liste mit ultrateuren Gegenständen aufsagen.

»Dann schieß mal los ...«, sagte er gelangweilt.

»Okay. Also ich habe mir das genau angeschaut. Das geht so nicht weiter. Wenn ich groß bin, ist nichts mehr da. Und das finde ich sehr schade«, erklärte Oskar traurig.

»Was soll denn nicht mehr da sein?«, fragte der Influencer verblüfft.

»Keine Wiesen, keine Bienen, keine Bäume, keine sauberen Seen ... Auch keine gute Luft mehr. Und ich rede jetzt nicht von Pupsluft. Ich meine frische gesunde Luft zum Atmen. Das muss man doch ändern können. Und deshalb wünsche ich mir, dass du die Umwelt schützt«, sagte der Junge und verschränkte die Arme.

»Puh, das ist aber ein sehr großer Wunsch. Oder besser gesagt ein sehr schwierig zu erfüllender«, antwortete Gustav ein wenig ratlos.

»Aber du bist doch der Weihnachtsmann. Du schaffst das doch, oder? Also wir können ja so sagen. Ich verzichte die nächsten zehn ...«, der Junge nahm seine Hände hoch und zählte die Finger ab, »oder sagen wir fünf Jahre auf Geschenke, und du gibst dein Bestes?«, verhandelte Oskar.

Wieder ein Treffer. Jeden Tag gab es mindestens ein Kind, das den Influencer berührte. Hier saß ein kleiner Fratz, Gustav schätzte, dass er sechs oder sieben Jahre alt war, der sich statt einer PlayStation, wie achtzig Prozent seiner Altersgenossen, mehr Klimaschutz wünschte. Auch wenn der Social-Media-Star diesen Wunsch auf gar keinen Fall allein erfüllen konnte, so beschloss er: Notiz an mich selbst. Mehr Rad fahren und Auto stehen lassen!

Ja, das war in der nächsten Zeit eh kein Problem, das wusste er auch, aber Gustav war zukunftsorientiert.

Keine Kooperationen mehr mit Hotels in Dubai und Co. eingehen. So spare ich jede Menge $CO_2$.

Ihm war es auch egal, wenn sein Instagram-Counter dadurch unter die Millionengrenze sinken würde. Als Drittes fiel ihm spontan ein, weniger Fleisch zu essen. Die Rückkehr zum klassischen Sonntagsbraten. Unter der Woche wollte er viel Obst und Gemüse essen und sich dann am Wochenende auf ein schönes Stück Fleisch freuen.

»Hallo Weihnachtsmann?«, unterbrach Oskar ihn in seinen Gedanken.

»Keine Sorge, ich bin noch da. Ich habe nur darüber nachgedacht, was ich in meinem Leben ändern kann, damit dein Wunsch Wirklichkeit wird. Und da sind mir schon ein paar gute Sachen eingefallen ...«

»Das finde ich total super. Danke. Dieses Jahr wird Weihnachten das beste Fest überhaupt«, sagte Oskar freudestrahlend, gab dem Weihnachtsmann einen Kuss auf die Wange und sprang von ihm herunter.

Lennard, der sich heute mit einem Glühwein ins Publikum gemischt hatte, hob seine Tasse und prostete dem Influencer auf seinem Holzschemel lachend zu.

Und du, mein Freund, wirst in Zukunft auch mehr mit dem Rad fahren, sagte Gustav zu sich selbst und überlegte, wie er seinem Kumpel unauffällig den berühmten Mittelfinger zeigen konnte.

Doch irgendwas oder irgendwer zog an seinem Ärmel.

»Ja, es geht ja gleich weiter, Frau Klug«, maulte der Weihnachtsmann in der Annahme, dass das Rentier das Arbeitstempo erhöhen wollte.

»Und? Hast du es dir überlegt? Erfüllst du mir meinen Wunsch?«, hörte Gustav eine Stimme, die ihm in den letzten Tagen immer wieder durch den Kopf gegangen war.

Emilia hatte sich von hinten an den Weihnachtsmann herangeschlichen.

# Stern über Bethlehem

»Bedenserstraße 7 soll bitte wo sein?«, fragte Lennard.

»Woher soll ich das denn wissen? Ich gehe davon aus, in Köln. Wozu hast du ein Navi?«, blaffte Gustav zurück.

»Ja, aber jetzt mal ganz im Ernst. Nimmst du deine Rolle als Weihnachtsmann nicht ein wenig zu genau? Warum willst du den Baum denn persönlich abgeben? Es gibt doch mittlerweile so viele Lieferdienste und ...«

Wenn es ein Film auf Netflix wäre, hätte Lennard Gustavs Idee vielleicht sogar ganz witzig gefunden. Aber in der Realität sah das völlig anders aus. Es war 6 Uhr in der Früh, und wahrscheinlich hätte er nach den drei Tassen Glühwein überhaupt noch nicht Auto fahren dürfen, aber Gustav versicherte ihm, dass rein rechtlich alles in Ordnung war.

»Nach einem Glühwein hat man ungefähr 0,3 Promille. Das dann mal drei, und du bist bei 0,9. Pro Stunde baut dein Körper 0,1 davon aber wieder ab. Den Letzten haste um elf gehabt. Das sind also sieben Stunden. Lange Rede, kurzer Sinn, damit bist du unter den strafbaren 0,5«, hatte der Influencer ihm vorgerechnet.

»Und warum bist du dann in den Smart gestiegen und hast uns diese ganze Chose hier eingebrockt, wenn du das so genau weißt?«, fragte Lennard verwundert.

»Darf ich auch Fehler machen? Erstens habe ich nicht mitgezählt, was ich getrunken habe, und zweitens«, Gustavs Stimme wurde immer leiser, »habe ich mich echt gut gefühlt.«

»Siehste, das ist schon der erste Unterschied. Ich fühle mich nicht gut. Ich habe Kopfschmerzen und ...«

»Das liegt an dem Fusel, den du getrunken hast. Wenn du nicht fährst, mache ich das selbst. Los, fahr rechts ran, ich übernehme. Hey, es geht um Emilia und Weihnachten. Bist du so herzlos?«, redete Gustav auf seinen Kumpel ein.

Das waren zwei K.-o.-Kriterien, an denen auch Lennard nicht vorbeikam. Also machte er das, was von ihm verlangt wurde.

»Hey, Mercedes, einmal zur Bumsenerstraße«, diktierte er in das Navi, mit der Zuversicht, dass das zu keinem Ergebnis führen würde und er doch zurück ins Bett konnte.

»Bedenser, du Freak!«

»Hey, Mercedes, Abbruch. Fahre zu Badenerstraße ...«

»Lennard, ich kenn dich zu gut. Das geht von deiner Zeit ab. Jetzt konzentriere dich, und lass diese Spielchen«, befahl Gustav.

»Schrei mich bitte leiser an. Mein Kopf explodiert gleich. Dann gib du doch dem Auto den Befehl, wo es hingehen soll«, ergab sich Lennard.

»Mercedes, fahre nach Köln, Baslerstraße ... Quatsch, Abbruch ...«, sprach Gustav zum Navi.

»Du Held. Weißt du etwa nicht, wo es hingehen soll? Aber mir Vorwürfe machen«, lachte Lennard ihn aus.

»Grrr ... hey, Mercedes. Fahre nach Köln, Bedenserstraße«, verbesserte sich der Influencer.

»Köln. Bedenserstraße. Hausnummer?«, fragte das Navi.

Gustav schaute fragend zu seinem Kumpel am Steuer.

»Woher soll ich das wissen? Das ist doch deine neue Freundin, Herr Weihnachtsmann.«

In dem kurzen Gespräch mit Emilia hatte Gustav nur nach ihrem Nachnamen und der Straße gefragt. An eine Hausnummer hatte er nicht gedacht.

»Es muss auf jeden Fall ein hohes Haus sein, weil sie sagte, dass sie in der elften Etage wohnen würde.«

»Na, klasse, dann halten wir jetzt einfach an jedem Haus an der Bedenserstraße und zählen die Stockwerke ab oder was?«

»Soweit ich weiß, leben wir nicht in Manhattan. So viele Hochhäuser gibt es doch gar nicht in Köln«, verteidigte Gustav die vage Adressauskunft von Emilia.

»Da hast du recht. In Köln nicht, aber wir fahren gerade nach Chorweiler«, stellte Lennard fest und zeigte auf das Navi.

Der Stadtteil Chorweiler lag rund fünfzehn Kilometer vom Kölner Dom und damit vom Stadtzentrum entfernt. Neben der Tatsache, dass dieses Veedel eine hohe Arbeitslosenquote und damit auch viele »sozial schwache« Menschen vorzuweisen hatte, waren die Hochhäuser ein prägnantes Markenzeichen.

»Immerhin können wir uns sicher sein, dass Emilia die Wahrheit gesagt hat.«

»Immerhin können wir mit Sicherheit sagen, dass einer immer am Auto bleiben muss, wenn es nicht einen neuen Besitzer bekommen soll«, stellte Lennard süffisant fest.

»Boah, dann kaufe ich dir ein Neues. Noch bin ich nicht pleite. Und jetzt gib Gas!«

Morgens um diese Uhrzeit war es auch in Chorweiler schön friedlich. Wobei: wenn Gustav und sein Kumpel ehrlich waren, konnten sie sich gar kein Urteil darüber erlauben, denn so oft waren sie noch gar nicht in diesem Stadtteil gewesen. Statistisch gesehen gab es aber auf den Kölner Amüsiermeilen mehr Überfälle und Straftaten als in Chorweiler.

Fast in jedem Fenster hing eine Lichterkette oder sonstiger Weihnachtsschmuck. Auch ganz vorn mit dabei der »Stern von Bethlehem«, der mit seinem warmen roten Licht für eine schöne Stimmung sorgte.

»Sie haben Ihr Ziel erreicht«, sagte Mercedes, die Stimme des Navis.

»Okay, dann fangen wir bei der Hausnummer 1 an. Wir suchen ›Dichter‹«, sagte Gustav voller Tatendrang.

»Das ist hier kein Drive-in. Noch dichter kann ich nicht ranfahren«, protestierte Lennard.

»Du Honk, ›Dichter‹ ist der Nachname von Emilia!«

»Ha, ha. Reingefallen!«, rief Lennard lachend.

»Du kannst mich echt mal«, blaffte Gustav, stieg aus und wollte zum ersten Hauseingang gehen.

»Moment!«, forderte ihn sein Kumpel auf und tippte dabei wild auf das Display des Radios. »Ordnung muss sein!« In diesem Moment erklang das Lied *Morgen, Kinder, wird's was geben* in der Version von Roger Whittaker.

»Digga, jetzt sag du noch mal zu mir, dass ich lost wäre. Cringe!«, sagte Gustav und konnte sich dabei ein Grinsen nicht verkneifen.

Rund achtzig Klingelschilder musste er überprüfen. Teilweise stand allerdings kein Name darauf, oder sie waren mit einem unleserlichen Aufkleber beschriftet worden.

Das ist hier ja Scrabble für Fortgeschrittene, dachte Gustav.

In diesem Moment kam jemand aus dem Haus heraus.

»Guten Morgen. Suchen Sie jemanden?«, fragte ihn eine ältere Frau, die einen Hackenporsche hinter sich herzog.

»Tatsächlich, das tue ich. Kennen Sie zufällig eine Emilia Dichter? Die ist fünf und wohnt hier mit ihrer Mutter«, erklärte der Influencer.

»Ein kleines Kind?«, fragte sie zurück und zeigte mit ihrer flachen Hand die Größe an.

»Ja, genau. Ganz hübsch. Blonde Haare, mittellang, die sie zum Zopf gebunden hat«, beschrieb Gustav Emilia und freute sich, so schnell fündig geworden zu sein.

Die Frau nickte.

»Aber um diese Uhrzeit? Sind Sie der Ex und wollen das Kind entführen?«, fragte die Frau skeptisch.

»Quatsch. Was ist denn an der Uhrzeit verboten? Sie sind doch auch schon wach«, verteidigte Gustav sich.

»Ich wohne hier! Um diese Uhrzeit ist es im Supermarkt schön leer.«

»Sehen Sie, so hat jeder einen Grund. Also, in welcher Etage wohnt Emilia?«, ließ Gustav nicht locker und wollte die Angaben der Kleinen überprüfen.

»Keine Ahnung. Ich kenne das Kind nicht«, wiegelte die Frau ab.

»Aber Sie haben doch genickt!«, protestierte der Influencer.

»Aber doch nicht, weil ich das Kind kenne, sondern weil ich Sie verstanden habe. So, ich muss jetzt weiter. Viel Erfolg bei der Suche. Aber wehe, ich höre in den nächsten Tagen von einer Entführung oder dergleichen. Ich kann Sie perfekt beschreiben!«, sagte die Frau mit erhobenem Zeigefinger.

Doch bevor sie weiterging, kramte sie noch in ihrer Manteltasche, holte ihr Handy hervor und machte ein Foto von Gustav.

So viel zum Thema Beschreiben, dachte der Influencer.

»Mein Name ist übrigens Gustav Greider. Soll ich Ihnen das in Ihr Adressbuch schreiben? Dann wird es bei der Polizei noch einfacher für Sie«, sagte Gustav süffisant und drehte sich wieder zu den Klingelschildern um.

Die Frau hatte kurz überlegt, ob sie das Angebot annehmen sollte. Aber nach raschem Abwägen war es ihr dann doch zu gefährlich, einem fremden Mann ihr Mobiltelefon zu überlassen. Sie machte sich lieber auf den Weg zum Supermarkt. Ihr Einkaufsroller kratzte dabei über den Bürgersteig und hinterließ ein unangenehmes Geräusch.

Spätestens jetzt sind mindestens bis zur dritten Etage alle wach, schoss es Gustav durch den Kopf.

Er ging die Klingelschilder noch mal durch und musste erneut feststellen, dass dort niemand mit dem gesuchten Namen zu finden war. Der Influencer wechselte die Straßenseite und auch hier das gleiche Bild. Jede Menge Namen, aber keiner wollte »Dichter« heißen. Drei weitere Hauseingänge folgten. Es war kalt und frostig, und der Influencer hatte keine Lust mehr. Lennard saß währenddessen im schön warmen Auto und fuhr seinem Kumpel von Haus zu Haus hinterher.

»Ah, endlich Mann von Hausverwaltung. Wurd Zeit«, hörte Gustav eine männliche Stimme mit Migrationshintergrund.

»Ich suche Dichter. Kennen Sie die?«, fragte der Influencer.

»Nein, wir Magbada. Wasser seit vier Tagen kalt. Und Heizung so lala«, erklärte der Anwohner.

»Das tut mir leid, aber da kann ich Ihnen nicht helfen. Frau Dichter hat eine kleine Tochter und …«

»Ich auch kleine Tochter. Warum du mir nicht helfen wollen? Wasser wichtig. Ich immer pünktlich zahlen Miete. Jetzt du kommen mit«, forderte Herr Magbada Gustav auf.

»Hören Sie, ich bin nicht für Ihr Wasser verantwortlich. Großes Sorry«, beendete der Social-Media-Star das Gespräch und ging zurück zum Auto, um sich aufzuwärmen.

Kaum saß er, klopfte es an der Scheibe. Herr Magbada war ihm gefolgt. Gustav ließ die Scheibe herunter.

»Was machen jetzt? Wasser kalt«, sagte dieser leicht wütend.

»Lennard, kannst du bitte auch mal etwas anderes machen, als immer nur zu lachen? Erkläre ihm doch bitte mal, dass ich nicht von der Hausverwaltung bin!«

»Was soll ich denn machen? Deinen Dienstausweis als Sherlock Holmes vorzeigen?«, grunzte Lennard.

»Oh, du Polizei? Dann ich mich vertan. Wasser nix Problem. Schönen Tag noch«, sagte Herr Magbada nervös und verschwand genauso schnell, wie er gekommen war.

»Ey, ganz ehrlich. Die haben hier alle einen Schaden«, stellte Gustav fest. »Wobei es schon ziemlich doof ist, wenn man kein warmes Wasser hat. Vielleicht sollte ich mal bei dieser Hausverwaltung anrufen!«

»Du willst was?«, fragte Lennard und hörte umgehend auf zu lachen.

»Na, dem Mann hier helfen. Es kann doch nicht sein, dass er im Winter frieren muss.«

Lennard griff mit seiner Hand an Gustavs Stirn.

»Also Fieber hast du nicht. Dann hauch mich bitte mal an! Anscheinend hast du gestern heimlich doch ein paar Tassen Glühwein getrunken. Was wird das, wenn es fertig ist? Robin Gustav Greider Hood? Oder Super-Gustav-Man?«

»Wer von denen kann denn mit Blicken töten? Mann, Lennard, jetzt sei doch mal hilfsbereiter«, forderte Gustav ihn auf.

»Stimmt. Ich vergaß. Du bist ja Social-Media-Star. Früher hattest du deinen Fokus aber mehr auf Glamourthemen. Jetzt wohl eher auf soziale Hilfe für den kleinen Mann. Was so ein kleiner Autobums doch bewirken kann«, antwortete er lachend und wählte ein neues Lied aus seiner Weihnachtsplaylist: *Jingle Bells*. Natürlich in der deutschen Version von Roy Black.

»Ein kleiner weißer Schneemann, der steht vor meiner Tür, ein kleiner weißer Schneemann, der stand gestern noch nicht hier«, sang Lennard mit.

»Ach, du kannst mich mal. Du bist herzlos. Dir bringt der Weihnachtsmann auch ganz sicher nichts«, sagte der Influencer frustriert, stieg aus und ging zum nächsten Hauseingang.

Wieder erwarteten ihn Klingelschilder ohne Ende. Gustav war sich gar nicht mehr sicher, ob er bei all diesen Namen nicht sogar »Dichter« überlesen würde.

»Hey, Sie, was machen Sie denn da?«, fragte eine junge Frau, die gerade aus der Haustür kam.

»Nach was sieht es denn aus? Und bevor Sie mich falsch verstehen ... Ich bin nicht von der Hausverwaltung. Auch bin ich nicht beauftragt, die Klingelschilder neu zu machen«, erklärte Gustav freundlich, aber bestimmt.

»Und was suchen Sie dann hier? Für den Enkeltrick sind Sie hier absolut falsch.«

»Enkel was? Nein, ich bin lediglich auf der Suche nach einer Frau.«

»Und wie nennt sich das? Klingel-Tinder-Bingo?«, fragte die Frau lachend und fügte hinzu: »Also wenn ich nicht schon einen hätte ... so von hinten siehste schon ganz knorke aus. Kannst mir ja mal deine Nummer geben!«

Gustav drehte sich um und schaute in das Gesicht der Frau. Puh ... Wie sind die hier nur alle drauf?, dachte er und überlegte, wie er das Angebot am charmantesten ablehnen könnte.

Zudem beschloss der Influencer, noch heute einen Brief an die Stadt Köln zu schreiben. Dieser Stadtteil durfte nicht mehr länger Chorweiler heißen. Chlorweiler traf es besser, so verstrahlt, wie die Einwohner hier waren. Wobei »Klingel-Tinder-Bingo« gar keine so schlechte Idee war.

»Das ist echt nett, aber ...«, weiter kam er nicht.

Das Handy der Bewohnerin klingelte.

»Ja, Schatz ... ne, das dauert ... Jil macht mir doch noch die Nägel ... und ...«

Das war die Chance des Exits für den Influencer. Ohne sich noch einmal umzudrehen, ging er zurück zum Auto.

»Na, welchen Auftrag hast du jetzt angenommen? Lass mich raten ... Netflix für alle, und zwar gratis? Oder doch Disney+?«

»Ich hoffe inständig, du willst nicht den Job wechseln. Als Comedian wirst du es nicht schaffen«, antwortete Gustav süffisant.

Gerade als Lennard etwas erwidern wollte, schrie der Influencer auf.

»Um Himmels willen. Runter!«, befahl er.

»Wieso? Hast du nebenbei Drogen verkauft, und jetzt sitzen wir mitten im Dealerkrieg oder ...?«

»Lennard! Vertrau mir, bitte«, flüsterte Gustav, und sein Kumpel ließ sich darauf ein.

Im Hintergrund lief wieder einmal *Last Christmas*. Ohne Worte übermittelte der Influencer seinem Kumpel, was er über diese Musikauswahl dachte: Finger, der auf die Boxen zeigte, gefolgt von Finger, den er in den Hals steckte. Im Anschluss machte er die Geste, die man aus Krimis kannte, wenn jemand androhte, die Kehle durchzuschneiden. Lennard musste sich zusammenreißen, um nicht das Radio lauter zu machen und wieder mitzugrölen. Beide hatten sich mittlerweile quer zum Schalthebel gelegt.

»Und jetzt?«, fragte Lennard, nachdem sie mindestens zwei Minuten in dieser unbequemen Position verharrt hatten.

»Moment«, flüsterte Gustav und hob ganz langsam seinen Kopf.

Er schaute sich um. Das kleine Mädchen war vorbeigegangen und hatte sie nicht entdeckt.

»Luft ist rein!«

»Und das heißt?«

»Hier, schau doch selbst. Da vorn geht Emilia ...«

»Aber wegen der sind wir doch hier. Warum müssen wir uns dann verstecken?«, fragte Lennard fassungslos.

»Schon vergessen? Sie glaubt noch an den Weihnachtsmann. Sie darf mich nicht sehen. Ich wollte doch nur wissen, wo sie wohnt!«

Lennard schaute seinen Kumpel fragend an.

»Und wo wohnt sie?«

»Keine Ahnung. Hier irgendwo«, antwortete Gustav.

»Dann sind wir genauso schlau wie vorher. Du bist echt ein Held«, stellte Lennard fest.

»Wir sind näher dran, als du denkst. Schau, sie geht dort in den Hauseingang.«

»Man könnte auch sagen, wir sind an der Dichter dran«, Lennard lachte sich schon wieder schlapp.

»Du bekommst definitiv keinen Glühwein mehr. Das Konto, auf dem du nämlich deine schlechten Witze parkst, hat eben angerufen. Ist leer und ganz wichtig: Deshalb sind keine weiteren Abhebungen mehr möglich!«

Lennard riss sich zusammen.

»Sag mal. Warum ist die Kleine eigentlich schon so früh auf den Beinen? Selbst für die Schule ist es noch zu früh.«

»Vielleicht war sie Brötchen holen.«

»Kein Geld für einen Weihnachtsbaum haben, aber teuer zum Bäcker gehen können? Wie passt das denn zusammen?«

»Woher soll ich das wissen? Frag sie doch selbst«, sagte Gustav kopfschüttelnd.

Lennard öffnete die Fahrertür.

»Wo willst du hin?«

»Na, du hast doch gesagt, ich soll sie fragen!«, stellte Lennard fest.

»Bist du eigentlich von allen guten Geistern verlassen? Mach gefälligst die Tür wieder zu. Wir sind hier in geheimer Mission unterwegs. Du machst noch alles kaputt.«

»Wieso? Sie kennt mich doch gar nicht«, protestierte Lennard.

Während die beiden weiter stritten, ging Emilia tatsächlich mit einer Brötchentüte zu sich nach Hause. Allerdings waren es keine frischen Backwaren, sondern die Reste vom Vortag. Die gab es dann zum halben Preis. Doch meistens schenkte man diese Emilia sogar. Ein Herz für Kinder hatte hier jeder. Wobei die Brötchen meistens nicht für sie selbst waren, sondern für ihre Mutter. Emilia würde gleich im Kindergarten frühstücken können.

»Okay, du Meister-Stalker. Aber dann können wir ja jetzt fahren, oder hast du noch mehr Kinder auf deiner Liste?«

»Warte mal. Ich glaube ... also ich ... mich trifft der Schlag!«, stotterte Gustav.

Lennard blickte sich um. Auf der Straße war es immer noch sehr ruhig. Nur aus dem Haus, in dem Emilia verschwunden war, kam gerade eine junge Frau heraus. Doch warum sollte sie Gustav so verstören?

»Das ist sie. Da bin ich mir ganz sicher. Das ist diese Tusse von der Premierenparty. Du weißt, wen ich meine, oder?«, fragte der Influencer, wartete aber keine Antwort ab, sondern gab sich selbst die Antwort: »Lena. Mit ihr hat der ganze Schlamassel doch begonnen. Na warte, der werde ich was erzählen!«

Kaum dass er das gesagt hatte, stürmte er auch schon aus dem Auto. Doch blitzartig drehte er wieder um und setzte sich neben seinen Kumpel.

»Los, Abfahrt! Aber am besten rückwärts. Also so, dass sie uns nicht sehen!«, befahl Gustav.

»Siehst du jetzt doppelt? Wieso sehen? Und abgesehen davon, du weißt schon, dass wir immer noch in einer Luxuskarre sitzen und ...?«

»Lennard. Da. Sie hat Emilia im Schlepptau«, unterbrach der Teilzeitweihnachtsmann seinen Gehilfen.

Und so ganz langsam fiel auch beim Fahrer endlich der Groschen, und er legte den Rückwärtsgang ein.

# In der Weihnachtsbäckerei

Das Sodbrennen, das Gustav seit zwei Stunden schikanierte, wollte einfach nicht aufhören, und das, obwohl er schon mehrere Tabletten dagegen zerkaut hatte. In der Packungsbeilage stand: Hilft in wenigen Minuten, und das für Stunden.

»Eine absolute Lüge«, stellte der Influencer frustriert fest.

Aber der Tag hatte schon schlecht begonnen: Der Wettergott hatte es nicht gut gemeint mit den Kölnern. Pünktlich zum Wochenende war das schöne trockene, kalte Winterwetter fieser Herbstwitterung gewichen. Die Temperaturen stiegen auf rekordverdächtige neunzehn Grad. Gustav musste automatisch an den kleinen Oskar und seinen Weihnachtswunsch denken. Der Kalender zeigte den 2. Dezember an. Keiner, schon gar kein Kölner, erwartete zum Winteranfang Schnee, aber das hier machte nun wirklich keinen Spaß. Zu allem Überfluss schüttete es wie aus Eimern. Die Weihnachtsmarktbesucher drängten sich unter die kleinen Vordächer der Glühweinstände. Frau Klug hatte zwar ein Einsehen gehabt, dass der normale Dienst von Gustav unmöglich war. Allerdings wollte sie ihm auch keinen Tag seiner Strafe deswegen erlassen. Kurzum befahl sie ihm, am Lebkuchenbackstand auszuhelfen.

»Ich kann aber nicht backen«, versuchte der Teilzeitweihnachtsmann das Vorhaben abzuwehren.

»Wer es essen kann, der kann auch bei der Zubereitung helfen«, entschied Frau Klug.

»Aber mit dem Kostüm? Das wird doch schmutzig und …«

»Draußen wird es nass. Hier kommt vielleicht ein wenig Schokolade oder Puderzucker drauf. Das ist doch nicht schlimm. Nach Ihrem Einsatz wird das Kostüm sowieso entsorgt. So, Schluss jetzt. Ihre Dienstzeit zählt erst, wenn Sie den ersten Lebkuchen in der Hand halten«, blieb das Rentier hart.

Entsorgt … Anscheinend ist meiner Wärterin noch gar nicht aufgefallen, dass ich hier täglich mit einem neuen Kostüm auftauche. Die kriegt auch nix zu Weihnachten. Dumme Kuh!, schoss es Gustav durch den Kopf, während er Frau Klug gequält anlächelte.

Ihm blieb keine andere Wahl. Für die Kinder war das Bild des »backenden« Weihnachtsmannes ein Traum. Gustav hatte die Aufgabe bekommen, die backfertigen Oblaten mit Zuckerguss zu überziehen. Wie schon vermutet landete der ein oder andere Tropfen auf dem Kostüm. Noch schlimmer war aber, dass die Kinder ständig die frisch aus dem Ofen geholten Lebkuchen kauften und dann wiederum unbedingt wollten, dass der Weihnachtsmann diese auch kostete. Nach rund einer Stunde meldete sich Gustavs Magen das erste Mal, und in einer Pause ging er schnell zur Apotheke.

»Guten Tag. Haben Sie etwas für den Magen? Ich habe irgendwie so was wie Sodbrennen«, sagte Gustav.

»Ho, ho, ho, Weihnachtsmann. Zu viel Glühwein getrunken? Was ist denn aus der Milch und den Keksen geworden?«, fragte der Apotheker lachend.

»Lesen Sie keine Bücher? Dann sollten Sie das dringend nachholen. *O je, du fröhliche* kann ich nur empfehlen. Da gibt es dann auch die Auflösung zum Thema ›Milch und Kekse‹. Haben Sie jetzt etwas für den Magen?«, fragte Gustav genervt.

»Wir sind eine Apotheke«, antwortete nun auch der Mann hinter dem Tresen nicht mehr lachend.

»Prima, dachte ich mir, als ich das große rote ›A‹ in Schnörkelschrift gesehen habe. Dann hätte ich gerne etwas gegen Sodbrennen«, bestellte der Weihnachtsmann.

»Saft oder Tabletten?«, fragte der Apotheker, griff hinter sich ins Regal und stellte die Medikamente emotionslos auf den Verkaufstresen.

»Ist mir total egal. Etwas, was hilft«, antwortete der Influencer und hatte gleichzeitig das Gefühl, dass gerade ein halb verdauter Lebkuchen wieder hochkam.

»Haben Sie das denn öfter? Also die Mittel helfen zwar schnell, aber nicht auf Dauer und ...«, belehrte ihn der Apotheker.

»Schnell ist gut. Die hier?«, fragte Gustav und hielt eine Packung hoch.

»Ja, steht doch drauf: Hilft in Minuten, und das für Stunden!«

Noch bevor der Weihnachtsmann bezahlt hatte, nahm er zwei Tabletten aus der Packung und schluckte diese herunter.

»Zerkauen. Sonst bringt das nichts. Das macht dann elf Euro und achtzig Cent«, sagte der Apotheker.

»Warum sagen Sie das denn nicht früher?«, meckerte Gustav, legte zwanzig Euro auf den Tisch und nahm eine weitere Tablette aus der Schachtel.

Das Zerkauen fühlte sich eklig an. Es schmeckte, als hätte er ein Stück Kreide im Mund. Wenn ihm nicht schon schlecht gewesen wäre, dann hätte es jetzt nicht mehr lange gedauert, bis das passiert wäre.

»Bäh«, versuchte er zu sagen.

»Ja, aber es hilft. Vertrauen Sie mir. Nur bitte denken Sie daran, jetzt keinen Alkohol mehr zu trinken. Sonst geht das Spiel von vorn los«, erklärte der Apotheker und gab Gustav sein Wechselgeld.

Hätte der Weihnachtsmann noch Spucke gehabt, dann hätte er erneut erklärt, dass er nichts getrunken hatte, sondern gefühlt schon hundert Lebkuchen hatte probieren müssen. Mit zerknittertem Gesicht ging er zurück zu den Kindern und ärgerte sich weiterhin maßlos über das leere Werbeversprechen der Pharmaindustrie.

»Harter Tag?«, fragte ihn der Bäckermeister Tillmann, der den Lebkuchenteig herstellte und seinen Gehilfen schon sehnsüchtig vermisst hatte.

»Kurze Nacht trifft es besser. Und dieser ganze Zucker ist echt heftig«, erklärte Gustav.

Er war allerdings froh, endlich auf jemanden zu treffen, der so etwas wie Mitgefühl für ihn empfand.

»Da hilft Kaffee. Aber schwarz!«

»Echt? Dann nehme ich zehn Liter«, sagte Gustav grinsend.

Der Bäcker schenkte dem Weihnachtsmann einen Becher ein, und dieser nahm einen großen Schluck. Im ersten Moment war das Sodbrennen auch wirklich weg.

»Danke. Na, dann wollen wir mal wieder«, sagte der Influencer.

Kaum hatte er die Spritztüte wieder in der Hand, stürmten die Kinder den Stand. Wie am Fließband dekorierte er, lächelte die Kinder an und biss mit Wollust in jeden Lebkuchen, der ihm gereicht wurde.

»Das Sodbrennen wird mich schon nicht umbringen. Ich habe andere Sorgen«, überlegte Gustav währenddessen.

Er war in einer absoluten Zwickmühle. Natürlich war nicht geklärt, ob Lena die Mutter von Emilia oder nur die Schwester oder Tante war. Aber er konnte schlecht einen Weihnachtsbaum für das Kind kaufen, bei Familie Dichter klingeln und dabei auf Lena stoßen. Was sollte er denn dann sagen?

Etwa: »Geld für Partys hast du, aber gegenüber deinem Kind verhältst du dich wie eine Rabenmutter?«

Oder: »Gern geschehen. Kann ich sonst noch mit etwas aushelfen? Auto? Reisen? Bargeld? Champagner? Koks?«

Oder aber: »Jetzt weiß ich, wer du bist. Ich zeig dich beim Jugendamt an!«

All diese Sätze hätten zwar eine Berechtigung gehabt, aber sie wären auch das Gegenteil vom eigentlichen Geist der Weihnacht gewesen. Warum nur musste Emilia denn eine Verbindung zu Lena haben? Gustav verstand die Welt nicht mehr. Selbst für diese Partymaus durften doch zwanzig oder dreißig Euro für einen Baum kein Problem sein. Okay, mit Christbaumschmuck brauchte sie vielleicht fünfzig Euro, aber das würde dann reichen.

Lennard und er hatten es geschafft, Chorweiler unentdeckt wieder zu verlassen. Lena und Emilia hatten sich nicht nach ihnen umgedreht. Nach der Auflistung der Fakten hatte weder Gustav noch Lennard eine zündende Idee, wie die Sache zu lösen war. Der Vorschlag, einfach fünfzig Euro in einen Umschlag zu stecken und Familie Dichter frohe Weihnachten zu wünschen, war Gustav zu unsicher. Wer wusste schon, ob dafür dann wirklich ein Baum gekauft wurde. Er wollte nicht das Taschengeld für die nächste Party spendieren. Ihm war nur Emilia wichtig.

»Dann entführe die Kleine doch zum Fest, und wir machen mal eine richtig große Sause für sie«, schlug Lennard als Nächstes vor.

»Okay, so langsam bin ich der Meinung, dass du den Glühwein noch nicht abgebaut hast und noch besoffen bist. Verstehst du es denn nicht? Sie glaubt an den Weihnachtsmann. Nicht an den von Coca-Cola, sondern an den echten. Sause … ts …«, hatte Gustav geantwortet und gleichzeitig dafür gesorgt, dass den Rest der Fahrt Stille herrschte.

»Guck mal, Mami, der Weihnachtsmann ist ja ganz grün im Gesicht«, unterbrach die kleine Lina ihn in seinem Automatismus und seinen Gedanken.

»Ach, Quatsch. Das ist sicherlich nur das Licht. Ein kranker Weihnachtsmann wird doch hier nicht arbeiten«, antwortete die Mutter, sah dabei allerdings den Influencer panisch an und riss an Linas Hand, um sie zum Weitergehen zu bewegen.

Jetzt merkte auch Gustav, dass irgendetwas mit ihm nicht stimmte. Blitzartig stand er auf und lief, so schnell es mit dem Kostüm ging, zu den öffentlichen Dixi-Klos. Das Übergeben hatte eine reinigende Wirkung. Nicht nur der Magen war danach klar, sondern auch im Kopf hatte der Influencer die gesuchte Lösung parat: Für Emilia sollte Weihnachten, unabhängig von seinem Disput mit Lena, ein tolles Fest werden. Das bedeutete: Er kaufte einen Baum mit allem Drum und Dran, ein schönes Geschenk, und Lennard hatte die Aufgabe, Emilia, während er all das erledigte, aus dem Haus zu locken. Sollte Lena sich in den Weg stellen, so würde er ihr einfach Geld geben.

Scheiß drauf! Geld spielt doch keine Rolex, dachte er sich.

Doch jetzt musste er erst mal wieder in das Dixi-Klo zurück. Sein Magen war wohl noch immer nicht leer.

# Schneeflöckchen, Weißröckchen

Das erste Adventswochenende war geschafft. Gleichzeitig hatte Gustav damit gut ein Drittel seiner Strafarbeit geleistet. Seine Social-Media-Abstinenz war für ihn mittlerweile gar nicht mehr so schlimm. Zum einen hätte er auf dem Weihnachtsmarkt nicht auch noch Zeit für Storys und ellenlange Video-Monologe gehabt, und zum anderen merkte er bei all dem Stress in seinem neuen Leben als Weihnachtsmann, dass es auch etwas Schönes hatte, nicht rund um die Uhr beobachtet zu werden. Seine Follower hatten weniger Verständnis für seine Auszeit. Sie wollten endlich wissen, was mit ihrem Liebling los war. Schwangerschaft fiel bei ihm als Grund genauso aus wie Hormonschwankungen infolge der Wechseljahre. Sein Instagram-Counter quittierte diese Leere mit täglich sinkenden Zahlen.

Auch Lennard hatte keine guten Nachrichten. Es stapelten sich die außerordentlichen Kündigungen der sogenannten »Kooperationen«. Einladungen zu Partys wurden storniert, und an irgendwelche Neugeschäfte war gar nicht zu denken. Dieses Jahr war gelaufen. Beide hofften aber, dass es nach Silvester wieder bergauf ging. Spätestens wenn Gustav seine Strafe vollumfänglich verbüßt hatte. Ansonsten müssten sich beide tatsächlich einen echten Job suchen. Ob sie das überhaupt könnten? Lediglich der DHL-Paketbote fand den momentanen Zustand gar nicht mal so schlecht. Er musste für den Influencer endlich keine Zusatzschichten mehr leisten.

»Und wann willst du zu Emilia fahren?«, fragte Lennard.

»Das ist zur Abwechslung wirklich mal eine gute Frage von dir«, sagte Gustav grinsend.

»Warte, ich habe direkt noch eine ... Engagierst du Helfer, oder trägst du alles allein? Und wo ich schon mal dabei bin ... Dir ist bewusst, dass das Hochhaus keinen herkömmlichen Kamin hat, durch den du klettern kannst, oder?«

»War ja klar, dass du nicht mehr als einen guten Beitrag leisten kannst. Gib mir bitte mal das Salz rüber«, ging Gustav über die weiteren Fragen von Lennard hinweg.

Sie hatten sich im *Café de Paris* zum Frühstücken getroffen. Der beliebte Kölner Treff für Influencer und die, die gerne ein wenig Fame davon abbekommen wollten, indem sie nach einem gemeinsamen Selfie gierten. Am Montagmorgen war die Zahl der Gäste allerdings sehr überschaubar, und so gönnten sich die beiden eine kurze Auszeit vom Weihnachtstrubel.

»So genau weiß ich das doch alles nicht. Theoretisch kann es doch nicht so schwer sein, einen Baum zu kaufen und diesen bei ihr aufzustellen. Es soll ja keine zwei Meter fünfzig große Naturtanne mit Wurzeln sein. Ich bestelle nachher im Internet die Kugeln. Hast du eine Idee, was ich ihr sonst noch schenken kann?«, fragte Gustav voll motiviert.

»Schenk ihr doch 'n Handy«, antwortete Lennard kauend.

»Wieso das denn?«

»Du brauchst neue Follower«, sagte sein Kumpel lachend.

»Und du bald einen neuen Freund, den du managen kannst. Kann nicht einmal etwas Ernstes aus deinem Mund kommen?«

»Spaßbremse. Dann schenk ihr halt ein Kinderfahrrad mit Körbchen.«

»Ich weiß nicht. Meinst du, das wäre ein Treffer?«, fragte der Influencer.

»Keine Ahnung. Aber dann muss sie nicht mehr zu Fuß zum Bäcker gehen«, prustete Lennard.

»Warte ab. Dein Karma wird sich dafür irgendwann bei dir rächen.«

»Mann, jetzt entspann dich doch mal. Ich mache nur Spaß. Schon vergessen, was das ist? Ich kann dir wirklich nicht sagen, was sich eine Fünfjährige wünscht. Ich bin mir aber sicher, dass sie sich über alles freuen wird, weil es ja vom Weihnachtsmann kommt«, lenkte Lennard ein.

Gustav nickte. Natürlich hatte er nicht vergessen, was Spaß bedeutete, aber er wollte es einfach richtig perfekt machen.

»Anderes Thema. Wir müssen noch zu den Eltern von Luca«, sagte der Social-Media-Star.

»Wir?«, fragte Lennard.

»Ja, wir. Jetzt hör auf. Ich habe dir gerade verziehen und ...«

In diesem Moment kamen zwei Teenies zum Tisch der beiden.

»Hallo und guten Appetit. Meinst du, wir können ein Foto machen?«, fragte Carla.

»Na klar, kein Problem«, sagte Lennard freundlich und bot den beiden an, sich neben ihn zu setzen.

»Ne, kannst du bitte aufstehen! Das wäre coolio«, bestimmte Carla.

Gustav folgte der Anweisung und wollte sich nun zwischen die beiden stellen. Ein Mädchen in den linken, das andere in den rechten Arm.

»Äh, was wird das?«, wunderte der zweite Teenie sich und schubste den Arm des Influencers wieder von ihrer Schulter.

»Selfie? Die mache ich dann immer so ...«, verteidigte Gustav sich leicht säuerlich.

»Wer will denn ein Selfie mit dir? Wir wollten nur das große Frühstück fotografieren. Das können wir uns selbst nicht leisten. 'n Pic davon gibt sicherlich mördermäßige Likes. Also wenn du erlaubst ...«, erklärte Carla frech und setzte sich auf Gustavs Platz.

Sie nahm verschiedene Posen ein, und ihre Freundin knipste sie dabei. Lennard hingegen biss sich auf die Lippen, und Gustav wurde rot. Lange konnte er den Lachflash nicht mehr zurückhalten.

»Wisst ihr nicht, wer ich bin?«, fragte der Influencer schnippisch.

»Carla, kennst du den?«

»Hey, sorry, ich mag zwar Ältere, aber doch keinen Opi. So, wir haben es dann auch. Bye-bye und danke«, antwortete sie.

Wortlos sah Gustav dabei zu, wie Carla wieder aufstand und kichernd mit ihrer Freundin verschwand.

»Tja, gestern noch in und jung, heute schon out und ...«, Lennard lachte brüllend und fügte genüsslich hinzu: »... alt.«

»Wie komisch ... du lachst dich auch noch kaputt, wenn ein Hai dich gerade auffrisst, oder?«

»Genau das meine ich. Mann, die Welt geht doch nicht unter, wenn zwei Teenies dich nicht erkennen. Du bist einfach rund um die Uhr nur noch verbissen. Vielleicht solltest du mal ein gutes Glas Wein trinken und entspannen!«

Versöhnlich legte Lennard den Arm um seinen Kumpel.

»Hast recht. Kellner. Ein Glas Chardonnay, bitte«, bestellte Gustav.

»Wie? ... Jetzt doch nicht. Es ist noch nicht ... also noch nicht mal 10 Uhr durch ... Und ... doch bitte nicht in ... also ... wenn dich jemand sieht ...«, stotterte Lennard.

Der Social-Media-Star fing aus vollem Herzen an zu lachen.

»Na? Wer von uns beiden ist unentspannt? Das war Spaß! Komm, ich zahle, und dann lösen wir das Luca-Problem.«

Lennard war sichtlich erleichtert und gab keine Widerrede.

Der Bankmitarbeiter Linus Metzger schaute Gustav mit großen Augen an.

»Sie wollen bitte was von mir? Die Adresse? Von unserem Kunden? Sind Sie betrunken?«

»Wieso? Bekomme ich die nur dann? Also ich kann schnell rüber zum Büdchen gehen und mir ein Kölsch holen. Aber ob das reicht, so auf die Schnelle? Ich dachte, das geht auch einfach so ...«, antwortete Gustav, der das Weihnachtsmannkostüm trug.

Er fand die Idee mit der Verkleidung gar nicht so schlecht. Immerhin konnte er seine Geschichte damit rechtfertigen. Nicht auszudenken, wenn der Bankmitarbeiter ihn für einen Taschendieb gehalten hätte. Der wiederum dachte aber eher an einen Test von der Geschäftsführung. So eine absurde Situation konnte nur jemand am Schreibtisch konstruieren.

»Herr ... also von mir aus auch Herr Weihnachtsmann. Ich wollte Sie sicherlich nicht zum Trinken überreden. Es ist eher so, dass ich Ihrem Wunsch aus datenschutzrechtlichen Gründen nicht entsprechen kann. Sie können die Karte gerne hierlassen, aber von mir aus auch wieder mitnehmen. Ich habe sie auf jeden Fall jetzt gesperrt!«, säuselte Linus und tippte dabei auf seiner Computertastatur.

»Hui, jetzt haben Sie es mir aber gezeigt. Ich wollte mit der Karte nicht einkaufen. Ich wollte Ihre Hilfe, damit ich einen Weihnachtswunsch erfüllen kann«, blaffte Gustav ihn an.

»Nun, wir wissen aber doch beide, dass es den Weihnachtsmann nicht gibt. Kostüm hin, Kostüm her ... wir sind hier nicht im Disneyland, und wenn Sie mit Verlaub eine Bipolare Störung haben, dann ...«, antwortete der Bankmitarbeiter arrogant.

»Dann bleibt mir auch keine andere Wahl ...«, unterbrach Gustav ihn, zog erst seinen Bart runter und dann die Mütze ab. »Ich möchte mein Konto hier sofort auflösen!«

»Der Weihnachtsmann hat hier aber kein Konto!«, sagte Herr Metzger lachend.

»Mein Name ist Gustav Greider. Und wie wir doch beide wissen, gibt es den Weihnachtsmann nicht. Mich aber schon, und ich habe hier ein Konto! Und jetzt zack, zack. Ich möchte mein komplettes Guthaben ausgezahlt haben. In bar und in kleinen Scheinen«, antwortete der Influencer jetzt auch arrogant.

Das war der Moment, in dem der Bankmitarbeiter merkte, dass dies kein Test von der Geschäftsführung oder ein sonstiger Scherz war, sondern pure Realität.

»Also Leute gibt es! Echt Wahnsinn«, sagte Herr Metzger anscheinend zu sich selbst, aber laut genug, dass Gustav ihn hören konnte.

Der Bankmitarbeiter war davon überzeugt, dass vor ihm sicherlich kein großer, guter Kunde saß. Eher jemand, der jeden Monat seinen Dispo brauchte, um über die Runden zu kommen.

»Wie Sie wollen, Herr Gleider, richtig? Haben Sie Ihre Kontokarte dabei oder nur die von Fremden?«

»Greider. Und natürlich! Hier, bitte ...«, antwortete der Influencer wortkarg.

Erst sah der Bankmitarbeiter Gustavs schwarze VIP-Kreditkarte aus Metall, und im gleichen Moment wich ihm die Farbe aus dem Gesicht.

»Oh, Herr ... Gustav Greider«, stotterte Herr Metzger.

Lennard saß im Auto und überlegte, ob er sich nicht doch noch eine Chauffeurmütze kaufen oder vielleicht wenigstens einen Taxameter einbauen lassen sollte. Er parkte direkt vor der Bankfiliale und surfte mit seinem Handy im Internet. Zu den sanften Klängen eines Weihnachts-Jazz-Albums entspannte er dabei ein wenig.

Ohne Vorwarnung riss Gustav die Tür auf und sorgte bei Lennard fast für einen kleinen Herzinfarkt.

»Los, lass fahren«, brüllte der Influencer ihn an.

»Äh, alles in Ordnung bei dir?«

»Ja, klar. Der Typ in der Bank war nur nicht gerade kooperativ«, stellte Gustav genervt fest.

»Und ... Was ist das da?«, fragte Lennard entsetzt und zeigte dabei auf die Tasche, die der halb verkleidete Weihnachtsmann mit sich führte und aus der etliche Geldscheine lugten.

Der Influencer griff in die Tasche, entnahm ein Bündel, löste die Banderole und warf die Scheine in die Luft.

»Du meinst das hier?«

»Was denn sonst? Soweit ich mich erinnern kann, hattest du diese todschicke Tasche noch nicht, als du in die Bank gegangen bist. Und als Werbegeschenk geht das nicht durch. Gustav ... Gustav, du hast doch nicht etwa die Bank ...?«, Lennard unterbrach sich selbst, weil er Angst hatte, das Wort auch nur auszusprechen.

»Überfallen? Hallo? Ich bin der Weihnachtsmann und kein Bankräuber. Das ist lediglich mein gesamtes Guthaben bei denen gewesen. Und ich wollte nicht nur Hunderter.«

Gustav lachte sich schlapp.

»Muss ich das verstehen?«, fragte Lennard irritiert.

»Nein, nur solltest du unser Briefpapier ändern. Unsere Bankverbindung hat sich ab sofort geändert!«

»Du bist aber im Moment schon ein klein wenig als Diva unterwegs, oder? Also nicht, dass das etwas Neues für mich wäre, aber nur so kurz als Feedback ...«, sagte Lennard grinsend.

»Aber zu Recht! Die Adresse lautet übrigens Kerstelruderstraße 17«, verkündete Gustav stolz.

Herr Metzger hatte sich, während sie auf das Geld gewartet hatten, nicht nur tausendmal entschuldigt und ihn inständig gebeten, seine Entscheidung, das Konto zu kündigen noch einmal zu überdenken, sondern hatte nun auch überhaupt keine datenschutzrechtlichen Gründe mehr gehabt, die Adresse von Lucas Vater für sich zu behalten.

Im Gegenteil zu Chorweiler war der Stadtteil Lindenthal nicht nur näher am Kölner Dom dran, sondern wer hier wohnte, zählte in der Regel zur guten Mittelschicht. Somit wunderte es weder Gustav noch Lennard, dass die Adresse zu einem Einfamilienhaus führte. Im Vorgarten stand ein Weihnachtsbaum, der festlich geschmückt und abends sicherlich bezaubernd beleuchtet war.

»Und nun?«, fragte der Chauffeur, immer noch ohne Mütze.

»Da ich nicht den ganzen Tag hier verbringen kann und will, bleibt mir nichts anderes übrig, als wieder das komplette Kostüm anzuziehen, und dann werde ich einfach mal klingeln«, antwortete der Teilzeit-Weihnachtsmann.

Nachdem Gustav alles wieder in Form gebracht hatte, stieg er aus und ging durch das kleine Gartentor zum Haus. Er suchte die Klingel und betätigte diese. Das war diesmal auch kein Problem, denn der Name stand klar und deutlich darauf und stimmte zu hundert Prozent mit dem auf der Kreditkarte überein. Es dauerte nicht lange, und eine hübsche Frau mittleren Alters öffnete die Haustür.

»Frau Nielsen?«, fragte der Influencer.

»Ja, richtig. Aber … Also sind Sie nicht etwas früh dran?«, antwortete sie lächelnd.

»Nun, ich hoffe inständig, dass ich nicht zu spät komme!«

»Nein, es passt noch. Weihnachten ist ja nur einmal im Jahr. Moment«, sagte Frau Nielsen und schloss die Tür wieder, um sie wenige Augenblicke später mit ihrem Portemonnaie in der Hand wieder zu öffnen.

»Zehn Euro haben wir immer für den Weihnachtsmann«, sagte sie freudestrahlend und hielt Gustav das Geld hin.

Gustav konnte jetzt schon ahnen, wie sehr sich Lennard im Auto über diese Szene amüsierte.

»Nein, danke. Das löst das Problem nicht«, wies der Influencer die Spende ab.

»Aber heißt es nicht, dass jeder so viel geben kann, wie er will? Aber okay, Sie sind echt ganz schön hartnäckig …«, sagte sie immer noch freundlich und kramte wieder in ihrer Geldbörse.

»Frau Nielsen, ich komme nicht wegen einer Spende. Es dreht sich hierum«, erklärte Gustav und holte die Kreditkarte aus seiner Tasche.

»Sie wollen mir eine Kreditkarte verkaufen, und das im Weihnachtsmannkostüm? Mein Gott, Sie Armer. Klar, nehme ich. Was für ein Zufall, die von meinem Mann ist just verloren gegangen. Wo soll ich unterschreiben?«

»Okay, ich muss dringend daran arbeiten, mich besser zu erklären. Darf ich vielleicht reinkommen? Ich will weder Ihr Geld noch eine Kreditkarte verkaufen. Diese hier gehört übrigens schon Ihnen beziehungsweise Ihrem Mann. Das ist die Karte, die ›verloren gegangen‹ ist«, erklärte Gustav und zeichnete mit seinen Fingern die Anführungszeichen in der Luft nach. »Ich bin wegen Luca hier …«, fügte er hinzu.

Frau Nielsen sah mit großen Augen erst auf die Karte und dann zu Gustav. Das wiederholte sie ein paarmal und sagte dann schließlich: »Aber natürlich. Kommen Sie rein. Ich bin nur gerade allein …«

Der Weihnachtsmann folgte der nicht ganz freiwilligen Einladung und betrat einen kleinen Flur.

»Vorn links in die Küche bitte. Ich habe noch Plätzchen im Ofen.«

Die Küche war modern und sah sehr teuer aus. Vom Aufbau her erinnerte sie Gustav stark an seine eigene. Nur mit dem Unterschied, dass diese auch zum Kochen benutzt wurde und dass nirgendwo ein Thermomix stand, der diesen Job erledigen sollte.

»Hmm, das riecht aber sehr lecker …«

»Ach ja, ich vergaß. Sie sind ja Weihnachtsmann. Möchten Sie kosten? Sind auch noch ganz warm«, bot Frau Nielsen fürsorglich an.

»Eigentlich immer gerne. Aber mein Magen ist leider im Moment etwas empfindlich … Ich komme lieber gleich zur Sache. Es ist prima, dass wir allein sind …«, sagte Gustav und sah aus dem Augenwinkel heraus, wie Frau Nielsen in diesem Moment nach einem großen Küchenmesser aus dem Messerblock griff. Er beeilte sich lieber, seinen Satz zu vollenden.

»… dann kann ich ganz offen mit Ihnen sprechen. Ich arbeite als Weihnachtsmann auf dem Weihnachtsmarkt, und vor ein paar Tagen kam Luca, Ihr Sohn, nehme ich an, zu mir. Er gab mir die Kreditkarte und meinte, Sie hätten wohl im Streit die Karte nach Ihrem Mann geworfen. Laut Luca sollte Ihr Mann sich damit eine neue Frau kaufen gehen. Na ja, und das hat Luca wohl so hart getroffen, dass er die Karte kurzum stibitzt und sie mir gegeben hat. Damit wollte er verhindern, dass Ihr Mann ›shoppen‹ geht.«

Gustav lächelte versöhnlich. Frau Nielsen hingegen ließ das Messer los und fing an zu weinen. Dem Influencer blieb nichts anderes übrig, als sie in den Arm zu nehmen. Dank seines ausgestopften Bauchs knuddelte einfach jeder gerne mit ihm. Auch Frau Nielsen, die das Angebot sofort annahm.

»Sebastian, also mein Mann, ist einfach so ein Arsch … Immer denkt er nur ans Arbeiten und Geldverdienen. Für uns hat er nie Zeit. Das Weihnachtssingen mit Luca im Kindergarten hat er auch verpasst«, schluchzte Frau Nielsen.

»Ich will Ihnen nicht zu nahe treten, aber könnte es sein, dass Ihr Mann, also ich meine ...?«, fragte Gustav vorsichtig und reichte Lucas Mutter ein Taschentuch, um die Tränen abzutrocknen.

»Eine andere Frau? Ganz ehrlich, nein. Ich habe doch schon alles überprüft. Kein neuer Duft, kein Lippenstift im Hemdkragen und auch nichts im Handy. Ja, das gehört sich nicht, aber ich war, Schrägstrich bin, echt verzweifelt. Ich bin ihm sogar schon mal heimlich hinterhergefahren. Mit so einem AirTag. Den habe ich extra in seinem Mantel vernäh... ... versteckt. Aber da ist alles in Ordnung. Der liebt einfach seinen Job. Paragrafen und Fakten sind halt spannender, als seinen Sohn aufwachsen zu sehen oder gemeinsam mit uns Zeit zu verbringen«, stellte Frau Nielsen frustriert fest.

Der Influencer griff nun doch nach den Keksen, die auf einem Teller vor ihm lagen und so himmlisch dufteten. Er brauchte Hirnnahrung. Wie sollte er dieses Problem hier lösen? Zumal er kein Therapeut war. Sebastian Nielsen würde sicherlich nicht mit einem Fremden über Privates diskutieren. Und schon gar nicht mit dem Weihnachtsmann. Gustav hatte gedacht, er könnte einfach zu Lucas Eltern gehen und ihnen die Kreditkarte zurückgeben. Sie würden ihm dann erklären, dass es nur ein kleiner Streit war und dass sonst alles okay ist. Sie hätten gemeinsam gelacht und vielleicht noch ein Weihnachtslied zusammen gesungen. Doch wieder einmal war es nur in der Theorie so einfach. Mit dieser emotionalen Beichte hier war er überfordert.

»Haben Sie denn schon mal mit ihm darüber gesprochen?«

»Fast jeden Tag. Er meint, dass ich das überspitzt sehe und er ja nur arbeiten geht, damit es mir und Luca gut geht. Ich solle doch froh sein, ihn abbekommen zu haben. Ts. Ja, materiell hat er damit vielleicht recht, aber das ist ja nicht alles. Lieber lebe ich in einer kleinen Wohnung und esse Ravioli aus der Dose, als faktisch eine alleinerziehende Mami zu sein. Aber das glaubt er mir einfach nicht«, sagte sie und fing gleichzeitig wieder an zu weinen.

Der Typ muss sich wirklich für den absoluten Helden halten. Ein Mann, den man immer und für alles rund um die Uhr lieben muss, nur weil er das Geld verdienen geht, schoss es dem Influencer durch den Kopf.

Wie verrückt konnte die Welt sein? Das eine Kind hatte Eltern, die kein Geld für einen Weihnachtsbaum hatten, und war total traurig. Das andere hatte alles im Überfluss, aber war mindestens genauso unglücklich.

Auf jeden Fall läuft auf der Welt etwas falsch, da war sich der Influencer sicher.

Gustav fragte sich, ob dieser Sebastian immer noch so cool und entspannt wäre, wenn er in diesem Moment durch das Küchenfenster schauen würde. Seine Frau in den Armen eines anderen Mannes zu sehen, würde ihn vielleicht aufwecken. Gut, dass er der Weihnachtsmann war und dazu noch genüsslich Kekse in sich hineinstopfte, machte ihn vielleicht nicht zu der Konkurrenz, die das Feuer zwischen den Eheleuten Nielsen wieder entfachen würde. Aber es reichte beim Influencer für eine Idee, damit die Geschichte eine positive Wendung nehmen konnte.

»Frau Nielsen, mir ist da was eingefallen ...«, nuschelte er freudig schmatzend.

»Sie können auch Kerstin zu mir sagen«, antwortete sie und zog hörbar die Nase hoch.

»Auch das. Aber ich habe wirklich eine gute Idee. Kennen Sie diese Lebensweisheiten aus den Glückskeksen beim Chinesen?«

»So wie ›Dein Einkauf wird sich als vernünftige Investition erweisen‹?«, fragte sie ein wenig irritiert.

Gustav war erstaunt, wie gut sich Kerstin Nielsen den gemerkt hatte.

»Äh, ja, so was meine ich. Also jetzt nicht so ein Spruch, sondern ich rede von Lebensweisheiten. Mir fällt da ein passender ein: ›Willst du gelten, mach dich selten‹«, erklärte Gustav stolz.

»So selten, wie ich meinen Mann sehe, kann ich zu hundert Prozent bestätigen, dass der Spruch nicht funktioniert.«

»Ja, kann sein ... In dieser Richtung ist das auch schwierig. Aber was meinen Sie, wie Ihr Mann reagiert, wenn er nach Hause kommt und hier keine leckeren Kekse vorfindet. Keine Weihnachtsdekoration. Keine nette Ehefrau, die mit dem Essen auf ihn wartet. Und vor allem keinen kleinen Sohn, der auf den Gutenachtkuss wartet. Er ist sich Ihrer und Luca absolut sicher.«

Kerstin löste sich aus dem Arm des Weihnachtsmannes.

»Ich will mich aber doch nicht scheiden lassen!«, lehnte sie Gustavs Vorschlag ab.

»Quatsch, das meine ich doch gar nicht. Aber Ihr Mann muss spüren, wie es ist, wenn er Sie mit allem Drumherum nicht mehr hat. Vielleicht lernt er dann alles wieder viel mehr schätzen.«

»Ja, aber wo soll ich denn hin? Außerdem will ich ja nicht, dass Luca noch mehr Schaden nimmt.«

So ganz war sie noch nicht von der Eheberatung des Weihnachtsmannes überzeugt.

»Frau Nielsen. Kerstin. Wenn ich eins gut kann, dann ist es Chaos verbreiten, um anschließend alles wieder in Ordnung zu bringen. Da bin ich mittlerweile echt Profi drin. Und weil ich dieses Jahr wirklich der Weihnachtsmann bin, also zumindest für den Weihnachtsmarkt am Kölner Dom, können Sie, kannst du mir vertrauen!«

Kerstin war zwar noch skeptisch, aber als sie die Details des Plans erfuhr, blieb ihr nichts anderes übrig, als dem Weihnachtsmann ein High Five zu geben.

Platsch. Platsch. Lennard war es immer noch ein Rätsel, warum der Teig für die Kekse jetzt nicht mehr auf dem Backblech landete, sondern überall im Haus verteilt wurde. Selbst in Lucas Bett wurde eine Portion deponiert.

»OMG, bist du dir sicher, dass in den Keksen keinerlei andere Substanzen drin waren, oder um es klar zu sagen: Haschkekse waren das nicht, oder? Also ich habe keinen Bock, das gleich wieder alles sauber zu machen!«, protestierte er.

»Ja, nein, doch«, antwortete Gustav knapp.

»Bitte was?«

»Lennard. Jetzt fang du nicht an, kompliziert zu werden. Es ist alles gut. Allerdings müssen wir nach der Show für Luca auch alles wieder sauber machen. Also kontrolliertes Chaos! Verstanden?«

»Kein Wort. Aber zur Absicherung mache ich ein paar Videos. Nicht dass du später wieder nicht wahrhaben willst, was du gesagt und getan hast«, schimpfte Lennard.

Das Haus von Familie Nielsen sah mittlerweile nicht mehr festlich und heimelig aus, sondern eher, als hätte eine Bombe eingeschlagen. Überall lagen wild verstreut Sachen herum. Das Zentrum war natürlich die Küche. Das Schauspiel war extra für Luca vorbereitet worden. Kerstin war auf dem Weg zum Kindergarten, um ihn dort abzuholen. Währenddessen legten der Weihnachtsmann und sein Gehilfe die letzten Spuren der Verwüstung aus. Sie hatten ein zweimaliges kurzes Hupen als Zeichen dafür vereinbart, dass Frau Nielsen sich wieder dem Haus näherte. In dem Moment würde Lennard sich im Garten verstecken, und Gustav würde seine Position in der Küche einnehmen.

»Wenn es dir dann besser geht. Du kannst echt stolz auf dich sein. Wir bringen eine Familie wieder zusammen ...«, erklärte Gustav triumphierend.

»Ne, ist klar, indem wir wild Mehl und Keksteig verteilen. Ich sag dir gleich, die Schäden kannst du auch nicht von der Steuer ...«

Weiter kam er nicht, denn ein lautes Hupen signalisierte, dass der zweite Teil der Show startete.

»Mami, was ist denn hier passiert?«, fragte Luca entsetzt, als er die Wohnungstür öffnete.

»Um Himmels willen! Das weiß ich auch nicht«, spielte Kerstin ihre Rolle und schob dabei ihren Sohn unauffällig in Richtung Küche.

»Da... das ... da... Weihnachtsmann, was machst du denn hier?«, stammelte Luca.

Gustav hatte das nächste Kostüm geopfert und sich zum guten Schluss ein ganzes Päckchen Mehl über den Kopf geschüttet. In der einen Hand hielt er eine Rührschüssel und in der anderen einen Schneebesen. Er sah zwar nicht zum Fürchten aus, aber jeder würde ihm sofort abnehmen, dass er wieder einmal alles zerstört hatte.

»Luca, richtig? Ich weiß auch nicht, was ich falsch gemacht habe. Ich hatte heute so großen Hunger, und als ich an eurem Haus vorbeigeflogen bin, roch es so lecker, dass ich nicht widerstehen konnte ... ich habe genascht, und dann wollte ich schnell neue Kekse backen. Aber irgendwie ist ... Also diese neumodischen Herde sind nichts für mich. Aber ich mache das alles wieder gut!«, erklärte der Weihnachtsmann und bückte sich zu Luca hinunter.

»Das will ich aber auch hoffen. Also ehrlich ... Das ist echt nicht dein Jahr. Erst die Krippe und jetzt das hier«, schimpfte der Junge etwas altklug mit Gustav.

Der Influencer versuchte, ein trauriges Gesicht zu machen. Wäre Lennard im Raum gewesen, hätte dieser sich wahrscheinlich wieder mal schlappgelacht.

Luca reagierte da ganz anders.

»Ach, komm schon, Weihnachtsmann. Nicht traurig sein. Ist halt passiert. Ich helfe dir beim Aufräumen«, sagte er und tätschelte dabei Gustavs Mütze, die sofort für ordentlich Mehlnebel sorgte.

»Himmel, das Zeug ist ja überall«, rief Kerstin aus Lucas Zimmer.

Auch dieser Teil der Inszenierung war natürlich abgesprochen. Wie auf Kommando lief der Weihnachtsmann zu ihr, und Luca folgte ihm.

»Hmm, das muss passiert sein, als ich kurz eingeschlafen bin«, verteidigte der Weihnachtsmann sich wegen der Keksteigflecken in Lucas Bett.

Der kleine Junge schlug sich mit der Hand auf die Stirn.

»Du brauchst wirklich Urlaub!«, erklärte Luca.

»Also gut, Weihnachtsmann. Dann werden wir jetzt erst einmal in ein Hotel ziehen, und du machst sauber«, bestimmte Kerstin.

»Und Papa?«, fragte Luca besorgt.

»Dem schreibe ich gleich. Der muss doch vor Weihnachten noch so viel arbeiten, da bleibt er am besten direkt im Büro.«

Mit dieser Erklärung konnte Luca gut leben. Kerstin und Gustav zwinkerten sich zu. Natürlich waren die Koffer für den Kurzurlaub schon gepackt, und wenige Augenblicke später fuhren Mutter und Sohn in Richtung Maritim Hotel, in dem Gustav ein schönes Zimmer mit Blick auf den Weihnachtsmarkt für die beiden reserviert hatte. Selbstverständlich mit seiner Kreditkarte.

Für den nächsten Teil musste Lennard aus seinem Versteck aus dem Garten zurückkehren.

»Wurde auch Zeit. Weißt du eigentlich, wie kalt es draußen ist?«, meckerte Lennard und ruderte mit den Armen, um seine gefrorenen Gliedmaßen wieder in Schwung zu bringen.

»First World Problem. Ts. Komm, jetzt nicht lang schwafeln. Wir müssen ruck, zuck wieder alles in Ordnung bringen und dazu sämtliche Spuren von Weihnachten aus dem Haus entfernen«, befahl der Influencer.

»Ich würde nur zu gerne das Gesicht von Lucas Vater heute Abend sehen.«

Gustav freute sich diebisch, während er den Staubsauger wieder in die Ladestation stellte.

»Und wenn er die Polizei ruft? Es könnte ja auch eine Entführung sein.«

»Blödsinn. Der kommt nach Hause, und direkt auf dem Küchentisch liegt seine Kreditkarte mit dem Zettel: Viel Spaß beim Shoppen.«

»Und was ist, wenn er sich nicht an den Streit erinnern kann? Vielleicht ist er ja froh, wenn die beiden weg sind. Also ich bin mir wirklich nicht sicher, ob so eine Glückskeks-Weisheit die Lösung ist«, gab Lennard zu bedenken.

»Dann ist es eben nicht ›Willst du gelten, mach dich selten‹, sondern ›Lieber ein Ende mit Schrecken, als ein Schrecken ohne Ende‹.«

»Und du bist dir ganz sicher, dass du bei deinem Unfall nicht doch eine kleine Kopfver... ?«, fragte Lennard.

Doch bevor er weiterreden konnte, hatte ihn ein nasser Lappen mitten ins Gesicht getroffen.

»Ich habe noch einen Spruch für dich:›Auf Regen folgt Sonnenschein, auch in deinem Leben.‹ So, und jetzt putz!«, sagte Gustav lachend.

»Ich weiß zwar nicht, ob das auch in einem Glückskeks stehen würde, aber sei dir sicher, deine Taten werden noch Folgen haben. Meine Rache wird kommen«, grummelte Lennard mürrisch.

Allerdings war er nicht wirklich sauer auf seinen Kumpel. Im Gegenteil. Er fand den »neuen« Gustav, der auch an andere dachte, gar nicht mal so schlecht.

Nach rund einer halben Stunde waren die Spuren der vermeintlichen Backofenexplosion verschwunden. Die Weihnachtsbeleuchtung wurde pro forma in den Keller des Hauses gebracht. Laut Kerstin ging Sebastian dort nur sehr selten hin, und schließlich war das Fernziel, Weihnachten wieder zusammen zu sein. Die Beleuchtung wurde somit nur kurzfristig nicht gebraucht. Just in dem Moment, als die beiden das Haus verließen, öffnete Petrus seine Schleusen. Nach den frühlingsähnlichen Temperaturen des Vortags hatte sich das Wetter nun für einen Winterbeginn entschieden. Die weißen Schneeflocken tanzten wild durcheinander und verwandelten die festlich geschmückten Häuser in eine filmreife Weihnachtskulisse. Nur das Haus der Familie Nielsen hatte von diesem Zauber nichts mehr abbekommen.

# Morgen, Kinder, wird's was geben

»Oh, mach mal lauter«, sagte Gustav.

»Du weißt aber schon, was das ist?«, fragte Lennard irritiert.

»Ich bin ja nicht taub. Jetzt mach schon«, drängelte der Influencer, während er nur in Unterhose und T-Shirt auf der Rückbank saß.

»Du bist mir echt eine Marke ...«

Lennard drehte das Radio auf. Gerade rechtzeitig, damit der halb nackte Weihnachtsmann den Refrain mitsingen konnte: »Last Christmas, I gave you my heart ...«

Wippend und summend öffnete Gustav das hintere Fenster und hielt das nächste Stück vom Kostüm in den Fahrtwind nach draußen. Das Mehl war sehr hartnäckig gewesen und ließ sich mit einfachem Klopfen nicht entfernen.

»Wenn man sich drauf einlässt, ist das Lied echt cool. Und schau, mit dem leichten Schneefall ist es doch total romantisch«, gab Gustav zu.

»Romantisch ... Mann, Mann, Mann ... Ich bin mittlerweile überzeugt, dass du doch eine Kopfverletzung davongetragen hast. Und pass bei all deiner Freude ja auf, dass du nichts vom Kostüm verlierst, sonst sitzt Herr Weihnachtsmann gleich ohne Hose oder ohne Jacke auf dem Wünsch-dir-was-Stuhl. Das Chaos willst du nicht und bekommst du auch nicht wieder in Ordnung gebracht«, flachste sein Kumpel.

»Ups!«

»Nicht dein Ernst«, schrie Lennard und stieg auf die Bremse.

»Stimmt. Woher weißt du?«, rief der Influencer lachend.

Lennard drehte sich um und schaute ihn mit offenem Mund an.

»Last Christmas. I gave you my heart«, sang ihn Gustav an und pustete dabei gegen seine Mütze.

Natürlich waren auch hier noch Mehlreste drin, die jetzt in Lennards Gesicht landeten.

»Hauptsache, du hast Spaß, gell?«, antwortete er auf diese Attacke und griff in die Tasche mit den Geldscheinen.

»Ey, was machst du da? Das ist Diebstahl!«, protestierte der Influencer.

»Wer den Schaden verursacht, der muss ihn auch bezahlen! Das macht dann fünfzig Euro für die Innenreinigung, auch wenn es deine Karre ist. Du willst schließlich in einem sauberen Wagen kutschiert werden. Und hundertfünfzig Euro für den Aufenthalt in der Claudius Therme inklusive Gesichtspeeling. Und wenn du jetzt diskutieren willst ... da vorn geht es zur Bahn!«

Genüsslich nahm er das Geld an sich und den Fuß von der Bremse. Wenige Augenblicke später waren die beiden wieder unterwegs in Richtung Weihnachtsmarkt. Eigentlich hatte Lennard damit gerechnet, dass sein Freund den Rest der Fahrt missmutig dreinschauen würde. Aber das Gegenteil war der Fall. Kaum dass der Wagen weiterfuhr, zog sich Gustav wieder an und summte die Weihnachtslieder aus dem Radio mit.

Frau Klug, wieder als Rentier verkleidet, war sichtlich nervös, weil der Weihnachtsmann es nicht ganz pünktlich geschafft hatte. Ganze vier Minuten und dreißig Sekunden war er zu spät.

»Ob Sie das irgendwann mal hinbekommen?«, giftete sie wieder im besten Oberlehrerinnenton.

Gustav ließ sich in seiner guten Laune nicht beirren. Es wäre kein Problem gewesen, ihr den Grund für seine Verspätung zu nennen. Wenn man den Zeitaufwand für Lucas und Emilias Weihnachtswunsch dazuzählte, dann hätte er seine gesamte Arbeitszeit vielleicht schon abgeleistet.

»Sie wissen doch, der Schlitten, Schnee und der Kölner an sich. Da kommt man auch als Weihnachtsmann nicht ganz so schnell durch, wie man will. Machen wir es doch so: Hängen wir einfach noch einen zusätzlichen Tag dran. Sie können entscheiden, ob ich hier weiter tätig sein oder noch einmal zum Lebkuchenstand gehen soll. Ich gehorche Ihnen aufs Wort«, bot Gustav an.

Frau Klug wusste nicht, ob sie gerade auf den Arm genommen wurde. Aber sie hatte schon zu Schulzeiten gelernt, dass ein Gag nur funktionierte, wenn das Gegenüber mitspielte.

»Alles klar. Ist notiert, und jetzt fangen Sie bitte an«, nahm sie das Angebot an, ging aber sonst nicht weiter darauf ein.

Gustav hätte es nie offen zugegeben, aber er hatte einfach so viel Spaß an seinem neuen Job, dass er diesen nur ungern wieder an den Nagel hängen wollte. Er hatte sogar schon überlegt, Frau Klug in einer ruhigen Minute zu fragen, ob er nächstes Jahr wieder als Weihnachtsmann auftreten könnte.

Als hätte der siebenjährige Felix dem Rentier zugehört, stand dieser, kaum dass das Spotlight anging, vor Gustav und wollte auf seinen Schoß.

Im Maritim Hotel kümmerte man sich fürsorglich um den größeren Teil der Familie Nielsen. Luca stand an dem bodentiefen Fenster in der vierten Etage und schaute auf die extra zu Weihnachten aufgebaute Eisfläche. Auf dieser spiegelten sich die gemütlichen Lichter der Buden. Die Besucher waren überwiegend bestens gelaunt. Sie lachten, bissen genüsslich in ihre Reibekuchen und tranken den ein oder anderen Glühwein. Letzterer schmeckte bei fallenden Temperaturen immer besser.

»Das ist aber schön hier. Da kann ich dem Weihnachtsmann ja fast nicht böse sein, dass er so ein Chaos verursacht hat«, sagte Luca mit leuchtenden Augen.

»Er hat es ja auch nicht mit Absicht getan. Dir passieren ja auch manchmal Sachen ... Sollen wir gleich noch eine kleine Runde über den Markt drehen? Ausnahmsweise eine Bratwurst zum Abendessen?«, fragte seine Mutter.

Irgendwie musste sie sich ablenken. Sie hatte mit Gustav vereinbart, dass sie auf gar keinen Fall mehr ihr Handy einschalten durfte. Ihr Mann sollte das Gefühl haben, dass die beiden wie vom Erdboden verschluckt waren. Der Influencer wollte sie später im Hotel anrufen. Dazu hatte er versprochen, auch noch einmal zum Haus der Familie Nielsen zu fahren, um nachzuschauen, ob so weit alles in Ordnung war. Am meisten Angst hatte Kerstin davor, dass ihr Mann gar nicht mitbekommen würde, dass sie nicht zu Hause waren. Da kamen auch ihr ein kleiner Glühwein und eine leckere Bratwurst gerade recht.

In Chorweiler hingegen war der Tag nicht ganz so fröhlich verlaufen. Auch war die Atmosphäre nicht so weihnachtlich einladend gewesen. Zwar hatte die Anzahl der Lichterketten in den Fenstern nicht abgenommen, aber die schlechte Isolierung der Wohnungen hatte dazu geführt, dass die Scheiben beschlagen waren. Emilia saß in ihrem Zimmer und war sehr traurig. Anscheinend würde auch dieses Jahr kein Weihnachtsbaum im Wohnzimmer stehen. Ihre Mutter sagte immer, das hat doch noch Zeit. Dabei war die Hälfte der Weihnachtszeit schon vorbei. Normalerweise hörte Emilia in solchen Momenten immer etwas Fröhliches auf ihrer Toniebox. Doch das Internet funktionierte irgendwie nicht, und damit war auch die Box stumm. Ihre Mutter Lena hatte ihr erklärt, dass die Verbindung sicherlich wegen des Schneefalls gestört war. Emilia war zwar erst fünf, aber sie wusste, dass die Kabel unter der Erde lagen und relativ wetterunabhängig funktionierten. Einzige Voraussetzung war die pünktliche Zahlung der monatlichen Nutzungsgebühr. Das konnte schon mehr mit dem Schneefall zu tun haben. Bei nasskalter Witterung wollte fast niemand schöne Fotos von sich oder seinen Liebsten machen lassen.

Lena war mit ihrer Tochter Emilia vor zwei Jahren nach Köln gezogen. Mit achtzehn schwanger zu werden war nicht ihr Lebensplan gewesen, aber es war passiert, und alle inklusive des Kindsvaters hatten sich zunächst auch gefreut. Eigentlich. Spätestens als Emilia auf der Welt war, hatte er herausgefunden, dass er noch jede Menge andere Dinge als drögen Familienalltag erleben wollte und dass Lisa, die Kellnerin aus der einzigen Dorfkneipe, die wahre Liebe seines Lebens war. Kann passieren, war für Lena aber alles andere als angenehm. Dazu hatten solche Geschichten gerade auf dem Dorf die Eigenschaft, sich zum Lauffeuer zu entwickeln. Danach hatte jeder eine Meinung dazu. Und natürlich wusste auch jeder alles besser:

- Wie kann man nur so früh schwanger werden?

- Wozu gibt es Kondome? Gelernt hat se auch nichts?

- Wer so kurze Röcke trägt, muss sich nicht wundern.

- Paul und Lisa sehen so glücklich aus. Das war bestimmt alles die Lena schuld. Wer weiß, wer wirklich der Vater ist?

- Der Karl hat doch noch Platz auf seinem Hof, seit die Iris tot ist. Der Altersunterschied ist doch egal. Hauptsache, ein Dach über dem Kopf.

Solche Sätze fielen nicht nur in Lenas Abwesenheit, sondern sogar in ihrer Anwesenheit. Der Tenor war immer gleich: Sie war die Versagerin. Selbst ihre Eltern hatten sie für ihre Lebensführung verurteilt. Somit fiel ihr die Entscheidung, in das sechshundert Kilometer entfernte Köln zu ziehen, sehr leicht. Zumal sie eine Zusage für eine Ausbildung als Fotografin hatte. Lena hatte in ihrer Freizeit, und davon hatte sie vor der Geburt von Emilia eine Menge gehabt, supergerne Fotos geschossen. Von Menschen, Tieren und auch Landschaften. Diese Bilder in der Bewerbungsmappe hatten ihr den Umzug und den Traumjob ermöglicht. Doch wenn einmal der bekannte Wurm drinsteckte, war Lena nicht weit weg. Der Fotograf, ihr Ausbilder, bekam einen Herzinfarkt. Er überlebte zwar, musste sein Fotoatelier aber von heute auf morgen schließen, um einem zweiten Infarkt vorzubeugen. Ein Jahr Ausbildung reichte leider nicht für den Abschluss. An einen normalen Vollzeitjob war aber für Lena wegen ihrer Tochter nicht zu denken. Also nahm sie all ihren Mut zusammen und machte sich selbstständig. Hochzeiten, Taufen, Geburtstage, es gab so viele schöne Gründe für gute Fotos. Aber trotzdem war es ein täglicher Kampf für sie, alles bezahlen zu müssen, denn auch die Kameras kosteten viel Geld. Vor Weihnachten war das Auftragsbuch wie letztes Jahr leider leer. Deshalb versuchte sie zusätzlich zu ihrem Alltagsgeschäft, sich ein Standbein als Influencerin aufzubauen. Sie hatte gehört, dass schon ab zehntausend Followern die ersten Werbeverträge eintrudeln könnten. Zu blöd, dass das auch nicht von heute auf morgen ging und sie bisher gerade einmal auf knapp über tausend Follower kam. Dafür hatte sie keinen Cent mehr im Portemonnaie. Das Foto von Gustav an der Theke hatte ihr auch nichts gebracht. Es schien ihr sogar so, dass ihr ein paar Follower verloren gegangen waren. Das Zweite war zu verwackelt, um es zu veröffentlichen. Wenn Lena an Weihnachten in zwei Wochen dachte, kamen ihr immer sofort die Tränen. Sie hatte zwar die eine oder andere Freundschaft in Köln schließen können, aber zu Weihnachten waren Emilia und sie auf sich allein gestellt. Dabei würde Lena gerne ihrer Tochter alle Wünsche erfüllen. Doch das Fest war einfach zu teuer, zumal im Januar dann direkt Emilias Geburtstag vor der Tür stand. Außerdem war die Jahresabrechnung des Stromanbieters, die für die Heizung und natürlich auch noch die Versicherung für ihre Fotoausrüstungen pünktlich zum ersten Werktag im neuen Jahr fällig. Als Emilia ganz klein gewesen war, hatte sie den Unterschied zu den anderen Familien noch nicht mitbekommen. Heiligabend gab es Kartoffelsalat mit Würstchen, einen Film im Fernsehen und ein kleines Geschenk. Doch seit letztem Jahr fragte die Kleine immer wieder nach einem Weihnachtsbaum. Schließlich wollte sie auch ein Gedicht aufsagen und dem Weihnachtsmann Milch und Kekse servieren. Der Vorteil des Kindergartens war, dass Lena arbeiten konnte. Der Nachteil war aber, dass Emilia nun Vergleiche ziehen konnte.

Auch was dieses verdammte Weihnachten betraf, schoss es Lena durch den Kopf, während sie versuchte, über ihr Handy die fällige Überweisung der Telefon- und Internetrechnung zu erledigen.

Zumindest in Chorweiler war das Mobilfunknetz für eine Großstadt eher eine Katastrophe. Lena hatte die knapp fünfzig Euro, die der Vertrag bei NetCologne kostete, schlichtweg verdrängt. Gut, jetzt hatte sie schon zwei Monate nicht bezahlt, aber musste deshalb gleich der Anschluss gesperrt werden? Und das auch noch zwei Wochen vor Weihnachten. Der einzige Lichtblick war, dass es nicht Tage dauern würde, bis ihre Zahlung verbucht war, sondern spätestens morgen Abend das Internet wieder laufen würde.

»Du, Mama, wenn du fertig bist, hast du dann Lust, dass wir ein paar Plätzchen backen? Ich könnte sie ja einfach vor die Tür stellen. Dann brauchen wir auch keinen Weihnachtsbaum«, erklärte Emilia tapfer.

Lena drehte sich schnell weg, damit ihre Tochter nichts von ihren Tränen mitbekam.

»Klar, können wir machen. Aber wir werden dieses Jahr einen Baum haben«, log Lena. »Das habe ich dir schließlich versprochen!«

Es war ja nicht mit dem Baum allein getan. Sie brauchte einen Ständer, Kugeln und eine Lichterkette. Für unter fünfzig Euro war das eine echte Herausforderung, denn mehr hatte sie eigentlich nicht übrig, wenn es statt Kartoffelsalat und Würstchen nicht nur eine Dosensuppe geben sollte.

Ich brauche dringend ein Weihnachtswunder!, betete sie in Gedanken.

»So, Feierabend«, bestimmte Frau Klug.

Doch auch um 21 Uhr standen noch Kinder an.

»Der Weihnachtsmann muss dann wohl noch Überstunden machen. So herzlos kann ich nicht sein. Sie können ja schon gehen«, bestimmte Gustav.

»Nein, nein, dann bleibe ich natürlich auch noch. Ich dachte, Sie können nicht mehr«, antwortete das Rentier zerknirscht.

Frau Klug wurde einfach nicht schlau aus Gustav. Einerseits hatte sich ihre Annahme, dass er ein oberflächlicher Dummschwätzer war, oft genug bestätigt. Andererseits schienen die Kinder ihn zu mögen. Wobei sie sich nicht sicher war, ob das an Gustav lag oder einfach nur am Weihnachtsmannkostüm. Fakt war, dass sie sich auf gar keinen Fall von so einem Influencer auf der Nase herumtanzen lassen wollte. Wann Feierabend war, bestimmte sie und nicht er. Frau Klug würde zwar den Bus nach Hause und ihre Lieblingsserie im Fernsehen verpassen, und auch ihr Abendbrot würde ausfallen, aber als herzlos sollte sie keiner bezeichnen. Also blieb ihr nichts anderes übrig, als freundlich lächelnd das nächste Kind auf die kleine Bühne vor dem Schlitten zu bitten.

»Hallo, Leute. Schaut mal, ich sitze hier live beim Weihnachtsmann auf dem Schoß, und wir besprechen gleich, was als Geschenk absolut in und was ein No-Go ist. Macht das Plus weg, und seht die Auflösung in Part zwei«, erklärte die neunjährige Hannah, während sie sich mit ihrem Handy selbst filmte.

»Das ist aber jetzt nicht dein Ernst, oder?«, reagierte Gustav geschockt.

Nicht dass ihn Videos prinzipiell störten, aber er hatte schließlich Social-Media-Verbot. So, wie das Mädchen sprach, war das auch nicht ihre erste Story und auch sicherlich nicht für den privaten Freundeskreis. Aber konnte der Richter ihn dafür erneut bestrafen, wenn er ungefragt in so einem Film auftauchte?

Frau Klug war in diesem Moment wieder versöhnt. Ihre unfreiwillige Überstunde war besser als ihre Lieblingsserie. Sie bemerkte Gustavs Angst, ließ ihn aber gerne noch ein wenig zappeln.

»Wieso? Ich sehe dich doch ständig bei TikTok ... Wie du Schlittschuh fährst, wie du vor Kaufhäusern mit einer großen Glocke läutest und auch wie du mit dem roten Lkw von Coca-Cola fährst. An dieser Stelle mal unter uns ... Warum fährst du noch oldschool Schlitten mit Rentieren, wenn du welche mit PS unter der Haube hast? Und die sind auch noch viel besser beleuchtet«, setzte Hannah den Weihnachtsmann weiter lachend und aufgesetzt fröhlich unter Druck.

»Das bin ich ja gar ...«, Gustav überlegte, was er nun antworten sollte, schließlich hatte das Mädchen immer noch die Kamera in der Hand.

Er kratzte sich den Kunstbart, um Zeit zu gewinnen.

»Schon mal an meinen $CO_2$-Fußabdruck gedacht? Und stell dir mal vor, die Rentiere wären nur noch im Stall, dann wären die ganz traurig. Außerdem lass dich nicht täuschen, nicht jeder, der einen roten Mantel trägt, ist gleich der Weihnachtsmann«, belehrte Gustav sie.

»Hey, jetzt mach mal halblang. Du bist der Geschenkeonkel. Du bist die Symbolfigur für alles, was glitzert und gute Laune macht. Komm du mir jetzt nicht mit $CO_2$.«

»Wenn du es schon so genau nimmst, dann bekommen aber nur liebe und nette Kinder etwas geschenkt. Für Frechdachse wie dich gibt es dann nur die Rute. Weihnachten ist keine Einbahnstraße!«

»Hey, habt ihr das gehört? Mister Rauschebart hat leider kein Geschenk für mich. Soll ich jetzt weinen oder was? Hier ist nicht GNTM. Und so alt sieht die Heidi doch gar nicht aus. LOL«, legte Hannah frech nach.

»Jetzt mal unter uns, kleines Fräulein. Wenn du an das hier alles nicht glaubst, warum bist du dann hier?«, mischte sich nun Frau Klug ein.

»Welche Kirchenoma haben sie denn in das Kostüm gesteckt? Ein sprechendes Rentier ... I dislike. So, und jetzt mal wieder zurück in den Stall oder auf die Wiese. Denn ich will vom Weihnachtsmann wissen: Was ist dieses Jahr der heiße Scheiß?«

Gustav und Frau Klug schauten einander an, und zumindest in dieser Situation verstanden sich die beiden blind. Erst mal stand der Weihnachtsmann auf, wodurch Hannah natürlich unweigerlich von seinem Schoß rutschte, dann griff er in den Schnee neben sich. Mit gut gefüllten Händen warf er die weiße Pracht in Hannahs Gesicht.

»Ich schätze, du hast eine Abkühlung verdient. Ho, ho, ho«, sagte Gustav dazu.

Hannah schüttelte sich.

»G... Geht's noch? Hallo, ich bin noch ein Kind! Nice ist anders und außerdem ...«

Weiter kam Hannah nicht, denn mittlerweile hatte Frau Klug einen Schneeball geformt und diesen jetzt auch auf die TikTokerin geworfen.

»Was hat die denn da gemacht?«, fragte der Junge, der als Nächstes dran gewesen wäre.

»Die war frech zum Weihnachtsmann«, erklärte dieser.

»Waaaaas? Das macht man aber nicht. Attacke ...«, brüllte der Junge und animierte so etliche Besucher, ebenfalls Schneebälle zu formen.

Das Chaos war perfekt. Oder besser gesagt, die Schneeballschlacht nahm Fahrt auf. Hannah verschanzte sich tapfer hinter den Resten der Krippe und filmte anscheinend immer noch fleißig weiter. Doch bei »Eine gegen alle« konnte sie nicht gewinnen. Als Gustav merkte, dass es zu viel wurde, stellte er sich schützend vor sie und die Krippe.

»Halt! Es reicht. Und ganz abgesehen davon, so viel Schnee haben wir hier gar nicht. Du da vorn, das ist ein Reibekuchen. Den also besser nicht. Den isst man in der Regel und wirft ihn nicht«, sagte der Weihnachtsmann laut und fast schon Furcht einflößend.

Sofort war die Schlacht vorbei. Zumal es auch keiner wagen wollte, den Weihnachtsmann zu treffen. Gustav ging hinter die Krippe zu Hannah.

»Sollen wir Frieden schließen?«, bot der Weihnachtsmann ihr an.

»Ich wollte doch nur ein paar mehr Likes«, schniefte das Mädchen.

Sie war zwar so gut wie nicht getroffen worden, aber die Vielzahl der Schneebälle hatte ihr Angst gemacht und ein paar Tränen ausgelöst.

»Dann werde ich dir jetzt einmal was verraten. Aber das musst du für dich behalten. Versprochen?«, fragte Gustav.

Hannah nickte. Der Weihnachtsmann ging noch einen Schritt näher auf sie zu und zog für einen ganz kurzen Moment seinen falschen Bart ab.

»Na, erkannt?«, fragte er sie.

»Mich soll das Eichhörnchen fressen. Gustav. Der Gustav?«

Der Influencer war froh, dass seine Popularität doch nicht ganz verloren gegangen war. Wenn Hannah jetzt gesagt hätte: »Cool, du kannst deinen Bart abnehmen und jetzt?«, hätte er ganz schön blöd aus der Wäsche geschaut.

»Ja, genau. Der Gustav. Und nein, ich bin natürlich nicht der Weihnachtsmann. Nur damit keine Missverständnisse aufkommen. Aber lass dir eins sagen, die Jagd nach Likes und Followern darf nicht dein Leben bestimmen. Und noch wichtiger, sie sollte dich nicht dazu verleiten, respektlos zu werden. Dass ich jetzt hier stehe, anstatt drüben ein paar leckere Waffeln zu essen oder einen Glühwein zu schlürfen, habe ich mir mit genau so einem Verhalten eingebrockt.«

»Echt? Was hast du denn gemacht?«, fragte Hannah neugierig.

»Ich hatte keinen Respekt vor Menschen, denen es schlechter geht als mir. Habe mich selbst überschätzt und war dann auch noch frech und unbelehrbar. Das sollte eigentlich als Erklärung reichen«, sagte Gustav und half Hannah beim Aufstehen.

»So, und jetzt versprich mir, dass du dich ein wenig bessern und auch mal kurz über alles nachdenken wirst, okay?«

Hannah nickte beeindruckt von dieser Beichte. Sie war tatsächlich eine Followerin von Gustav und fand ihn meganett und sympathisch. So ein ganz kleines bisschen schwärmte sie sogar für ihn. Und noch jemand hatte dieses vertrauliche Gespräch mit angehört: das Rentier alias Frau Klug. Sie konnte es selbst nicht glauben, aber ihre Augen waren feucht, und ihre Nase lief ein wenig. Und das hatte nichts mit der Kälte zu tun.

# Süßer die Glocken nie klingen

»Das ist ja der helle Wahnsinn, Gustav. Du bist quasi rehabilitiert ... Scha-La-La. Selbst das Rentier mag dich ... Scha-La-Lala-La«, grölte Lennard, während die beiden wieder zusammen frühstückten.

»Kannst du dich mal ein wenig leiser freuen? Und am besten ohne Gesang!«, beschwor der Influencer seinen Kumpel.

Die Aufmerksamkeit, die er gestern Abend auf dem Weihnachtsmarkt erhalten hatte, war eigentlich schon zu viel gewesen. Gut, Frau Klug war seitdem wie ausgewechselt, da hatte Lennard recht. Aber im Prinzip hätte er es auch verstanden, wenn den Richter Gustavs Weihnachtsmann-Auftritt als Missachtung des Gerichts angesehen und die Strafarbeit verlängert hätte. Aber wer weiß, der Tag hatte gerade erst angefangen. Vielleicht bekam der Influencer einen Einschreibebrief vom Gericht. Oder seine neuen Follower, die Polizisten, kamen und verhafteten ihn hier und jetzt direkt. Wobei es dem Influencer ein Stück weit egal gewesen wäre, denn zu allem, was er gestern gemacht hatte, stand er auch heute noch zu einhundert Prozent. Wenn es nach ihm ginge, würde er auch freiwillig jeden Tag bis Heiligabend die Rolle des Weihnachtsmannes übernehmen. Es machte nicht nur Spaß, mit den Kindern direkt in Kontakt zu treten, sondern hatte auch dazu geführt, dass der Influencer viel über sich, seine Außendarstellung und das Leben im Allgemeinen nachgedacht hatte. Trotz seines unfreiwilligen Social-Media-Comebacks wusste er nicht, ob er in Zukunft überhaupt damit weitermachen wollte.

Lennard und Gustav hatten einen hinteren Tisch im *Café Heumarkt* im Maritim Hotel gewählt, um zu schauen, ob es Luca und seiner Mutter gut ging, aber trotzdem waren sie nicht unsichtbar.

»Da passiert seit Wochen mal etwas Positives, und wer verdirbt mir wieder die Freude? Gustav Grummel.«

»Greider«, korrigierte Gustav ihn.

»Ne, das war bis gestern. Ab jetzt bist du Herr Grummel«, legte Lennard pikiert fest.

»Ey, du weißt doch ganz genau, dass ich mich auch freue, endlich mal wieder positive Schlagzeilen zu machen, aber es ist vom Timing her total falsch.«

So ganz unrecht hatte Gustav in diesem Punkt nicht. Hannah hatte das Video um kurz vor Mitternacht hochgeladen. Als Hashtag verwendete sie »Weihnachten«, »Köln«, »Schneeballschlacht« und »Gerettet«. So weit kein Problem und kein Grund dafür, schon nach zwei Stunden fünfhunderttausend Likes dafür zu bekommen. Aber Hannah hatte zu den nicht außergewöhnlichen Hashtags noch »Gustav« und »TheMaskedInfluencer« geschrieben. Wobei hier ganz klar »Gustav« den Klick-Tsunami auslöste. Auch wenn die hiesigen Printausgaben der Zeitungen noch nicht darüber berichten konnten, so war der Auftritt von Hannah inklusive ihrer Rettung durch den Weihnachtsmann die Top Story schlechthin. Einzig die Tatsache, dass der Influencer verkleidet war und das Weihnachtsfest bevorstand, verhinderte Schlagzeilen à la »Gustav Greiders neues Standbein – Jetzt beeinflusst er schon Kids persönlich« oder »Wie lange trägt der Weihnachtsmann noch rot? Influencer Gustav influenciert den Nikolaus«. Aber es reichte zu: »Hat der Weihnachtsmann einen neuen Gehilfen? Gustav Greider wieder in Action?« Dazu jede Menge Mutmaßungen, ob die Geschichte nun echt oder ein Fake war. Ein fleißiger Reporter war sich sicher, dass es ein groß angelegter Prank von Gustav selbst war, um wieder in die Schlagzeilen zu gelangen.

Und wie so oft bei solchen Geschichten gab es zusätzlich ein paar B-Promis, die im Interview Andeutungen machten, dass sie selbst der Weihnachtsmann vor Ort waren. Dass Gustav in seinem Statement zu Hannah ganz klar seinen Namen gesagt hatte, wurde dabei einfach übersehen. Die Geschichte war bunt, laut und passte so herrlich in die Weihnachtszeit, dass in puncto Faktencheck nicht die allergrößte Sorgfalt an den Tag gelegt wurde.

»Gustav, du konntest doch gar nicht wissen, dass so etwas Tolles passiert. Wo ist eigentlich dein Selbstbewusstsein geblieben? Also wenn ich jetzt auch dein Coach werden soll, müssen wir dringend noch mal über die Gewinnverteilung sprechen. Wobei fünfzig Prozent von nichts ja genauso viel sind wie dreißig Prozent von gar nichts«, sagte Lennard lachend.

Gustav nahm seine Gabel und legte etwas Rührei darauf.

»Wag es ... wenn auch nur ein Klecks davon mich trifft, hast du schneller ein weiteres Video von dir im Netz, als dir lieb ist«, drohte Lennard und versuchte, sich hinter dem Orangensaft zu verstecken.

Der Influencer spannte das Geschoss, indem er den Griff der Gabel auf den Tisch legte und die Spitze inklusive des Rühreis vorsichtig nach hinten zog.

Just in diesem Moment betrat Luca mit seiner Mutter den Frühstücksbereich. Doch sie waren nicht mehr nur zu zweit. Eine dritte Person hatte sich ihnen angeschlossen. Diese legte sogar den Arm um Kerstin.

»Also ich habe ja schon von Kurschatten gehört, aber das ... also das hätte ich wirklich nicht gedacht«, sagte Gustav fassungslos und schnipste gedankenversunken die Gabel los.

»Na toll, in meinen Kaffee, du Held!«

Sebastian Nielsen war wie jeden Abend spät nach Hause gekommen. Im ersten Moment hatte er noch gedacht, dass Kerstin einfach vergessen hatte, die Weihnachtsbeleuchtung anzuschalten. Doch als er das Auto geparkt und die Haustür aufgeschlossen hatte, merkte er sehr schnell, dass irgendwas nicht stimmte. Nicht nur, dass alles dunkel war, nein, es roch nach Putzmittel und nicht nach Plätzchen oder Abendbrot. Auch der Fernseher, der sonst um diese Uhrzeit immer lief, war ausgeschaltet.

Mist, was habe ich denn heute wieder vergessen?, schoss es ihm durch den Kopf.

Den letzten Streit mit Kerstin hatte er noch nicht verdaut. Er hasste solche Momente. Vor allem, wenn sie recht hatte, er das aber nicht zugeben konnte. Natürlich wäre er gerne zum Kinderchorsingen gegangen, aber bei seinem Mandanten ging es darum, ob er Weihnachten im Gefängnis verbringen musste. Seine Überstunden und sein Schriftsatz hatten den erhofften Erfolg, die Entlassung, erzielt. Weihnachtslieder waren zwar schön, besonders wenn sein eigener Sohn sie sang, aber er hätte sie nicht genießen können, wenn es bei einem anderen Menschen um die Freiheit ging. Abgesehen davon wurde sein Einsatz von der Kanzlei nicht nur gewürdigt, sondern mit einem kleinen Bonus versüßt. Luca wünschte sich einen Aufenthalt im Disneyland. Mit diesem Geld ließ sich die Silvesterüberraschung finanzieren. Auf der Fahrt hätte sein Sohn die ganze Zeit singen können, aber er war der Buhmann, weil er den Auftritt verpasst hatte. Nichtsdestotrotz fand er die Ruhe im Haus merkwürdig. Er schaltete das Licht in der Küche an, und sofort erblickte er die Kreditkarte und den Brief dazu. Es stand nicht viel drin, aber es reichte, dass ihm gleichzeitig heiß und kalt wurde. Sebastian lief durch sein Zuhause und suchte in jedem Zimmer nach seiner Frau und seinem Sohn. Selbst die Familienfotos an den Wänden und auf dem Wohnzimmerschrank waren verschwunden. Gustav und Lennard hatten ganze Arbeit geleistet. Als Sebastian merkte, dass seine Familie sich nicht nur versteckt und er auch keinen Termin verpasst hatte, schlug seine Stimmung in glatte Panik um. Als Erstes rief er schweren Herzens bei seinen Schwiegereltern an. Doch auch dort hatten sich die beiden nicht gemeldet.

»Ach, dann ist sie sicherlich zu einer Freundin, und ich habe es vergessen«, log er.

»Du hast meine Tochter verloren?«, fragte seine Schwiegermutter entsetzt.

»Nein, ich weiß nur gerade nicht, wo sie ist.«

»Dann frag doch deinen Sohn«, riet ihm seine Schwiegermutter.

»Der ist auch nicht da«, erklärte Sebastian.

»Aber wo ist er denn? Ich meine, er ist doch erst fünf. Er wird ja wohl nicht schon allein um die Häuser ziehen«, sagte die alte Dame streng.

»Natürlich nicht. Ich gehe davon aus, dass er bei Kerstin ist und …«

»Ja, und wo ist Kerstin?«

»Schwiegermama, deshalb habe ich ja angerufen«, sagte Sebastian leicht genervt.

»Um mit deinem Sohn zu sprechen?«

Sebastian fragte sich, ob seine Schwiegermutter wirklich so schwer von Begriff war oder ob sie einfach nur Spaß daran hatte, ihn zu quälen.

Nach weiteren knapp zehn Minuten Wortgefecht sagte seine Schwiegermutter: »Gut, dann haben wir ja jetzt alles Wichtige besprochen. Bestell Kerstin einen lieben Gruß. Volker winkt schon, dass die Sauna jetzt heiß ist. Und immer dran denken, Suchen macht man eigentlich erst Ostern!«

Mit dieser Lebensweisheit legte sie einfach auf.

Irgendwo muss sie doch sein …, überlegte er angestrengt weiter und schüttete sich ein Glas Orangensaft ein.

Sebastian war müde. Der Tag war alles andere als locker und leicht gewesen. Doch eins war klar, er konnte kein Auge zumachen, solange er seine Frau nicht wiedergefunden hatte. Er griff wieder zum Telefonhörer und wollte gerade die Nummer von Kerstins bester Freundin wählen, als ihm die Wahlwiederholungstaste ins Auge fiel. Die letzte Nummer vor der seiner Schwiegermutter kam ihm unbekannt vor. Vor rund vier Stunden hatte irgendwer diese gewählt. Sebastian tat das, wofür die Liste da war, er bestätigte sie und wartete nach dem Freizeichen neugierig darauf, wer am anderen Ende der Leitung abnehmen würde.

»Das Maritim in Köln, schönen guten Abend, was kann ich für Sie tun?«, fragte eine freundliche weibliche Stimme.

Keine dreißig Minuten später stand er vor einer braunen Hotelzimmertür, klopfte und hoffte darauf, dass ihm die richtige Person öffnete.

»Paaaaaapi! Na, hat der Weihnachtsmann auch dein Zimmer verwüstet? Also ich bin mir echt nicht sicher, ob der nächstes Jahr noch alles auf die Reihe bekommen wird«, begrüßte ihn sein Sohn stürmisch.

»Luca, du kannst doch nicht einfach die Tür aufmachen«, sagte seine Mutter, die gerade aus dem Bad kam, streng, bevor sie erkannte, wen er hereingelassen hatte.

»Sebastian? Wie …? Was …?«, stotterte sie.

Kerstin bekam feuchte Augen, fiel ihrem Mann um den Hals, und die sechsunddreißig roten Rosen, die er bei sich trug, fielen auf den Boden. Das war der Liebesbeweis, den sie brauchte. Und als Luca eingeschlafen war, versprachen sich die beiden, dass sie es nie wieder so weit kommen lassen wollten.

Zumindest dieses Paar hatte somit schon einmal gehörig von Gustav dem Weihnachtsmann profitiert. Auch wenn dieser das noch nicht wirklich verstanden hatte. Am liebsten wäre der Influencer sofort aufgesprungen, um Kerstin und diesen Typen zur Rede zu stellen. Aber Luca saß nun mal auch mit am Frühstückstisch. Gustavs Ziel war es, die Familie wieder zusammenzuführen, und nicht, die Affären eines Elternteils zu finanzieren.

»Kannst du das glauben?«, fragte Gustav, nachdem er gefühlt mehrere Minuten mit offenem Mund dem Schauspiel ein paar Tische weiter gefolgt war.

»Das brauche ich nicht zu glauben, das sehe ich. In meinem Kaffee schwimmen gelbe Bröckchen. Hier ...«, antwortete Lennard sauer und hielt dem Influencer die Tasse hin.

»Heul doch. Bestell dir doch einfach einen neuen. Da drüben! Da sind Kerstin und Luca. Aber sie sind zu dritt!«

Lennard wollte gerade einen Vortrag über die Verschwendung von Lebensmitteln halten, als er nun auch sah, dass die beiden in männlicher Begleitung waren.

»Also, wenn du mich fragst ... Kerstin hat Geschmack. Der sieht doch ganz gut aus. Aber sie hätte uns ruhig erzählen können, dass sie schon einen anderen Typen hat! Dann hätten wir uns doch die ganze Chose sparen können.«

»Mindestens, Lennard. Echt eine Enttäuschung. Wobei es schon komisch ist, dass Luca mit dem so gar kein Problem hat, oder? Vielleicht ist das ja auch sein Onkel oder so.«

»Und mit dem geht sie dann Arm in Arm durchs Hotel? Also ich finde es ja super, wenn man sich innerhalb der Familie gut versteht, aber deshalb tauscht man seine Partner doch nicht nach Lust und Laune durch«, stellte Lennard kopfschüttelnd fest und fischte das Rührei aus dem Kaffee.

Auch wenn er diesen nicht mehr trinken wollte, so hatte er kein Interesse daran, gleich von der Kellnerin schief angeschaut zu werden.

»Ich kläre das jetzt! Das Rumsitzen macht mich kirre.«

Gustav stand auf und ging vorsichtig in Richtung des Tisches von Kerstin. Auf dem halben Weg kam ihm Sebastian entgegen.

»Entschuldigung. Sie sind sicherlich der Weihnachtsmann, oder? Also Sie wissen, wie ich das meine. Meine Frau hat mir geflüstert …«, erklärte Sebastian.

»Ihre Frau?«

Der Influencer stand sinnbildlich immer noch auf dem Schlauch.

»Ja, ich weiß. So was erzählt man nicht weiter. Wäre ja blöd, wenn jeder wüsste, wer Sie sind. Aber ich wollte mich trotzdem bedanken. Ohne Sie … ach, keine Ahnung, wie es dann weitergegangen wäre. Sie waren auf jeden Fall unsere Rettung. Und das werde ich Ihnen immer danken. Wenn Sie mal einen guten Anwalt brauchen … Sie können mich Tag und Nacht anrufen …«, erklärte Sebastian, drehte sich für einen Moment zu seiner Frau um und lächelte sie an. »Wobei, nachts nur, wenn es gar nicht anders geht. Ich habe meiner Frau versprochen, auf Platz eins meine Familie und nicht mehr meinen Job zu stellen. Sie haben auf jeden Fall einen gut bei mir.«

»Ach, Sie sind der … Vater? Ihnen gehört die Kreditkarte?«, begriff nun auch Gustav langsam.

»Ja, die Kreditkarte. Mensch, ich bin ja so froh, dass mein Sohn Ihnen die Karte gebracht hatte. Man stelle sich vor, er hätte sie dem Weihnachtsmann vor Kaufhof, der die Spenden sammelt, gegeben. Puh. Das wäre ein teures Vergnügen geworden«, stellt Sebastian lachend fest und fügt hinzu: »Apropos Geld. Die Nacht übernehme natürlich ich, und für Ihre Zeit …«

Sebastian nahm sein Portemonnaie heraus und gab dem Social-Media-Star einen gelben und einen grünen Schein. Zusammen dreihundert Euro.

»Das passt doch, oder?«

»Ja, also, na klar. Ehm. Danke. Äh. Na, dann bestellen Sie Ihrer Frau schöne Grüße und natürlich frohe Weihnachten«, antwortete Gustav immer noch ganz perplex.

Er ging zurück zu seinem Tisch und legte die dreihundert Euro neben seinen Kaffee.

»Hast du dich jetzt etwa bestechen lassen? Pfui, Gustav. Ich dachte echt, du wärst ein besserer Mensch geworden und ...«

Erneut flog ein Stück Rührei. Nur diesmal ohne große Ankündigung und auch nicht in Lennards Kaffee. Diese Portion landete genau auf seiner Nase und beendete die Moralpredigt sofort.

»Quatschkopf! Alles im grünen Bereich, Lennard. Ich erklär's dir ... Du hast da übrigens was im Gesicht«, sagte Gustav lachend, nahm eine Serviette und gab sie Lennard.

# O Tannenbaum

Kaum war das eine Problem gelöst, stand das nächste schon vor der Tür. Und damit war nicht Emilia gemeint. Nachdem das Video von Gustav und der Schneeballschlacht viral gegangen war, wollten nun nicht mehr nur Kinder zu ihm. Ein kostenloses »Meet and Greet« mit dem Star der Instagramszene wollte sich kaum einer entgehen lassen. Zumal er sich in den letzten Wochen so rargemacht hatte. Der einzige Unterschied war, dass keiner von denen auf Gustavs Schoß über Weihnachtsgeschenke sprechen wollte, sondern lieber ein Selfie mit dem Social-Media-Star knipste.

»Und jetzt?«, fragte der Influencer, traurig darüber, dass sein heimlicher Job aufgeflogen war.

Die Zeit als Weihnachtsmann war wie im Flug vergangen, und in sieben Tagen war schon Heiligabend. Aber sein Plan war es eigentlich gewesen, bis dahin das Kostüm noch so oft wie möglich tragen zu können. Lennard hatte ihm gesagt, dass er doch auch zu Hause damit rumlaufen könnte, aber das war halt absolut nicht das Gleiche.

»Wir machen weiter wie bisher. Ich hole die Kinder auf die Bühne. Ist es älter als zehn oder gibt sich als Fan von Ihnen aus, verweigere ich den Zugang. Es geht hier immer noch um die Kinder. Wer Ballermann-Urlaub will, ist hier definitiv am falschen Ort«, bestimmte Frau Klug.

Die Zeiten hatten sich nicht geändert. Sie war es gewohnt, dass Teenager und junge Erwachsene sie nicht mochten. Schon damals, als sie noch im aktiven Dienst war, ging es auf der Beliebtheitsskala für sie so gut wie nie nach oben.

Bei ihr herrschte Disziplin und Ordnung. Dafür lernten die Schüler bei ihr viel mehr als bei den Kollegen, die immer nur den Medienwagen in den Klassenraum stellten, um ihre Inhalte durch Filme zu vermitteln. Zumindest war Frau Klug davon überzeugt. Auch als die ersten Buhrufe aus der Menge vor dem Schlitten und der kleinen Bühne zu hören waren, blieb sie noch unbeeindruckt und ruhig. Erst der heiße Glühwein, der knapp vor ihren Füßen beziehungsweise ihren Hufen landete, erzeugte einen Gefühlsausbruch, der erneut viral ging.

»Habt ihr eigentlich auch nur einen Funken Anstand? Das ist hier keine Kirmes. Hier steht normalerweise die Krippe, die die Geburt von unserem Herrn Jesus Christus symbolisiert. Ich zwinge niemandem meinen Glauben auf, weiß Gott nicht. Aber dieses christliche Fest gehört zu unseren höchsten Werten. Und das lasse ich nicht von euch Chaoten zerstören. Der Weihnachtsmann ist hier für die Kinder. Schämt euch, wenn ihr dieses Schauspiel für eure egoistische Fotojagd missbraucht. Mich soll auf der Stelle der Blitz treffen, aber soweit ich weiß, wart ihr auch alle mal klein. Habt ihr die schönen Erinnerungen daran schon weggesoffen? Pfui, pfui, pfui«, schrie sie.

Diese Ansage hatte gesessen. In Windeseile war die Schlange auf die Hälfte geschrumpft. Die vermeintlichen Chaoten hatten das Weite gesucht. Der Weihnachtsmann applaudierte standesgemäß gemütlich, und selbst die Eltern der Kinder hatten eher ein »Bravo« als ein weiteres »Buh« für Frau Klug übrig. Endlich konnte es weitergehen.

»Du, Weihnachtsmann, darf ich dich noch etwas fragen?«, flüsterte Tim, nachdem er seinen Weihnachtswunsch genannt hatte.

»Natürlich. Dafür bin ich ja da.«

»Kommen Rentiere eigentlich auch in die Wechseljahre? Und vor allem, was passiert denn da?«, fragte der Junge.

»Äh, also. Keine Ahnung. Warum beschäftigt dich das denn?«

»Ach, nur weil das Rentier vorhin so geschrien hat. Und Papa sagt immer zu Mama, wenn sie schimpft, das wären die Wechseljahre.«

Gustav musste sich zusammenreißen, um nicht laut loszulachen. Wieder einmal war er derjenige, bei dem sich Kinder offenbarten. Und wieder einmal musste er die so dahingesagten Sprüche der Erwachsenen geraderücken. Aber er war doch nicht »Dr. Sommer« aus der *BRAVO* und für die sexuelle Aufklärung zuständig.

»Also generell ist das mit den Wechseljahren so vom Prinzip her wie mit den Jahreszeiten. Das kennst du doch auch. Jedes Jahr gibt es nach dem Winter auch wieder Frühling und Sommer. Aber das hat nichts mit dem Schimpfen zu tun. Frau ... äh ... das Rentier war nur traurig darüber, wie sich die Besucher hier benommen haben«, erklärte der Influencer ruhig.

»Aber meine Mutter hat keine Besucher«, protestierte Tim.

»Das Schimpfen ist es auch nicht. In den Wechseljahren werden die Haare grau, das Gesicht bekommt Falten, und auch die Augen lassen nach.«

»O nein. Dann muss ja meine Mama bald sterben.«

Kaum hatte der Junge das gesagt, fing er an zu weinen, sprang von Gustavs Schoß und lief zu seiner Mama.

Willkommen in der Realität, Gustav. Vielleicht ist es doch ganz gut, wenn ich hier bald fertig bin, resümierte der Influencer sein Fettnäpfchen.

»Der oder die Nächste bitte«, sagte der Weihnachtsmann zu Frau Klug.

Das Weihnachtswunder, auf das Lena wartete, war noch nicht eingetroffen. Das Internet ging zwar mittlerweile wieder, aber davon konnte sie sich und Emilia auch keinen Baum kaufen. Lena überlegte, ob sie ihre Kamera in ein Pfandhaus bringen sollte, um alles finanzieren zu können. Aber genauso schnell, wie ihr der Einfall gekommen war, hatte sie ihn auch wieder verworfen. Weihnachten auf Pump kam für sie nicht infrage. Vielmehr fasste sie den Plan, ein offenes Gespräch mit Emilia zu führen.

In ein oder zwei Jahren wird das Kind doch eh nicht mehr an den Weihnachtsmann glauben. Dann kann ich das auch jetzt beenden und muss nicht mehr länger lügen, verteidigte Lena ihre Idee vor sich selbst.

Trotzdem verschob sie das Gespräch immer wieder auf den nächsten Tag.

Gustav hingegen hatte sich einen genauen Zeitplan zurechtgelegt, um die Überraschung für Emilia perfekt zu machen. Am 23. Dezember würde er das letzte Mal als Weihnachtsmann auf dem Weihnachtsmarkt auftreten. Er hatte Frau Klug eingeladen, im Anschluss daran einen Glühwein mit ihm trinken zu gehen. Sie hatte zwar noch nicht zugesagt, aber Gustav war sich sicher, dass sie diese Einladung annehmen würde. Immerhin stand Weihnachten vor der Tür, und da wurde doch jedes noch so harte Herz weich. Zumindest hoffte das der Influencer, denn er hatte Frau Klug als Hilfe für das Baumschmücken in Emilias Wohnung fest eingeplant. Am 24. Dezember, frühmorgens um 6 Uhr, würde er zusammen mit Lennard den reservierten Anhänger abholen. Auch wenn er keinen Zwei-Meter-Baum kaufen wollte, so wollte er verhindern, dass der Baum in seinem Mercedes noch irgendwie beschädigt oder abgeknickt wurde. Bei drei

Personen im Auto war dann auch einfach zu wenig Platz. Die Weihnachtskugeln und den Christbaumständer hatte er bei Amazon bestellt, und sie sollten laut Bestellbestätigung »vor Weihnachten« eintreffen. Gustav hatte in seinem Veedel zwei Weihnachtsbaumverkaufsstände gesehen, die prächtige Bäume verkauften. Sobald der Anhänger am Auto war, wollte er sich zu diesen Buden fahren lassen und den schönsten Baum für Emilia kaufen. Im Anschluss würden sie dann noch Frau Klug einsammeln. Die letzte Hürde war, Lena und Emilia aus dem Hochhaus zu locken und so weit abzulenken, dass er und Frau Klug, als Weihnachtsmann und Rentier verkleidet, alles rund um den Baum schnell in den Fahrstuhl tragen konnten.

Danach ist doch alles nur noch ein Kinderspiel! Kurz schmücken und Haken dahinter, sagte Gustav zu sich selbst, während er im Bett seinen Plan durchging.

# Stille Nacht, heilige Nacht

»Last Christmas, I gave you my heart«, schallte es aus dem Handywecker. Doch es war nicht Lennard, der Gustavs iPhone sabotiert hatte, der Influencer selbst hatte sich sein neues Lieblingslied für den Moment des Aufwachens ausgesucht. Beschwingt und voller Vorfreude auf seinen letzten »Arbeitstag« sprang Gustav aus seinem Bett. After Eight konnte mit dieser guten Laune am Morgen nichts anfangen und drehte sich demonstrativ in seinem Hundekörbchen von seinem Herrchen weg. Der Influencer nahm sein iPad, checkte seine Mails und freute sich darüber, dass der bestellte Christbaumschmuck nebst Ständer schon in der Zustellung war.

»Hach, das wird ein schöner Tag ... Last Christmas ... Dumdibidum ...«, sang Gustav und ging ins Bad.

Weihnachten konnte kommen. Einziger Wermutstropfen war, dass der sonst so redselige Influencer mit niemandem seine gute Laune teilen konnte. Selbst wenn das Jahr zu Ende war, hatte er noch mehr als vier Monate Social-Media-Verbot.

»Vielleicht sollte ich Lucas Vater einmal fragen, ob da noch irgendwie dran zu rütteln ist«, überlegte er und genoss dabei das warme Wasser der Dusche.

Wie aus dem Ei gepellt ging es rund dreißig Minuten später zur großen Gassirunde.

After Eight hatte es wieder geschafft, jede, aber auch wirklich jede auch noch so kleine Dreckpfütze zu finden und sich in dieser zu suhlen.

»Afti, du stinkst und siehst echt kacke aus«, schimpfte Gustav mit ihm.

Doch wie immer schaute ihn sein Hund nur mit einem Hecheln an.

»Du bringst mich noch zur Verzweiflung. Na los, ab nach oben. Duschen, und untersteh dich ...«, befahl der Influencer noch, aber da war es schon wieder geschehen: After Eight hatte sich voller Lebensfreude geschüttelt.

Wenig später wurde erst der Hund geduscht, dann das Treppenhaus gesäubert, die Wohnung gesaugt und gewischt, und zum Schluss ging Gustav erneut seiner Körperpflege nach.

Kauf dir einen Hund, haben sie gesagt. Das macht so viel Spaß, haben sie gesagt. Der gibt dir alles zurück, was du ihm gibst, haben sie gesagt. 'nen Scheiß macht der ..., sagte der Influencer zu sich selbst.

Genau in diesem Moment kam After Eight ebenfalls zurück ins Bad, drückte mit der Schnauze die Duschtür auf und schaute sein Herrchen mit großen Augen an.

»Ja, ich komme ja gleich, mein Süßer. Ich weiß, du hättest jetzt gerne dein Futter.«

Er streckte die Hand aus und tätschelte den Kopf seines Hundes. Und schon hatte er ihm wieder alles verziehen.

Der Amazon-Bote hatte wohl einen Tag vor Weihnachten zu viel zu tun. Obwohl eine Lieferung bis 12 Uhr mittags garantiert worden war, bewegte sich der Balken in der Sendungsverfolgung nicht weiter.

Verdammt! Verdammt! Verdammt!, schoss es dem schon verkleideten Weihnachtsmann durch den Kopf.

Gustav musste sich gleich auf den Weg machen und konnte solche Verspätungen heute nun wirklich nicht gebrauchen. Aber der Tag war ja noch lange nicht vorbei. Solange das Paket vor morgen früh ankam, war die Welt für den Influencer noch in Ordnung. Er wollte sich dadurch die Stimmung nicht vermiesen lassen. Immerhin konnte er in der App des Zustellservices noch eine Nachricht hinterlassen, dass er mit der Ablage des Paketes vor der Tür einverstanden war.

Im Taxi, auf dem Weg zur Hundetagesstätte, überlegte er sich trotzdem, was er machen würde, wenn die Sachen nicht ankämen. An Heiligabend waren die Geschäfte bis mittags noch geöffnet. Also gab es wirklich keinen Grund zur Panik.

Das letzte Kind stand vor Gustav. Es war tatsächlich geschafft. Ein letztes Mal durfte er fragen: »Na, und was wünschst du dir vom Weihnachtsmann?«

»Das E«, antwortete Ella.

»Wie? Das E? Jetzt hast du mich aber auf dem falschen Fuß erwischt. Was ist denn das E? Ein Spielzeug oder doch eher eine Puppe?«, fragte der Influencer irritiert.

»Du Doofi. Dann hätte ich das doch gesagt. Ich meine den Buchstaben E.«

Da Ella höchstens vier Jahre alt war, sah Gustav darüber hinweg, dass das Kind sehr salopp mit ihm sprach.

»Okay, das E. Aber in welcher Form denn? Als Kuchen? Das schmeckt dann bestimmt nach Erdbeere. Ho, ho, ho.«

Ella schüttelte den Kopf.

»Ich will das E nicht essen, sondern besitzen!«, sagte sie trotzig.

»Gut, nehmen wir mal an, ich hätte ein E für dich. Was machst du denn dann damit?«, wollte Gustav wissen.

»Ich? Gar nichts. Aber wenn es mir gehört, dann kann es ja kein anderer mehr benutzen. Und zu meinem Geburtstag wünsche ich mir dann noch das I. Das wäre soooo cool und verdammt lustig«, träumte Ella vor sich hin.

»Wieso?«

»Na, wenn ich diese zwei Buchstaben schon mal besitze, dann kann niemand mehr nach einem Ei fragen«, verkündete Ella stolz.

Jetzt hatte auch Gustav die Logik des Kindes verstanden.

»Aber ich könnte es immer noch aufmalen und so doch noch an das Ei kommen. Oder ich benenne es einfach um. Wenn du das E und das I hast, dann sage ich zum Ei einfach Wa. Willst du dir dann nicht lieber doch etwas anderes wünschen?«

»Okay, dann das ganze Alphabet«, erklärte Ella trotzig und sprang von seinem Schoß.

»Das ist ja wirklich ein ganz außergewöhnlicher und großer Wunsch. Ich schau mal, was sich da machen lässt. Frohe Weihnachten. Ho, ho, ho!«, beendete Gustav das Gespräch.

Er gab Frau Klug ein Zeichen, und sie schaltete den Spot aus.

»Und, Frau Klug. Wie sieht es aus? Lassen Sie sich auf ein Glas von mir einladen?«, fragte der Influencer.

»Aber nur zu einem Kinderpunsch und nur weil morgen Heiligabend ist.«

Gustav hatte beschlossen, nicht lange herumzureden, sondern schon nach den ersten gemeinsamen Schlucken die Geschichte rund um Emilia zu erzählen. Im Sturm hatte er das Herz von Frau Klug und ihre Hilfe erobert. Doch das war das Letzte, was an diesem Abend Positives passierte. Zu Hause angekommen suchte Gustav vergeblich nach dem versprochenen Paket. Laut Sendungsverfolgung war es aber zugestellt worden. Nur leider hatte der Bote nicht vermerkt, wo er das gemacht haben wollte. Es war kurz vor Mitternacht. Um diese Zeit traute sich Gustav nicht mehr, bei seinen Nachbarn zu klingeln.

»Na dann ... Lennard, ich hau mich hin. Danke, dass du mir hilfst.«

»Puh, Gott sei Dank, du hast noch das Kostüm an. Ansonsten hätte ich mir echt Sorgen gemacht. Der Gustav, den ich kenne, sagt so was Nettes nicht«, prustete er.

»Doch! Öfter. Aber du hörst ja nie richtig zu. So, und in Anbetracht des morgigen Tages verzichte ich auf jedwede Diskussion. Wenn es dich besser schlafen lässt ... Du hast recht und ich meine Ruhe«, wiegelte Gustav die nächste Frotzelei-Runde ab.

»Wann kaufst du dir eigentlich endlich mal ein Gästebett?«, fragte Lennard.

»Für dich?«

»Ja, natürlich. Für wen denn sonst? Ich gehe mal davon aus, dass die Frauen, die du mit nach Hause nimmst, auch in dein Bett dürfen.«

»Du willst in mein Bett?«

»Ich bin ja keine Frau ...«

»Sagst du. So zu hundert Prozent wissen kann ich das ja nicht«, sagte der Influencer lachend.

»Ich pupse heute Nacht auf deine Couch«, wehrte sich Lennard.

»Huha ... jetzt hab ich aber Angst. Ich empfehle dir dann aber, das Fenster aufzumachen.«

»Äh, ist es nicht kalt draußen? Erstunken ist noch keiner, erfroren schon!«

»Amen! So, mein Lieber. Schlaf gut. Bis gleich«, gab Gustav nach, verschwand in seinem Schlafzimmer, und wenige Augenblicke später war er auch schon eingeschlafen.

»Last Christmas, I gave you my heart ...« Der Klingelton des Weckers hatte sich nicht geändert. Doch heute war die Nacht einfach viel zu kurz gewesen. Der Influencer hatte keine Lust aufzustehen. Gerade als er sich noch einmal herumdrehen wollte, stürmten seine zwei Mitbewohner das Schlafzimmer. Der eine davon hielt sein Handy in der Hand und filmte munter den Social-Media-Star im Bett.

»Lennard, was soll das? Was machst du da?«

»Sorry, das glaubt mir sonst keiner. Du, Gustav der Weihnachtshasser, lässt dich von dem Weihnachtslied schlechthin wecken?«, gluckste Lennard verschlafen.

»Na ja, erstens hab ich nie gesagt, dass ich Weihnachten an sich hasse, sondern eher das, was manche Menschen draus machen, und zweitens ...«, sagte Gustav ruhig, um keinen Verdacht zu erwecken.

Wie in Zeitlupe griff er unter sein Bett. Dort hatte er genau für diesen Moment eine geladene Nerf-Wasserpistole geparkt.

»Ja, was denn zweitens? Wenn du so weitermachst, schlafen hier gleich alle wieder ein«, sagte Lennard.

»Und zweitens ...«, wiederholte Gustav seinen Satz.

Blitzartig drehte er sich zu seinem Kumpel um und feuerte eine Salve nach der anderen ab. Die meisten davon trafen sein Gegenüber mitten ins Gesicht.

»... wollte ich nur gastfreundlich sein. Das ist doch deine Lieblingsduschmusik.«

Gustav feierte sich königlich selbst für seinen gelungenen Prank. Und auch Lennard musste zugeben, dass dies eine sehr humorvolle Antwort auf seinen Streich gewesen war.

»So, ich bin zwar eigentlich schon durchnässt, aber ich verschwinde dann mal im Bad. Ach, und Gustav?«

»Ja?«

»Frohe Weihnachten!«

»Das wäre toll. Dir auch.«

After Eight hingegen schaute die beiden immer wieder abwechselnd an. Er wirkte ein wenig verstört. Ein Hundetrainer würde wahrscheinlich feststellen, dass der Retriever überlegte, ob er den Weg zur Hundetagesstätte nicht auch allein im Dunkeln finden würde. Die beiden waren ihm einfach zu unberechenbar geworden. Da Gustav aber im nächsten Moment aufstand, um ihm Futter zu geben, trottete After Eight doch wieder beruhigt hinterher.

Die Gassirunde übernahm Lennard, als er im Bad fertig war, und übergab somit den Waschstab an Gustav. Ganz vorsichtig betrat er den Raum.

»Hm, sieht alles aus wie immer«, stellte der Influencer zufrieden fest und stieg in die Dusche.

Trotzdem hatte er bei jedem Handgriff Angst, dass sein Freund eine Falle für ihn vorbereitet hatte. Mit reichlich Adrenalin im Blut und einer nahezu weltrekordverdächtigen Wasch- und Putzzeit saß er schon bei einem Espresso in der Küche und wartete darauf, dass die beiden zurückkamen.

»Sie haben was?«, fragte Gustav sauer.

Seine Gesichtsfarbe passte sich der vom Weihnachtsmannkostüm an.

»Wir hatten anscheinend irgendwie ein Computerproblem, und Ihre Reservierung wurde gelöscht.«

»Das ist nicht Ihr Ernst …«

»Doch«, sagte der Mitarbeiter der Autovermietung hochnäsig.

»Na gut. Macht ja nichts. Dann geben Sie mir bitte einfach einen Anhänger. Ich habe es ein wenig eilig«, sagte Gustav und versuchte sich nicht weiter aufzuregen.

»Für wann?«

»Na, bestimmt nicht für nächstes Jahr!«

»Da haben Sie Glück. Im nächsten Jahr erhöhen wir nämlich die Preise. Also wann brauchen Sie ihn?«, erklärte der Mitarbeiter.

»Na, was halten Sie von heute?«, fragte der Influencer ironisch.

»Heiligabend?«

»Ja, richtig. Heute ist Heiligabend.«

»Hmm, das wird schwierig. Wir haben hier in der Station keinen vorrätig. Zudem machen wir heute auch schon um 10 Uhr Feierabend. Ist ja Weihnachten. Aber wem sag ich das? Also es wäre besser, wenn Sie so was vorher reservieren würden. Das geht übrigens auch online. Ich befürchte …«, säuselte der Mann hinter dem Tresen.

»Wollen Sie mich ver… ? Ich habe doch reserviert!«, fauchte ihn Gustav an.

»Ja, aber durch ein Computerproblem wurde die Reservierung dann ja gelöscht. Also wenn es stimmt. Sie glauben gar nicht, wie oft hier Menschen erscheinen und behaupten, sie hätten reserviert. Aber ich will dem Weihnachtsmann nichts unterstellen. Hmm. Ich könnte Ihnen aber auf die Schnelle einen Peugeot 208 anbieten …«

»Als Anhänger?«

»Nein, als Kühlschrank. Kleiner Spaß. Natürlich ist das kein Anhänger, aber er hat einen großen Kofferraum. Wäre doch möglich, dass das, was Sie auf den Anhänger stellen wollten, dort reinpasst«, antwortete der Mitarbeiter der Autovermietung genervt.

»Ich habe ein großes Auto!«

»Ja, dann ist es doch super. Ich bin mir sicher, dass Sie mit ein wenig Geschick dort viel mehr reinbekommen. Sie glauben gar nicht, was ich schon alles ...«

»Sag mal, rede ich Chinesisch? Ich brauche einen Hänger für einen Weihnachtsbaum und keine Lifehack-Tipps«, brüllte der Weihnachtsmann.

»Jetzt beruhigen wir uns aber mal ganz schnell. Ich kann für Ihren Stress nichts. So schlecht gelaunt am frühen Morgen. Und das auch noch an Weihnachten«, blaffte ihn der Mitarbeiter an.

»Ach, Sie mich auch ...«, schimpfte Gustav weiter und verließ die Station.

»Immer gerne und frohe Weihnachten noch«, rief der Autovermieter ihm hinterher.

Hätte der Influencer nicht schon das Weihnachtsmannkostüm angehabt, dann hätte er als Antwort mindestens seinen Mittelfinger ausgestreckt. Neuer gut gelaunter und ausgeglichener Gustav hin oder her. Das war einfach zu viel des Guten gewesen.

»Na, wo ist denn der Hänger?«, fragte Lennard, der schon die Anhängerkupplung an das Auto montiert hatte.

»Nicht hier. Oder denkst du, ich hätte ihn mir unter den Arm geklemmt?«, sagte Gustav immer noch säuerlich.

»Oh no. Was ist passiert?«, fragte Lennard.

»Computerfehler ...«

»Dann hast du wohl einen Hänger.«

»Nein, habe ich nicht. Ich sagte doch gerade, dass ich aufgrund eines Computerfehlers keinen bekomme!«

»Und ich meinte, dann hast du wohl einen Hänger«, sagte Lennard grinsend.

»Echt jetzt? Wortspiele? Kollege, es ist nicht nur scheißfrüh am Morgen. Es ist auch noch Heiligabend. Aber ja, wenn es dir Spaß macht, ich habe jetzt schon einen Hänger im Tagesablauf«, gab Gustav frustriert zu.

»Na, geht doch. Aber wegen so eines kleinen Hängers brauchst du doch keine schlechte Laune zu bekommen. Wir können den Baum doch auch aufs Dach binden. So wie Chevy Chase in *Schöne Bescherung*«, schlug Lennard vor.

»Stimmt. Und womit ist der dann noch mal zusammengestoßen?«, winkte der Influencer die Idee ab.

»Mit gar nichts. Die Sicht war nur etwas schlecht, weil der Baum so groß war, aber das ist ja nicht dein Plan, oder?«

»Wenn du das sagst ... Aber mal im Ernst, vielleicht passt er ja auch auf den Beifahrersitz. Können wir doch gleich ausprobieren. Da fällt mir ein ... Die Kugeln!«

Gustav zückte sein iPhone und wählte nacheinander die Nummern seiner Nachbarn, soweit er diese überhaupt hatte. Doch um mittlerweile halb sieben Uhr morgens hatte wohl keiner Lust, den Hörer abzunehmen.

»Lennard, zurück zu mir nach Hause!«

»Ja, Frau Brister. Da gebe ich Ihnen vollkommen recht. An Heiligabend so früh zu klingeln ist normalerweise eine Frechheit«, entschuldigte Gustav sich bei seiner Nachbarin im Erdgeschoss.

»Ich habe gedacht, mein Herz bleibt stehen oder es ist die Feuerwehr und es brennt im Haus«, erklärte die alte Dame.

»Na, was denn jetzt? Da müssen Sie sich schon entscheiden«, ging Lennard dazwischen und erntete dafür einen Ellenbogenhaken von Gustav.

»Wie bitte? Etwas lauter bitte. Ich höre doch nicht mehr so gut.«

»Mein Kumpel hat nur einen Scherz gemacht. Einen schlechten. Aber kommen wir zurück zu dem Grund, warum ich geklingelt habe.«

»Tatütata«, flüsterte Lennard.

»Äh, wie Sie sehen, nehme ich Weihnachten sehr ernst. Und ich möchte jemanden überraschen. Nur das Geschenk, also das Paket, ist irgendwie nicht da«, erklärte der Influencer freundlich.

»Und da kommen Sie zu mir? Um diese Uhrzeit? Und dann wollen Sie mich auch noch des Diebstahls verdächtigen? Ts!«, sagte Frau Brister kopfschüttelnd.

»Natürlich nicht. Ich wollte nur wissen, ob Sie vielleicht ein Paket angenommen ...«

Weiter kam Gustav nicht. Erst fiel die Tür ins Schloss, und im Anschluss hörte er ein sehr energisches »Nein« aus der Wohnung. Lennard machte das, was er am besten konnte: Er lachte.

»Wer dich zum Freund hat, braucht keine Feinde!«, schimpfte Gustav und ging zur nächsten Tür.

Nur noch zwei weitere Nachbarn reagierten auf das frühe Klingeln und öffneten. In den anderen drei Wohnungen herrschte absolute Stille. Sowohl der Weihnachtsmann als auch Lennard konnten keine Geräusche hören. Egal, wie sehr sie ihr Ohr an die jeweilige Tür drückten. Gustav konnte sich aber auch nicht vorstellen, dass jemand erst ein Paket annahm und dann einfach in den Winterurlaub fuhr. Unterm Strich war das aber auch alles egal, denn kein Paket bedeutete keine Kugeln, kein Christbaumständer und auch nicht das kleine zusätzliche Geschenk, das der Instagramstar für Emilia direkt mitbestellt hatte.

»Und nun?«, fragte Gustav.

»Oh, ich werde gefragt? Dann auf in die City. Wir müssen ja wohl dringend shoppen gehen!«

Das Parkhaus, zugehörig zur »Galeria Kaufhof«, öffnete um 8 Uhr. Mit neu entdeckter guter Laune, im Radio lief zur Abwechslung *Last Christmas*, fuhren die beiden hinein. Doch nach dem Aussteigen mussten sie feststellen, dass ein geöffnetes Parkhaus nicht zwangsläufig auch ein geöffnetes Kaufhaus bedeutete.

»Warum öffnen die denn erst um 9:30 Uhr? Wollen die mich denn alle ärgern?«, fragte Gustav.

»Also persönlich solltest du das nicht nehmen! Aber bevor du jetzt darüber nachdenkst ... auch ein Weihnachtsmann darf nicht einbrechen. Auch nicht mit Ho, ho, ho«, sagte Lennard fröhlich.

»Aber jetzt im Auto zu sitzen und darauf zu warten, dass die aufmachen, ist doch auch total crazy. Dann lass uns in der Fußgängerzone schauen, ob da was geht«, schlug Gustav vor.

Doch diese Idee war eher kontraproduktiv. Ein, wenn auch nur verkleideter, Weihnachtsmann, der an Heiligabend von Geschäft zu Geschäft gehen wollte, war nicht nur optisch eine Attraktion, sondern kam kaum vorwärts.

»Fröhliche Weihnachten!«

»Frohes Fest!«

»Merry Christmas!«

»Feliz Navidad!«

Wenn Gustav gezählt hätte, wie oft ihm dieser Satz in jedweder Sprache zugerufen worden war, es hätte locker bis genau nach diesem Fest gereicht.

»Warum sind denn schon so viele Leute unterwegs, wenn die Kaufhäuser noch geschlossen sind?«

»Frohe Weihnachten, Nikolaus!«, sagte eine Frau im Vorbeigehen.

»Ja, danke. Gleichfalls!«, gab der Influencer aufgesetzt fröhlich zurück.

»Ich glaube, die Lebensmittelgeschäfte machen früher auf«, antwortete Lennard, während die beiden sich durch die Menschenmassen schlängelten.

»Hui, jetzt musst du dich aber beeilen«, sprach diesmal ein junger Mann den Weihnachtsmann an.

»Aber ich habe das schon richtig verstanden, dass die Geschäfte nur zwei Tage geschlossen sind, oder? So viel kann doch gar keiner essen!«, maulte Gustav.

Er hatte das Gefühl, kaum noch vorwärtszukommen. Erst jetzt merkte er, dass irgendwas an seiner Hose zog.

»Endlich bleibst du mal stehen!«

Der Influencer schaute hinunter in das Gesicht eines Kindes.

»Du, ich habe es ziemlich eilig. Wenn ich nicht weiterkomme, wird das heute nichts mehr mit den Geschenken«, sagte der Weihnachtsmann recht laut, aber natürlich freundlich zu ihm.

»Um Himmels willen. Dann sag das doch. Ich wollte dir nur schnell frohe Weihnachten wünschen …«, sagte das Kind und fing im nächsten Augenblick an, laut zu schreien: »Platz machen! Platz machen! Sonst liegt heute Abend nichts unterm Baum!«

Diese Botschaft wirkte Wunder. Wie bei einem Rettungseinsatz auf der Autobahn wurde eine Art Gasse gebildet, und der Weihnachtsmann nebst seinem Gehilfen konnte endlich den Gänsemarsch beenden und wieder mit flottem Schritt vorankommen.

»Den Trick merke ich mir! Und frohe Weihnachten«, rief Gustav dem kleinen Mädchen zu.

Zumindest reichte diese Hilfe, um recht schnell bis zur nächsten Seitenstraße zu gelangen.

»Lennard, das hat keinen Sinn. Wir müssen umkehren. Unser kleiner Ausflug dauert ja schon ewig. Hat Kaufhof jetzt nicht auf?«, fragte Gustav ein wenig außer Atem.

»Die sind doch echt alle bescheuert. Die hätten doch auch gestern alle ihre Einkäufe erledigen können. Mann. Ja, komm, lass uns irgendwie versuchen zurückzukommen. Aber nicht über die Schildergasse! Wenn wir uns nicht beeilen, machen die sonst schon wieder zu, bevor wir angekommen sind.«

»Für Emilia«, rief der Weihnachtsmann und lief los.

Lennard hatte keine Wahl und folgte dem roten Kostüm auf Speed.

»Die Kugeln sind rosa!«, stellte Gustav irritiert fest.

»Ja, sorry. Die roten sind schon aus«, antwortete ihm die Verkäuferin und spielte dabei mit ihrem Kaugummi, das sie erst um einen Finger wickelte und diesen dann wieder in den Mund steckte.

»Und die blauen oder goldenen oder egal welche andere Farbe ...?«

»Alle aus. Nächstes Jahr wieder. Oder Sie schauen nach Weihnachten noch mal rein. Da gibt es dann Restposten in allen Farben mit fünfzig Prozent Rabatt«, erklärte die Verkäuferin leicht genervt.

»Ja, aber wenn Sie doch Restposten in anderen Farben haben, dann geben Sie mir diese doch jetzt! Wer hängt sich denn rosa Kugeln an den Baum? Bitte!«, bettelte der Weihnachtsmann.

»Ne, sorry. Das darf ich nicht. Vor Weihnachten ist das ja kein Restposten. Sie verstehen? Jetzt ist ja noch alles regulär zu haben ...«, erklärte sie weiter und schaffte es dabei sogar, ihre zirkusreife Kaugumminummer zweimal zu erledigen.

»Aber das ist doch auch der Rest ...«, mischte sich nun Lennard ein.

»Wollen Sie die rosa Kugeln nun haben, oder nicht?«, überging die Verkäuferin gelangweilt die weitere Rückfrage.

»Ja, ich will! Und ich brauche noch einen Ständer!«

»Den gibt es unten im UG bei meiner Kollegin. Bei mir macht das dann zweiundvierzig fünfzig, abzüglich der siebzig Prozent ›Alles muss raus‹-Aktion ...«, rechnete die Verkäuferin vor.

»Was ist denn der Unterschied zwischen dieser Aktion und der nach Weihnachten?«, fragte Gustav ungläubig.

»Das ist doch einfach. Zwanzig Prozent!« Sie lachte ihn versöhnlich an.

Das war auch für den Weihnachtsmann zu viel.

»Lennard, kannst du bitte zahlen? Ich hol mir den Ständer bei der Kollegin ab.«

Sein Kumpel fing an zu lachen.

»Echt jetzt? Auch noch vorpubertär?«, grummelte der Influencer.

»Erst der Gedanke macht das Wort zum Schwein. Grüß mir die Kollegin.«

Mit hochrotem Kopf ging der Weihnachtsmann zu den Rolltreppen.

Halleluja. Die zweite Station hatte er im Kaufhaus ohne Probleme geschafft. Emilia und ihre Mutter waren bald stolze Besitzerinnen des Premium-Christbaumständers, der auf Wunsch sogar Weihnachtslieder abspielen konnte. Gustav hatte zwar bisher gar keinen Baum für seine eigene Wohnung gekauft, aber er fand dieses Modell so abgefahren, dass er sogar ein zweites Exemplar davon mitnahm.

»Und? Konnte die ›Kollegin‹ deinen Wunsch erfüllen und dir den Ständer besorgen?«, fragte Lennard schelmisch.

Die beiden hatten sich am Auto verabredet. Gustav zog seinen Handschuh aus und streckte seinen Mittelfinger aus.

»Reicht das? So. Komm. Abfahrt«, bestimmte der Weihnachtsmann.

»Hast du die Lichterkette auch schon besorgt?«, fragte Lennard.

»Nein. Vergessen. Wenn du es doch weißt, warum zum Teufel erinnerst du mich dann nicht früher daran?«, blaffte Gustav ihn an und machte sich auf den Weg zurück ins Kaufhaus.

Lichterketten gab es noch reichlich, das war zum Glück kein Problem. Auf dem Weg zurück zum Parkhaus blieb Gustav sehr zum Unmut der anderen am Ende der Rolltreppe einfach stehen. Es ging nicht anders. Dort stand es. Das perfekte Geschenk für Emilia. Sofort war die Laune des Weihnachtsmannes trotz dieser Extrarunde wieder im Aufwind.

»Moment, wir müssen noch zahlen«, sagte Lennard und kramte in seinen Hosentaschen nach dem Parkschein.

»Ey, das hättest du doch wirklich in der Wartezeit erledigen können. Es bildet sich doch schon eine Schlange an der Ausfahrt«, meckerte Gustav und riss seinem Freund den Parkschein aus den Händen.

»Ich weiß doch nicht, wie lange du brauchst. Da gibt es so ein Zeitfenster ... Du kannst echt immer nur meckern!«, antwortete Lennard beleidigt.

Der Kassenautomat auf dieser Etage war natürlich außer Betrieb. Also blieb dem Weihnachtsmann nichts anderes übrig, als zurück ins Treppenhaus zu gehen und die Etage zu wechseln. Er entschied sich dafür, eine höher zu gehen, bereute das danach jedoch sofort. Mindestens zehn Leute standen vor ihm und wollten ebenfalls bezahlen. Der Influencer drehte um und versuchte sein Glück in der unteren Ebene. Aber auch hier das Gleiche.

»Manno! Irgendjemand hat doch was gegen mich!«, sagte er.

»Du bist doch der Weihnachtsmann. Dich mag jeder. Ich lasse dich gerne vor. Hast es ja bestimmt eilig«, sagte eine junge Frau, die ebenfalls in der Schlange stand.

Nur im Gegensatz zu Gustav wirkte sie sehr entspannt. Der Weihnachtsmann schenkte ihr für diese nette Geste ein Lächeln und nahm das Angebot an.

»Wo hast du denn deinen Schlitten geparkt? Kannst du nicht einfach wegfliegen?«, fragte ein anderer Parkhauskunde.

»Ho, ho, ho«, mehr fiel Gustav zu diesen Fragen nicht ein.

Es dauerte und dauerte. Der Parkautomat gehörte aber sicherlich auch zu den langsamsten auf der Welt. Zudem spuckte dieser fast jede Münze erst dreimal wieder aus, bevor er sie schließlich akzeptierte. Auch das Zahlen mit einer Kredit- oder Bankkarte ging nicht wirklich schneller. Als der Instagramstar endlich an der Reihe war, hätte es ihn nicht gewundert, wenn das Display des Automaten just in diesem Moment Wartungsarbeiten angezeigt hätte. Gustav musste grinsen, dass sein Zahlvorgang tatsächlich ohne Probleme verlief. Flotten Schrittes machte er sich auf den Rückweg zum Auto.

»Hast du noch ein zweites Frühstück eingelegt?«, meckerte Lennard.

»Ne, ich war noch mal im Untergeschoss ... Du verstehst?«, sagte der Influencer grinsend.

»Ja, ja, wenn du diesen Witz machst, dann ist er natürlich gut«, blaffte Lennard ihn an.

»Tja, ich bin ja auch der Weihnachtsmann!«

Gustav stieg ins Auto, und nach wenigen Minuten standen sie im Stau an der Ausfahrt. Anscheinend war vielen Autofahrern der Weg zum Kassenautomaten zu weit gewesen, und so schlossen sie den Bezahlvorgang parkend vor der Schranke ab. Erst wurde das Warnlicht angeschaltet, und dann ging es seelenruhig zum Automaten.

»Wenn es so weitergeht, bekommt Emilia ihren Baum am ersten Weihnachtstag. Was sind das bloß für ignorante Vollhonks hier?«, sagte der Weihnachtsmann frustriert.

»Der hat aber schon gelitten ...«, stellte Lennard fest.

»Haben Sie nicht noch andere?«, fragte Gustav.

Der kurze Ausflug in die Stadt hatte alles durcheinandergebracht. Eigentlich hatten sie geplant, um 8 Uhr beim ersten Baumverkaufsstand zu stehen, doch mittlerweile war es schon nach 12 Uhr. Der wohl letzte kleine Baum hatte kaum Äste, und die, die er noch hatte, waren nur sehr spärlich mit Nadeln bestückt.

»Hab ich ja auch, aber nur noch die drei Nordmann hier, und die sind mindestens zwei Meter fünfzig groß. Es ist Heiligabend. Ich schließe doch gleich«, erklärte der Verkäufer Fritz Seidler ruhig.

»Können Sie den nicht kleiner machen? Der passt so nicht ins Auto und, nein, Lennard, auch nicht drauf. Außerdem bekommen wir das Ding dann weder in den Fahrstuhl noch in die Wohnung. Was machen wir denn jetzt?«, fragte der Weihnachtsmann frustriert.

»Wenn ich den oben absäge, sieht das nicht gut aus. Dann fehlt ja die Spitze. Und unten? Das kann man dem Baum nicht antun! Das zerstört die ganze Pracht.«

»Komm, Gustav, du hattest doch noch einen zweiten Händler im Auge. Lass uns keine weitere Zeit verlieren.«

Doch auch bei diesem sah es alles andere als gut aus. Dort gab es noch nicht mal mehr ein mickriges Bäumchen, sondern nur noch Tannenzweige.

»Jungs, da seid ihr aber auch echt spät dran. Wir stehen hier seit dem 10. Dezember«, erklärte ihnen der Baumverkäufer.

»Hmmm, aber als ich gestern Abend vorbeigefahren bin, lagen doch noch ganz viele Bäume hier herum. Die können Sie doch unmöglich alle heute Morgen verkauft haben«, sagte Gustav.

»Habe ich auch nicht. Die waren alle reserviert und wurden dann heute im Laufe des Vormittags abgeholt.«

»So ein Mist! Na ja. Da können Sie nichts für. Dann frohe Weihnachten! Komm, Lennard, zurück zu dem anderen.«

Natürlich hatte sich an dessen Angebot nichts geändert, aber Gustav hatte eine Idee.

»Wir nehmen dann den kleinen Baum. Was kostet der denn?«, fragte der Weihnachtsmann.

»Für fünfzig Euro gehört er Ihnen«, sagte der Verkäufer.

»Wie bitte? Für das bisschen Gestrüpp wollen Sie noch so viel Geld?«

»Der ist biologisch angebaut. Na gut, weil Sie ja der Weihnachtsmann sind, fünfundvierzig Euro. Aber das ist mein letztes Wort.«

»Ich hoffe inständig, dass du nächstes Jahr wieder ordentlich verdienst. Deine Hobbys werden immer teurer«, sagte Lennard lachend.

»Die Kosten teilen wir. Ist doch klar«, erklärte Gustav.

»Wenn schon, dann wie immer siebzig zu dreißig«, antwortete Lennard mit einem breiten Grinsen.

»Soll ich ihn einpacken? Haben Sie es weit?«, fragte der Verkäufer.

»Um Himmels willen, wenn Sie den noch einschnüren, dann verliert er auch den Rest seiner Nadeln. Ich nehme den so«, sagte Gustav, bezahlte den Baum und ging damit zurück zum Auto.

»Jetzt mal im Ernst. Du willst doch mit diesem traurigen Etwas nicht zu Emilia. Die Kleine denkt dann doch erst recht, sie hätte etwas falsch gemacht. Abgesehen davon, glaube ich, an dem halten auch keine Kugeln. Und da ist es auch egal, ob die rosa oder schön rot sind«, warf Lennard ein.

»Da hast du zu einhundert Prozent den Nagel auf den Kopf getroffen.«

»Und warum hast du den dann gekauft?«

»Weil du jetzt ein Video von mir und dem Baum machen wirst«, erklärte Gustav knapp und fügte dann hinzu: »Los! Wir haben kaum noch Zeit.«

Lennard verstand zwar noch nicht, worauf sein Kumpel hinauswollte, aber er tat, was von ihm verlangt wurde.

»Also erst den Baum ganz groß und bildschirmfüllend. Okay? Und dann mich in der Totalen neben dem Baum«, gab der Influencer die Regieanweisung.

»Läuft ...«

»Frohe Weihnachten euch allen da draußen. Der Baum hier hat seine besten Tage hinter sich. Ich weiß. Ja, ich war zu spät, und es ist vielleicht auch meine Schuld, dass ich keinen Besseren mehr finden konnte, denn ich hätte ja auch einfach einen Baum reservieren können. Ist halt passiert. Ich brauche deshalb eure Hilfe. Nicht für mich direkt ... Aber ... Ich habe es einem Kind versprochen. Ihre Familie kann sich keinen Baum leisten. Und bitte spart euch Kommentare wie: ›Dann hättest du ihr doch einfach Geld geben können.‹ Irgendwann erkläre ich es euch ganz genau. Aber jetzt hier und auf der Stelle brauche ich einfach einen Weihnachtsbaum, der in eine normale Wohnung passt. Also irgendwas zwischen einem Meter und einem Meter fünfzig. Ach ja, und wenn jemand noch schöne Kugeln hat ... Ich habe nur noch rosafarbene bekommen. Ständer habe ich! Ich brauche den Baum in circa einer Stunde. Treffpunkt Aral-Tankstelle, Ortseinfahrt Chorweiler. Ho, ho, ho. Danke für eure Hilfe. Ach ja, und klar, wer mir hilft, bekommt natürlich auch gleich ein Selfie mit mir, dem Weihnachtsmann«, beendete der Influencer seinen Aufsager.

»Mir kommen gleich die Tränen, Gusti. Aber schön, dass du wenigstens den Ständer hast«, sagte Lennard lachend. »Doch nun mal Spaß beiseite. Was hast du jetzt vor?«

»Was werde ich schon vorhaben? Hochladen, und zwar gleich!«, bestimmte der Influencer.

»Gustav, du weißt, ich bin für jeden Spaß zu haben, aber hey, überleg mal. Wenn du das jetzt tust ... also wahrscheinlich war's das dann endgültig mit deiner Karriere. Es wäre klüger, einen Baum aus irgendeinem Vorgarten zu klauen, als dieses Video hochzuladen.«

»Der Weihnachtsmann klaut nicht. Mach es bitte. Jetzt! Und dann lass uns endlich mein Rentier einsammeln«, bestimmte Gustav.

# Ave Maria

»Ich habe schon gedacht, du kommst nicht mehr«, rüffelte Petra Klug Gustav.

»Ihr duzt euch?«, fragte Lennard verwundert. »Cool. Das wird ja immer besser. Endlich nicht mehr so steif. Ich bin der Lennard!«

»Schön für Sie. Für Sie bin ich aber immer noch Frau Klug«, sagte diese mit ernster Miene, wartete einen Moment und fügte dann hinzu: »Hast recht, Gustav. Der blöde Gesichtsausdruck von deinem Freund ist einmalig ... Klar kannst du mich auch Petra nennen!«

Der Abschlussabend zwischen Rentier und Weihnachtsmann war sehr erfolgreich gewesen. Nicht nur für Emilia. Auch so konnten die beiden endlich einmal miteinander lachen. Frau Klug musste zugeben, dass sie sich in Gustav getäuscht hatte, und als Friedens- und Freundschaftsangebot bot sie ihm das Du an.

»Will der Herr vielleicht selbst fahren? Der Blöde hat keinen Bock mehr!«, maulte Lennard.

»Wer austeilt, muss auch einstecken können«, sagte Gustav.

»Diese Glückskekse haben es dir angetan, gell? Du weißt schon, dass das auch eine gewisse Art von Rassismus ist, wenn du dir die asiatische Kultur aneignest ...«

»Ähm, Kinder? Es ist Weihnachten. Haben wir nicht noch etwas zu erledigen? Wo ist eigentlich der Baum?«, fragte Petra, die es sich mittlerweile auf der Rückbank bequem gemacht hatte.

»Lange Geschichte. Ich hoffe noch auf ein Happy End«, gab Gustav zu.

»War mir klar. Du hast ja auch den Ständer«, sagte Lennard lachend und kassierte dafür vom Influencer einen ordentlichen Schlag auf den Oberarm.

»Aua! Man schlägt niemanden für seine Witze. Auch wenn sie schlecht sind.«

»Ich verstehe nur Bahnhof«, meldete sich Petra von hinten.

»Lennard, auf zur Tankstelle. Petra, das ist so ...«

Im ersten Moment kamen Gustav fast die Tränen. Anscheinend waren sehr viele seinem Aufruf gefolgt. Vor der Tankstelle hatte sich eine Autoschlange gebildet. Doch als Lennard diese überholte, wurde er nicht nur von jedem anderen Autofahrer angehupt, nein, eine obszöne Geste nach der anderen wurde dem Trio im Mercedes gezeigt. An der Einfahrt klärte es sich dann auf: Zum Fest verkaufte die Tankstelle das Benzin eine Stunde lang zum halben Preis. Von Weihnachtsbäumen oder Fans von Gustav war weit und breit keine Spur.

»So langsam glaube ich wirklich, dass ich das Pech nur so anziehe. Es gibt zig Millionen Tankstellen. Und ich suche mir genau die aus, die selbst an Weihnachten natürlich jeder anfahren will. Ich gebe auf. Was soll ich denn noch tun?«

»Selbst wenn welche dem Aufruf gefolgt sind, dann halten die diese Schlange für deine Fans. Im Umkehrschluss würde das ja bedeuten, dass du mehr als genügend Weihnachtsbäume geliefert bekommst. Und dann drehen die um. Würde ich auch so machen. Das nennt man dann wohl Künstlerpech«, stellte Lennard fest.

»Ich habe leider auch keinen Baum zu Hause. Klingt komisch, aber wir fahren morgen früh in den Winterurlaub. Und da wir ja die ganze Zeit auf dem Weihnachtsmarkt waren ...«, erklärte Petra schüchtern.

»Du, alles gut. Du musst dich für nichts rechtfertigen. Ehrlich nicht. Ich ärgere mich am meisten über mich selbst«, sagte Gustav traurig.

»Ach komm, jetzt wirf nicht die berühmte Flinte ins Korn. Der ein oder andere steht vielleicht doch in der Schlange und will dir einen Baum bringen. Ich stelle mich jetzt drüben zu den Staubsaugern, bevor uns die anderen hier noch grillen wollen, und dann warten wir einfach«, machte Lennard seinem Freund Mut.

»Und ich hole uns leckere heiße Schokolade. Die werden doch sicherlich einen Automaten haben«, bekämpfte auch Petra die schlechte Stimmung.

Der Radiomoderator versprach: »Leute, heute ist Heiligabend. Also ist heute auch der letzte Tag, an dem ich den Song spiele. Aber bis dahin ... seid tapfer, und genießt es!«

Im nächsten Moment waren die bekannten Beats von *Last Christmas* zu hören. Lennard wollte sofort leiser drehen. Er vermutete, dass Gustav gerade überhaupt nicht mehr in Weihnachtsstimmung war.

»Hey, lass laufen. Das Lied kann doch nichts dafür, dass ich zu blöd bin!«

»Wir müssen dich nachher echt mal untersuchen. Du kennst *Santa Clause*, den Film mit Tim Allen, oder? Der wird doch während des Films zum echten Weihnachtsmann. Der Bauch wächst unaufhörlich, und der Bart ... Keine Ahnung, ob das bei dir noch Verkleidung ist.« Lennard gehorchte lachend und drehte die Lautstärke wieder hoch.

Just in diesem Moment riss Petra die Beifahrertür auf.

»Jungs, Planänderung. Kommt mit. Da vorn steht ein Auto«, erklärte sie leicht hyperventilierend.

»Hey, hier stehen Autos. Das ist aber echt toll«, veralberte Lennard sie.

»Rotzlöffel!«, antwortete sie und warf ihm ihren typischen bösen Blick zu.

»In dem Auto liegt ein Weihnachtsbaum. Vielleicht kannst du ihn den Leuten abkaufen, Gustav«, sagte Petra freudig zum Influencer.

»Einen Versuch ist es wert. Wer wird denn dem Weihnachtsmann einen Wunsch verweigern? Ho, ho, ho.«

Gustav sprang aus dem Wagen, überprüfte sein Kostüm und war bereit für einen Charmeangriff.

»Wo müssen wir hin?«, fragte er sie.

»Da, der Audi, der vor der Waschstraße steht«, erklärte Petra den Weg.

Wenige Augenblicke später war das Trio am besagten Auto angekommen. Doch weder war der Fahrer in der Nähe, noch lag der angepriesene Weihnachtsbaum darin.

»Das kann doch nicht wahr sein«, stellte Gustav frustriert fest.

»Also ich weiß, was ich gesehen habe. Zu hundert Prozent und ...«, sagte Petra.

»Suchen Sie mich?«, hörten die drei eine sehr autoritäre männliche Stimme.

Augenblicklich drehten sie sich um.

»Ich bin tot«, sagte Gustav.

»Da ist ja der Baum«, freute sich Petra.

»Inklusive des Nachbarn mit der Schaufel aus *Kevin – Allein zu Haus*«, witzelte Lennard.

»Herr Bernfelder ... ich ... ich kann das ... erklären. Ich wollte dieses Auto weder aufbrechen ... noch ... noch stehlen. Ganz sicher nicht«, stotterte der Weihnachtsmann.

»So?«, fragte Richter Bernfelder und warf dem Influencer einen skeptischen Blick zu.

Doch im nächsten Moment war seine angsteinflößende Ausstrahlung verflogen.

»Ist doch schon gut, Herr Greider. Oder darf ich Gustav sagen? Wie auch immer. Meine Tochter hat Ihr Video gesehen. Also natürlich das vom Weihnachtsmann. Sie dürften ja so was gar nicht machen. Nicht wahr?«, sagte er und hob warnend den Zeigefinger.

»Das ist echt ein Notfall! Ich habe mich ansonsten an alles gehalten und ... ganz ehrlich, ich bereue zwar meine Tat. Also die Alkoholfahrt und so. Aber eigentlich auch nicht!«

»Wie bitte?«, fragte der Richter irritiert.

»Nein, nicht falsch verstehen. Natürlich würde ich das nie wieder machen. Aber durch Ihr Urteil habe ich ganz viele tolle neue Menschen kennengelernt. Und wenn ich ehrlich bin, ich bin gerne der Weihnachtsmann«, offenbarte Gustav sich.

In diesem Moment wurde die Stimmung noch weihnachtlicher, denn tatsächlich hatten die Meteorologen recht gehabt, und Köln bekam nach etlichen Jahren eine weiße Weihnacht. Dicke Flocken, die sofort überall liegen blieben.

»Da sag noch mal einer, meine Urteile wären falsch oder zu hart. Also wie geht es denn jetzt weiter?«, fragte der Richter.

»Heißt das, der Baum ist für mich? Also für Emilia?«, fragte Gustav freudestrahlend.

»Ja, für wen denn sonst? Wir können gut auf ihn verzichten, wenn jemand anderem dadurch eine Freude gemacht wird. Ich fürchte nur, dass die Kugeln, die meine Frau eingepackt hat, den Zenit schon überschritten haben ...«, entschuldigte sich Herr Bernfelder.

»Alles wird besser sein als rosa«, sagte Lennard grinsend.

»Na, dann los. Sonst ist der Heilige Abend bald vorbei«, sagte Petra und scheuchte das Männertrio auf.

Der Richter hatte an der Geschichte Gefallen gefunden und bestand darauf, mit zu Emilia fahren zu dürfen. Doch um nicht zu viel Aufmerksamkeit zu erregen, beschloss das Quartett, den Wagen des Richters an der Tankstelle stehen zu lassen. Den Weihnachtsbaum schoben sie durch den Kofferraum über die Ablage und die Rücksitze bis hin zur Mittelkonsole.

»Ist das denn erlaubt?«, fragte Lennard.

»Ich bin Richter und kein Verkehrspolizist«, antwortete Herr Bernfelder schmunzelnd.

»Es ist ja auch nicht weit«, verteidigte Gustav den etwas wackeligen Transport.

Damit hatte der Influencer tatsächlich recht. Nach knapp zehn Minuten Fahrtzeit hatten sie ihr Ziel erreicht. Trotz des heftigen Schneefalls, der mittlerweile Straßen, Gehwege und die Natur in eine schöne Winterlandschaft verwandelt hatte. Schräg gegenüber vom Hauseingang parkte Lennard den Schlitten des Weihnachtsmannes.

»Und jetzt?«, fragte der Richter.

»Na ja, ich dachte, Lennard klingelt und lockt die beiden aus der Wohnung.«

»Sie haben einen Schlüssel zur Wohnung? Oder streben Sie doch noch eine Karriere als Einbrecher an?«

»Es gibt zwei Optionen. Entweder wir stellen den Baum vor der Tür ab, oder wir klingeln bei den Nachbarn und fragen nach einem Ersatzschlüssel«, sagte der Influencer und gab damit zu, dass sein Plan noch Lücken hatte.

»Also ihn so ungeschmückt einfach abzulegen finde ich doof«, mischte sich Petra ein.

»Wir können doch der Tür einen kleinen Schubs geben und dann das Geld für eine neue Tür auf den Tisch legen«, schlug Lennard vor.

»Weihnachten hin, Weihnachten her, das ist Einbruch!«, stellte der Richter fest.

»Aber der Weihnachtsmann …«, protestierte Lennard.

»Kann durch Wände gehen. Können Sie das, Gustav?«

Er blickte den Influencer mit hochgezogenen Augenbrauen an. Dieser schüttelte den Kopf.

»Habe ich mir gedacht. Also ich bin, wie sich alle denken können, für die Wahrheit. Klingeln und mit der Mutter sprechen. Emilia kann ja solange in ihrem Zimmer warten«, schlug der Richter vor.

»Also ich kann nicht mit der Mutter sprechen«, protestierte Gustav.

Der Richter wiederholte den Blick mit den Augenbrauen.

»Sie werden es nicht glauben, aber die Mutter ist diese Lena aus dem Kino. Sie wissen, wen ich meine? Die die Fotos gemacht hat und der ich dann hinterher ...«

»Köln ist wirklich ein Dorf«, sagte Herr Bernfelder lachend.

Alle vier dachten nach. Nur der leicht kratzende Scheibenwischer und leise Weihnachtsmusik aus dem Radio unterbrachen die Stille.

»Nutzt ja nichts. Ich versuche es trotzdem. Wir sind jetzt so weit gekommen, da wird das doch irgendwie machbar sein. Komm, Lennard, hilf mir mal mit dem Baum«, fasste Gustav neuen Mut.

Die beiden öffneten gerade die Tür, als der Influencer aus dem Augenwinkel heraus sah, wie Lena aus der Haustür kam. Dicht hinter ihr Emilia.

»Lenni, einsteigen. Sofort!«, wies er seinen Kumpel an.

»Ich bin doch noch gar nicht richtig draußen. Was hat der Herr denn jetzt schon wieder an mir auszusetzen?«, meckerte Lennard.

»Nichts. Sehen Sie, Herr Richter.«

»Äh, hier bin ich privat.«

»Okay, Herr Bernfelder. Dort drüben, das sind Lena und Emilia«, klärte der Influencer ihn auf.

»Na, das ist doch wunderbar. So, jetzt nehme ich das mal in die Hand.«

Kaum hatte der Richter das gesagt, war er auch schon ausgestiegen und verschwand im wieder stärker werdenden Schneetreiben. Die restlichen Insassen schauten sich ratlos an. Die Minuten vergingen, und so langsam wurden alle nervös.

»Sollen wir jetzt diesen Richter suchen gehen oder einfach ohne ihn versuchen, in die Wohnung zu kommen?«, beendete Lennard die Schockstarre.

»Hallo? Nur weil der uns einen Baum schenkt, wird der noch lange nicht ein Herz aus Schokolade haben. Der kann auch ganz anders. Glaub mir. Der schickt uns direkt in den Knast. Und sei dir sicher, da machst du auch keine ›Ständer‹-Witze mehr«, stellte Gustav fest.

Frau Klug wischte währenddessen immer wieder an der Seitenscheibe und versuchte, den Richter zu entdecken.

»Jetzt wartet doch mal ab. Ich glaube nicht, dass er uns einfach hier allein ...«, weiter kam Petra nicht.

Herr Bernfelder riss die Fahrertür auf.

»Los. Hier ist der Schlüssel. Wir gehen Schokolade trinken. Den Rest erzähle ich später. Nur eins noch ... Lena bittet euch, die Schuhe auszuziehen«, erklärte er ein wenig hektisch.

Das ließ sich das Trio nicht zweimal sagen. Lennard und Gustav schnappten sich den Weihnachtsbaum. Dazu nahm der Influencer auch noch die Tüte mit den Einkäufen unter den Arm. Frau Klug war dafür zuständig, die Türen aufzuschließen, und trug den Korb mit den Kugeln des Richters. Gerade als sie die Straße überqueren wollten, sahen sie, wie Herr Bernfelder mit den zweien in Richtung Bäckerei verschwand.

»Ob das Café jetzt noch geöffnet hat?«, fragte Lennard.

»Hey, das soll nicht unser Problem sein. Also still jetzt, und trag gefälligst!«, befahl Gustav.

Die Haustür mussten sie gar nicht aufschließen. Kaum standen sie davor, kamen weitere Kinder aus dem Haus gerannt, die wohl im Schnee spielen wollten.

»Seht ihr, so hatte ich mir das schon gedacht«, sagte der Influencer.

»Hm. Ist klar, Super-Weihnachtsmann«, antwortete Lennard.

»Sag mal, kann ich euch eigentlich buchen? Auf Kindergeburtstagen seid ihr sicherlich der Hit. Dick und Doof haben auch mal klein angefangen«, sagte Petra lachend.

»Lennard, spare es dir zu fragen, wer von uns dick und wer doof ist. Da ich der Weihnachtsmann bin ... So, kommt, da ist der Fahrstuhl.«

»Da ist noch nicht das letzte Wort gesprochen!«

Der Aufzug kam, und die drei fuhren zur Wohnung von Lena und Emilia hoch. Angekommen zogen sie die nassen Schuhe aus und machten sich ans Werk. Auch ohne Baum roch es schon sehr weihnachtlich in der kleinen Bleibe. Das lag an den Keksen, die frisch gebacken auf dem Küchentisch standen, und den Duftkerzen, die vor wenigen Minuten sicherlich noch gebrannt hatten. Sie gingen in das Wohnzimmer, und Gustav kamen fast die Tränen.

»Hey, schaut mal ...«, sagte er und zeigte dabei auf den Wohnzimmertisch.

»Die hat mich zum Essen eingeladen. Kekse und Milch für den Weihnachtsmann. Wie schön!«

Emilia hatte die Hoffnung nicht aufgegeben. Wie auch schon im letzten Jahr stand alles für den gewünschten Besuch bereit.

»Los jetzt! Sessel beiseite und Baum aufstellen!«, befahl Petra.

Als würden die drei das öfter machen, waren sie in Windeseile fertig geworden. Die Kugeln waren zwar farblich ein heilloses Durcheinander, aber trotzdem war ein festlicher Weihnachtsbaum entstanden.

»Eine weiße Lichterkette wäre aber schon besser gewesen«, beurteilte Lennard das Ergebnis.

»Auf der Verpackung sind die weiß«, verteidigte sich Gustav.

»Aber am Rand steht ›Bunt‹. Du hast zwar einen weißen Bart, aber ich dachte nicht, dass du auch schon so alt bist und deine Sehkraft verlierst«, foppte Lennard zurück.

Doch der Weihnachtsmann hatte keine Zeit für die nächste Runde im Schlagabtausch. Die Krönung fehlte noch. Das Geschenk für Emilia. Er stellte den verpackten Karton vor den Baum.

»Stift?«, fragte Gustav.

Lennard sah sich um und fand den Filzstift, mit dem Emilia ihre Karte für den Weihnachtsmann geschrieben hatte.

»Hier!«

»Frohe Weihnachten, Emilia. Natürlich habe ich dich nicht vergessen. Aber manchmal schaffe ich es einfach nicht, bei allen Kindern persönlich vorbeizukommen. Ein Baum ist zwar schön, aber nur ein Symbol. Mir ist es wichtiger, was du fühlst und denkst. Das spüre ich bis zum Nordpol. Und so weiß ich, dass du ein liebes und braves Kind bist.«

# All I want for Christmas is you

Das Lächeln in Gustavs Gesicht war wie zementiert. Es ging einfach nicht wieder weg. Nachdem die drei die Tür wieder verschlossen, die Schuhe angezogen hatten und zurück zum Auto gegangen waren, fühlte sich der Influencer so frei und glücklich wie schon seit Wochen nicht mehr.

»Jetzt sag schon. Was ist drin im Paket?«, bohrte Lennard nach.

»War es für dich?«, fragte Gustav und fügte hinzu: »Petra, bringst du den Schlüssel unauffällig zum Richter zurück?«

»Also neugierig bin ich auch«, antwortete diese.

»Jetzt lasst uns erst wieder hier verschwinden. Nicht dass wir doch noch auffliegen«, bestimmte der Instagramstar.

Das sahen die beiden ein, und Petra machte sich auf den Weg zum Richter.

Wenige Minuten später kam sie zusammen mit Herrn Bernfelder zurück zum Auto.

»Hast du zwei Schneemänner bestellt?«, fragte Gustav lachend seinen Kumpel beim Anblick der fast eingeschneiten Helfer.

»Wie gendert man eigentlich Schneemann? Schneemannin kann es doch nicht sein, oder? Und bei einer Schneefrau fehlt doch dann was«, gluckste Lennard.

»Herr Bernfelder, was sagten Sie eben zu mir über neue Fakten und die zwangsläufige Änderung der Strafe für Herrn Greider?«, fragte Petra Klug mit ernster Miene.

Augenblicklich verstummten die Scherzkekse.

»Sagten Sie nicht, dass ... dass Sie privat hier sind?«, stotterte Gustav.

»Das heißt nicht, dass ich taub bin«, sagte Herr Bernfelder und stieg wie Petra Klug ins Auto.

Lennard fuhr langsam und vorsichtig zurück in Richtung Tankstelle.

»Soso. Das war also die Lena ...«, sagte der Richter immer noch geheimnisvoll.

»Jetzt bitte! Sagen Sie, was los ist. Es ist doch schließlich Heiligabend. Habe ich da nicht auch etwas Gnade verdient?«, bettelte der Weihnachtsmann.

»Ich weiß gar nicht, was Sie haben. Es ist nur so, nachdem mir Lena erzählt hat, wie das mit dem Foto war und dass die, sagen wir mal, Zusammenkunft auf der Tanzfläche absolut verständlich war, aus Ihrer Sicht ... habe ich mich dazu entschlossen, Teile Ihrer Strafe wieder aufzuheben. Ich verfüge hiermit, dass Ihre Social-Media-Sperre per sofort, nein, besser noch, mit Beginn des heutigen Tages ad acta gelegt wird.«

»Na toll. Hätte er mal lieber die Geldstrafe reduziert«, flüsterte Lennard zu Gustav.

»Ich habe verdammt gute Ohren«, sagte Herr Bernfelder streng.

»War auch nur Spaß.«

»Soso. Ich meine, man darf nicht vergessen, dass Sie vieles falsch gemacht haben. Aber davon sprechen wir jetzt nicht mehr. Ich fand Ihren Einsatz für die kleine Emilia einfach großartig. Ach, und das fand Lena auch. Sie entschuldigt sich in aller Form bei Ihnen. Ich soll Ihnen ihre Nummer geben«, sagte der Richter versöhnlich.

»Das heißt, ich darf wieder online gehen?«, fragte Gustav noch einmal zur Sicherheit nach.

»Schon seit Mitternacht. Somit ist Ihr Aufruf von heute Mittag auch gegenstandslos.«

»Vielen, vielen Dank. Wobei. Ich weiß noch nicht. Vielleicht mache ich auch noch eine kleine Pause von Instagram und Co.«

»Bist du besoffen?«, fragte Lennard.

»Wie bitte?«, fragte der Richter mit einem Lächeln im Gesicht.

»Den hier, den sollten Sie mal zu einem Benimmkurs schicken«, flachste der Influencer und zeigte dabei auf seinen Kumpel.

»Du musst noch die Sache mit dem Geschenk auflösen«, sagte Petra Klug.

»Ach, nichts Großes. Aber damit hat alles angefangen, und deshalb dachte ich, das wäre auch ein sehr gutes Ende ... Ich habe Emilia eine Lego-Krippe gekauft. Natürlich ohne Unfallschäden.«

»Na, das nenne ich mal eine hervorragende Wahl. Dann verabschiede ich mich an dieser Stelle und ...«, sagte der Richter, denn sie waren mittlerweile wieder an der Tankstelle angekommen, und er fügte hinzu: »Frohe Weihnachten und einen guten Rutsch ins neue Jahr!«

»Frohes Fest. Und ich sag mal lieber nicht ›Auf Wiedersehen‹. Wobei: eine Frage habe ich noch«, sagte Gustav.

»Und die wäre?«

»Warum wollten Sie unbedingt, dass ich auf dem Weihnachtsmarkt arbeite? Sie hätten mich doch auch in den Zoo schicken können, um Affenkäfige sauber zu machen.«

»Och, das kann Ihnen sicherlich Frau Klug erklären. Ich muss jetzt los. Also, Petra. Dir auch eine friedliche Zeit.«

»Danke, Gerd. Und lieben Gruß an Verena. Ich ruf nach Weihnachten mal durch.«

Der Richter stieg aus und verschwand im Schneegestöber.

»Gerd?«, fragten Gustav und Lennard gleichzeitig und drehten sich zu Petra um.

Ein bisschen rot wurde sie dabei schon.

Die Antwort war ganz simpel. Der Richter war nicht ganz so unbefangen, wie er vorgegeben hatte. Viele Stunden seiner Freizeit hatte Gustav mit seiner Amokfahrt zerstört. Herr Bernfelder hatte den diesjährigen Josef geschnitzt. Deshalb hingen auch einige Fotos aus den vergangenen Jahren von ihm im Vereinsheim. Die Vorsitzende Petra Klug hatte bisher nur keine Notwendigkeit gesehen, das Gustav mitzuteilen. Das Auto hatte sie nicht erkannt, erst als er mit dem Baum vor ihnen stand, musste sie sich das Grinsen verkneifen. Da Gerd ihr aber zugezwinkert und sich auch nicht als ihr Bekannter zu erkennen gegeben hatte, hatte sie natürlich erst einmal mitgespielt.

»Na ja, ein bisschen zu flunkern ist absolut in Ordnung. Trotzdem danke für alles. Und du weißt ja, ich bin nächstes Jahr gerne wieder mit an Bord. Gratis und auch täglich«, bot Gustav an.

Mittlerweile waren sie bei ihr zu Hause angekommen, und somit war es der Zeitpunkt der Verabschiedung.

»Ich würde mich freuen. Dann auch für euch ein frohes Fest. Es hat mir wirklich alles Spaß gemacht. Auch mit dir, Lennard«, sagte Frau Klug.

»Frohe Weihnachten«, sagten die beiden Jungs wieder gleichzeitig, und Petra stieg aus.

»Piep, piep.«

»Piep, piep.«

»Piep, piep.«

Es hörte gar nicht mehr auf, als Gustav sein Handy aus dem Lautlos-Modus befreite. Eine Nachricht nach der anderen erreichte ihn.

»Was geht denn bei dir?«, fragte Lennard, als er in die Straße des Influencers einbog.

»Keinen Plan. Ich glaube nur, dass mein Counter gleich explodiert. Ich habe wohl eine Menge neuer Follower oder alte zurückbekommen«, sagte Gustav strahlend.

»Und definitiv ein neues Baumproblem«, antwortete Lennard lachend.

Vor dem Haus des Instagramstars standen unzählige geschmückte Bäume. Lena hatte einen Post gemacht, und der Hashtag #DankeGustav hatte für heute sogar #FroheWeihnachten überholt.

Ende

# Danke

Eigentlich bedanke ich mich an dieser Stelle immer bei Menschen, die mich bei meiner Arbeit unterstützt haben. Oder weil ich eine schöne Zeit mit ihnen hatte. Diesmal muss ich diesen Platz in meinem Buch etwas anders nutzen:

Am 24. September 2021, also drei Monate vor Weihnachten, hat mein bester Freund, meine Fellnase »Balou«, mich verlassen. Knapp fünfzehn Jahre warst du mein treuer Begleiter in jeder Lebenslage. Es gab bisher kein anderes Lebewesen, das es so lange mit mir ausgehalten hat. Du warst bei meinen bisherigen sieben Büchern immer mit dabei und hast, während ich schrieb, sehr zufrieden hinter mir geschlafen und geschnarcht. Das fehlte hier jetzt komplett. Aber danke für die Zeit mit dir! Sei dir sicher, ich konnte einige Erlebnisse mit dir hier gut verarbeiten. Danke, dass es dich gab. Danke für die Zeit. Ich werde dich nie vergessen!

Darüber hinaus gilt mein Dank Eliane Wurzer und dem gesamten Team des Piper Verlages und von Piper digital für euer Vertrauen und eure Arbeit für *Verdammte Weihnachten.*

Meiner Lektorin Birgit Förster für einen tollen Job.

Farina Opoku, Simone Grelka und Manuel Friedrich für Inspiration und Support.

*Frauenheld, Hochzeitsheld, Pappnase, Blasehase, Comedy Killer, Per Sternschnuppe in mein Herz* und natürlich *Der Koch ist tot* sind nicht nur als Taschenbuch und E-Book erschienen, sondern auch als Hörbuch! Und beinahe überall erhältlich. Also in Buchhandlungen und bei Streamingdiensten. Nicht beim Bäcker oder so ...

Das gilt natürlich auch für *Verdammte Weihnachten.*

Alle Hörbücher sind von mir selbst gesprochen. Somit singe ich auch ein wenig *Last Christmas.* Da kann man doch nicht Nein sagen, oder?

Folgt mir bitte bei Instagram (@lutzschebesta) oder bei Facebook (@LutzSchebestaAutor) oder bei TikTok (@lutzschebesta). Ja, ich brauche Follower. Ich bin noch ewig weit von Gustav weg, aber der Counter steht schon!

Unter LutzSchebesta.de findet ihr auch meinen Shop. Dort könnt ihr jedes Buch mit und natürlich auch ohne Signatur bestellen. Aber auch fast alle E-Books und alle Hörbücher.

Und da ich ja seit *Der Koch ist tot* Leserbriefe bekomme:

hallo@lutzschebesta.de ist meine E-Mail-Adresse.

Ich antworte weiterhin immer noch persönlich!

Auch wenn es komisch ist, das im April zu schreiben ...

Frohe Weihnachten

Lutz Schebesta kehrt zurück mit Roman Nummer neun!